アレックス・ベール／著
小津 薫／訳

●●

# 狼たちの城
**Unter Wölfen**

扶桑社ミステリー
*1575*

この物語はフィクションである。大枠では現実に根ざしているが、登場人物と
出来事のすべて、そして場所のいくつかは自由に創作されたものである。
詳細な情報はあとがきに記した。

# 狼たちの城

登場人物

イザーク・ルビンシュタイン—— ユダヤ人の元古書店主
クララ・プフリューガー ——— イザークの元恋人
フリッツ・ノスケ ———— ゲシュタポ長官代理、ナチス親衛隊中佐
ゲルハルド・バーデ———— ノスケの部下、ナチス親衛隊軍曹
テオドール・オーバーハウズナー— ノスケの部下、ナチス親衛隊伍長
ロッテ・ラナー ———— 殺された人気女優
ゲオルク・メルテン———— ゲシュタポ長官、ナチス親衛隊准将
ウルスラ・フォン・ラーン——— メルテンの秘書
アドルフ・ヴァイスマン——— ベルリンの特別捜査官、ナチス親衛隊少佐
ルドルフ・シュミット———— ヴァイスマン付きの士官、ナチス親衛隊伍長
ヴェルナー・ヒルデブラント —— 城の守衛
ホルスト・ヴェスティンガー —— 城の改装にあたった建築家
アルトゥール・クラウス ——— レジスタンス
ヴィリー・ラウビッヒラー——— レジスタンス
レベッカ・ルビンシュタイン—— イザークの妹
エリック・ガウガー ———— ヴァイスマンの大学時代の学友

一九四二年三月十九日　木曜日

# 1

「ハイル・ヒトラー！」

言葉は、かつて皇帝が居住していた城の堅牢な石壁にこだまし、夕方の凍てつくような冷気のなかで一向に消えていこうとしなかった。

挨拶につづき、どちらかと言えばぱっとしない二人の男たちが現れ、落ちついた足どりで、城の中庭に到る通路の前に設けられた守衛室のほうに歩いていき、無言で守衛をじっと見つめた。彼らが何者なのか、外見から推しはかることはできない。既製品の黒っぽい背広、どの街角でも見かけるようなきちんと刈られた短髪。素性やここへ来たわけを示すような装身具も記章もつけていない。彼らは何者でもあり得た。訪問販売人、リポーター、前線から休暇で帰ってきた兵士……。

にもかかわらず、彼らを見た守衛の額には汗の玉が吹きでてきた。彼らの問答無用の様子といい、超然とした雰囲気といい、そのすべてが、まぎれもなくゲシュタポ（ナチスの秘密国家警察）だと叫んでいた。

「ハイル・ヒトラー！」戦争で右腕を失った若い守衛は喘（あえ）いだ。「ご用件は何でしょうか？」彼はためらいがちに、ぎごちなく訊（き）いた。本当に答えを聞きたいと思っているのかどうか、自分でも分かりかねているかのように。

「ノスケ親衛隊（SS）中佐にお会いする約束になっている」背の高いほうが無表情な顔で言った。「先週、ここに転居してこられた」

事実、ナチスはかつて王や皇帝が住んでいた城の内部に、高官たちが住むための翼部を建設しはじめていた。

守衛はうなずいた。彼らの訪問が自分とは関わりないと知って、明らかにほっとした様子だ。「恐れ入りますが、お名前と身分証を……」

彼は目の前の机に置かれた来訪者リストを指し示したが、相手の目つきを見て、すぐまた黙り込んだ。男たちは何の反応も示さず微動だにしなかった。沈黙が広がり、時は停止したかのように、のろのろと過ぎていく。

「失礼しました」守衛は言った。男たちが何を求めているのか、ようやく分かりかけてきたからだ。「お城の中庭に入られ、すぐ左手のドアを開けて階段を二階までお上がりになり、ずっと奥のほうまでお進みください」

ゲシュタポ警官たちは、それ以上ひとことも発することなく、門を通り抜けていった。

遠くから教会の塔時計が鳴りはじめた。守衛室ではふたたび時が動きだした。

〈親衛隊中佐〉のドアを親衛隊員ゲルハルト・バーデはノックした。ここにはゲシュタポ長官代理にしてユダヤ人問題担当課の課長フリッツ・ノスケがつい最近、住みはじめたばかりだ。「親衛隊員のオーバーハウズナーと自分は……」（親衛隊は警察組織と統合されており、ゲシュタポにも多くの親衛隊員がいた）

「開いている」なかから声がした。

バーデは把手を動かし、二人は灰青色の絨毯が敷きつめられた控え室に入った。漂ってきたのは確かに塗りたてのペンキの匂いだが、同時に、重い金属的な匂いも混じっていた。

「何かおかしいな」バーデはピストルをつかみ、足を早めた。テオドール・オーバーハウズナーがそれに続き、鼻を上に向けた。「死の臭いがする」開かれたドアの前で二人は歩みを止めた。優雅な家具調度を備えたスイートでノスケは彼らに背を向け、ニュルンベルクの町を見事に一望できる窓辺に立っていた。彼の足下に皇帝都市が崇高かつ平和に横たわっている。家々の屋根、木々の梢、いくつもの尖塔から成る海だ。

「帝国の貴重な宝はこの町で保存されるだろう」ノスケは呟いた。「金印勅書はここで公布された。血族保護法と帝国国民法も可決され、帝国党中央大会が開かれた。とはいえ、どれほど威厳と栄光が備わっていても、それに目を晦まされてはならない。ニュルンベルクにも悪はひそんでいる」

ようやくノスケが振り向くと、バーデとオーバーハウズナーは靴のかかとを打ち合わせて直立不動の姿勢をとった。彼らはまさに「ハイル・ヒト……」と言いかけたが、驚愕と狼狽のために挨拶の残りをかみ殺した。

ノスケは堂々たる男だ。長身で肩幅が広く、顎に特徴があり、また、上唇にある縦の傷のせいで表情が皮肉っぽく見える。例によって服にはきちんとアイロンがかけられ、髪は一糸乱れず後ろに梳きつけられ、シャツは上までボタンがかけられている。いつもと変わらぬ姿であったはずだ。もし両手が血で汚れていなかったら。

だが、両手だけではなかった。二人のゲシュタポ警官が今はじめて気づいたことだが、家具にも壁にも多量の茶色がかった赤い血が飛び散っており、天井を飾っている梁組みまでもが、幾分か血で汚れていた。

「何があったのですか？　お怪我はなかったですか？」バーデは散乱する逆光のなかで、よりよく見られるように目を細めた。「あなたのほかに、誰かここにいるのですか？」彼は拳銃ヴァルターＰＰＫを引き抜き、視線をあちこちにさまよわせた。

ノスケは沈黙している。

「親衛隊中佐殿」オーバーハウズナーはノスケのほうに向かおうとしたが、結局、立ち止まった。明らかに、どう振る舞っていいのか分からない様子だ。「だいじょうぶでしょうか？」

ノスケは身じろぎもせず、部下を通りこして向こうのほうをじっと見つめた。「わたしではない」やっと彼は言った。

それ以上は何もしゃべらず、彼は部屋から出ていった。

室内に重苦しく立ち込める死の気配が残されたままだ。

バーデとオーバーハウズナーは親衛隊中佐を後ろから眺めていたが、そのあとで訝(いぶか)しげに見つめ合った。二人とも無言だった。一匹の緑色に輝くハエに不気味な沈黙を破られ、バーデは自ら進んでノスケのあとを追っていった。

数歩進んだところで彼は不意に立ち止まり、ぎょっとして床を凝視した。「くそっ」

オーバーハウズナーはバーデの横に並んだが、同僚が今、発見したものを見て歯の隙間(すきま)から鋭く息を吸い込んだ。ベージュ色の革張りソファの後ろのぴかぴかに磨かれた板張りの床に、ほかでもない、有名な女優ロッテ・ラナーが横たわっていた。

彼女は去年、純真無垢(むく)な牧場の娘マリーを演じて民衆の心をつかみ、その後まもなく、帝国でもっとも人気のある映画女優に昇りつめたのだ。彼女の首には深い傷がぱっくり口を開け、目は生気なく天井を睨(にら)んでいたが、あだ名である〈美女ラナー〉の名誉は立派に保たれていた。血を吸い込んだ真紅のブラウスは顔色の象牙のような白さを引き立て、顔の周りで軽く動いているブロンドの巻き毛は彼女に北欧の女性戦士のような優美さを与えていた。

「この状態でいるところを、わたしは見つけたのだ」戻ってきたノスケは部下たちの横に立ち尽くしていた。片手にはなみなみと満たしたコニャックのグラスを、もう一方の手には煙草を一本持って。「死は彼女によく似合う」

バーデはうなずいた。「ラナー嬢とあなたは……あなた方お二人は……？」

「しばらく前からだ」ノスケは煙草を吸い、煙を鼻から出した。「わたしは六時ごろまで会合の約束があり、そのあと、ここに来て彼女が死んでいるのを見つけた」オーバーハウズナーはノスケの両手をじっと見ていた。ノスケはそれに気づいた。「もちろん、わたしは彼女の身体にさわった」ノスケは罵るように言った。声には聞き逃せない攻撃的な響きがあった。「彼女の心臓がまだ鼓動しているかどうかを確かめたかったからだ」彼は残りのコニャックをぐっと飲み干し、顔にかかる髪をかき上げた。「何者かがわたしを陥れようとしているのだと思う」

「誰がですか？」

「知るわけがない」ノスケは声を張り上げ、腹立たしげに言った。

「共産主義者かユダヤ人かレジスタンスの連中か。そいつを捜しだすのだ。山ほどいるだろう。いずれにしても何者かがここに来て、ロッテの……ラナー嬢の喉を切り裂いた」彼はへたへたとソファにすわり込み、後ろにもたれかかった。「もしかしたら卑怯な殺人者はわたしにも狙いをつけていたのかもしれない。あるいはまた、間違った時に間違った場所に来ただけなのかもしれない」彼はバーデとオーバーハウズナーのほうを向いた。「きみたちは以前、刑事警察にいたのだろう？　重大犯罪を解決したことはあるのか？」

「われわれは最上の結果を出していました」オーバーハウズナーは言った。

「よし。裏で糸を引いているのは誰かを探りだせ」

「了解しました」バーデは死者から目をそらさず、小声で言った。

「できるだけ慎重にやれ」親衛隊中佐は立ち上がってふたたび窓辺に歩み寄り、じっと見下ろした。夕闇が近づき、棺衣のように町を包み込んでいく。「この事件はどこか、うさん臭い」彼は呟いた。「厄介事が起きそうな予感がする。尋常ではない厄介事が」

## 2

台所の時計がちくたく鳴っている。イザーク・ルビンシュタインに世界が回りつづけていることを規則正しく、ひっきりなしに思い起こさせる。無頓着に無慈悲に時は前進していく。時は人の運命に惑わされない。それがどれほど悲劇的であってもお構いなしだ。

イザークは一日中、強制労働で弾薬類を製造していた。ナチスが連合国に対するだけでなく、ドイツ国内に対してもおこなっている戦いのための弾薬類だ。いわゆる劣等な者、民衆を堕落させる者、帝国の敵――つまりユダヤ人――に対しての。そればかりではない。つい最近、工場で噂が広がっていた。ナチスは彼らを一掃したがっている、彼ら全員を国から放逐したがっているというのだ。

「国からだけではない」老バルッフは言っていた。「地球の面からわれわれを消し去ってしまいたいのだ」

「そんな馬鹿な」イザークは応じた。「彼らはまだ、われわれを必要としています。

われわれがいなくなったら、いったい誰が弾薬類を製造するのですか？」

イザークはバルッフも他の連中も間違っていると信じていた。そのあと帰宅してからもう何時間も経っていたが、今も手のなかの通知書をじっと見つめていた。レベッカも両親も、そして、同じ住居を共同で使っているほかのユダヤ人たちも通知書を受けとっていた。

ニュルンベルク、一九四二年三月十六日

ニュルンベルク
グンター通り　六十一
イザーク・イスラエル・ルビンシュタイン殿

**立ち退き通知**

貴殿は**一九四二年三月二十一日十三時**以降、あなたの住居に留まり、そこから出ていってはならない。背広、外套（がいとう）、下着、毛布を含む寝具（羽根布団は不可）のような衣類や付属品をトランク一個に詰めて準備しておくように……

このあと規則や指導要綱が長々とつづく。どのような荷物が許され、どのような品物が許されないか、住居の鍵や有効な食料配給カードはどうすればいいか……それらのことがすべて、綿密に一覧表にまとめられていた。述べられていないのは行く先だった。

自分たちはどこへ連れていかれるのだろう？　集められた者たちの身にそこで何が起きるのだろう？

分かっているのはただ、東のほうに行くということだけだった。ゲットーか、強制労働のための収容所か。定かでない未来にあって、ただ一つ確かなのは、それが良いものではないだろうということだった。

イザークはできるだけ音をたてないように立ち上がって窓辺に歩み寄り、すでに日の暮れた戸外を怒りをこめてじっと見つめた。

自らを支配者側の人間と呼ぶ者たちが恵まれた生活を送っている一方で、ユダヤ人たちはまるでハンセン病にかかった者であるかのように扱われた。最初に財産没収がおこなわれた。ナチスはルビンシュタイン一家を自宅から追い払い、イザークはあんなにも喜んで働いていた自分の古書店を取り上げられた。まるで汚い害虫であるかのように彼らはユダヤ人住宅に押し込まれ、見ず知らずの人々と共に狭い空間で生活することになった。それに次いでユダヤ人排斥の決定がなされた。一日分の割り当て食料は減らされ、彼らは劇場にも映画館にも行ってはならず、ラジオを聞くことも許されなかった。電話をかけることさえ……。

イザークは歯を噛みしめ、喉にこみ上げてくるものを、ぐっとこらえた。

父親は年老い、母親は病気、妹レベッカは未亡人で、二人の幼子の面倒を見なければならない。そんなわけで家族のなかでいちばん力のあるのはイザークだった。彼らを守る責務があるのは彼だった。彼らの身に悪しきことが降りかからないように気を配らなければならない。だが、どうやって？　どうすればそれが成し遂げられるのだろう？

イザークの不安は一秒ごとに増していった。それがもはや耐えられないまでになったとき、彼は爪先立ちで隣屋にそっと入っていった。そこでマッチを擦り、その仄かな光を、レベッカが六歳のエリアスとその二歳年下のエステルといっしょに横になっている薄っぺらなマットレスの上のほうに向けた。

「レベッカ」彼は囁いた。

名前を言い切らないうちに、レベッカは目を開け、咎めるように彼を見つめた。

何なの？　と唇が声を出さずに言っている。

イザークは妹の顔に深く刻まれた苦労の皺を見つめた。彼女は少し前に三十歳になったのだが、何歳も年とって見えた。

「話がある」

レベッカは慎重に子どもたちの位置を直し、硬い寝床から起き上がった。そして、彼のあとから廊下に出た。

「何なの？」ドアを後ろ手に閉めながら、レベッカはふたたび訊いた。

彼女は兄の手からマッチを取ってろうそくに火をつけ、彼らの顔が照らされるように持った。

「ぼくたち何かやってみるべきだ」イザークは囁くように言った。「この立ち退きは……たんなる移住ではないんじゃないかと恐れている。もしかすると彼らは悪質なことを企んでいるかもしれない。ナチスはわれわれユダヤ人を絶滅させたがっていると、バルッフさんは言っていた」

「ああ、老いぼれのバルッフね。彼は自分自身の影にさえ怯えているのよ」レベッカは強情な巻き毛の一房を耳の後ろにかき上げた。「もし彼が正しいとしても……わたしたち、いったい何をすればいいの？　通知書の最後の行を読んだでしょう？　もしわたしたちが指示に従わなかった場合は、警察沙汰になるって。そうなれば、ルードヴィッヒ通りの監獄に入れられるか、即刻、ダッハウの強制収容所送りになるのよ。あそこで彼らが文句ばかりつける人たちにどんなことをするか知っているでしょう」

イザークはユダヤ人の地域共同体に定期的に送り届けられる釘付けにされた棺のこ

とを思い、うなずいた。「それでも、われわれは引かれていく羊のようにただ東に行くわけにはいかない。どうも、うさん臭いものを感じるんだ」

「バルッフは兄さんに不安だけを吹き込もうとしているのよ。間違いないわ。彼は兄さんに不安だけを吹き込もうとしている」

「そう思いたいところだが」イザークは喘いだ。「だが、考えてもごらん。十一月に連れていかれた人たちがどうなったかを。コーン家、シュテルン家、レーヴェンベルク家。彼らの消息は誰も一度だって聞かされていない。それに、見ただろう？　通知書に添付されていた続き番号の荷札を。一人に一枚ずつだ。ナチスはそれを、よく見えるように上着につけることを望んでいる。分かるか？　われわれはやつらにとって、もはや人間ではないんだ。物。物体だ。だから、われわれのやるべきことは……」

「われわれのやるべきこと？」レベッカはさえぎった。不安が怒りに変わっていた。

「いったい他に何が残されているの？　わたしたちユダヤ人には厳しい出国禁止が適用されるのよ。それに抵抗したとしても……どこへ行けばいいの？　誰もわたしたちを受け入れようとしないわ。スペイン、スイス、オーストラリア、アメリカ合衆国……彼らはわたしたちを入国させない。わたしたちは嫌われ者なのよ」ろうそくの炎が不安な影をレベッカの顔に投げかけ、苛立(いらだ)たしげな表情を与えていた。「おまけに、わたしたちにはお金がないわ。運よくお金がかき集められても一人分の旅費にも満たない。まして、家族全員なんて到底無理よ」激しい怒りと絶望がその言葉ににじみでていた。イザークは気づいていた。レベッカがやっとの思いで声を抑えていることを。

「ぼくの考えでは……」彼は言いかけた。

「兄さんの考え……」イザークが言いおわらないうちに、レベッカは歯のあいだから不満げなしーしーという音を出した。「どんなに考えたって、わたしたちはどこへ行くこともできないわ」

「もしも助けを求めたら？」

「誰に？　いったい誰に頼むつもり？」

「アーロン・グラスシャイブが噂を聞いたというんだ。クララが……どうやら彼女はレジスタンスと繋(つな)がりがあるらしい。もしかしたら彼女がわれわれのために隠れ場を見つけてくれるかもしれない」

「クララ・プフリューガー？　兄さんの以前の恋人？」レベッカはからかった。「でも、あの人は信用できないわ」レベッカは指に滴(したた)り落ち、そこで固まった熱い蝋(ろう)を気づかわしげにじっと見ていた。「おまけに、仮に助けてくれるとしても兄さんだけに決まってる。わたしたち家族のことは絶対に好きになれないでしょうから」

「ああ、レベッカ、そんなのみんな誤解だって言ってるじゃないか」

レベッカはかぶりを振った。「世間で言われているとおり、恋は盲目」彼女は声を震わせた。「いずれにしても、今は現実を直視すべきよ。わたしたちに逃げ道はないわ。残されているのは運命を受け入れて、最善を願うことよ」

　イザークは妹をきつく抱きしめた。「そんなことはない。まだすべてが失われたわけじゃない」

「いいえ、すべて失われたのよ。ナチスは……」ドアの向こうでかすかなすすり泣きが聞こえ、レベッカは黙り込んだ。「ああ、いやだ」彼女は呻きながら、吐きだすように言った。「また、あのヘルツル婆さんだわ」

「東に行ったら、わたしたち全員、死ぬのさ」ドア越しに、ヘルツル夫人の声が響く。彼女もまた立ち退き通知を受けとっていた。「自殺するのが最上の策よ。わたしたちの先祖がローマ軍から逃れようとして、マサダ（ユダヤ人の熱心党がローマ軍にたいして起こした反乱。紀元六六年～七七年）でやったように」

「しーっ」レベッカは囁いた。「静かにして。他の人たちのことや子どもたちのことを考えてください！」

　これがきっかけの言葉であったかのように、幼いエステルが泣きだした。「ママ、ママ、どこにいるの？」

「静かに！」廊下の突き当たりにある小部屋に住むクローネンベルク氏が叫んだ。

「お願いだから気を配ってください」

レベッカはふたたび兄のほうを向き、息をはずませた。「満足した？　兄さんは、みんなにとって恐ろしいこの夜をなお一層、ひどいものにしてしまったのよ」

イザークは彼女の憤りが彼にではなく、何年も前から彼らの人生を地獄のようにしているシステムに向けられていることを知っていた。にもかかわらず、妹の言葉にショックを受けた。長くは考えず、彼は部屋のドア脇の洋服掛けに吊るされている擦り切れた茶色の上着に手を伸ばした。

「いったい何をする気？」レベッカは兄が上着の胸ポケットで鮮やかな黄色に輝いている手のひら大の星をいじくりまわしているのを見て、彼の腕をつかんだ。

「クララのところに行ってくる。逃れる可能性があるかもしれない。それを見つける努力をしてみる」

レベッカが蒼白になったことが、乏しい明かりのなかでもイザークにははっきりと見てとれた。「それが禁じられていることは知っているでしょう」レベッカは小声で言った。「わたしたちユダヤ人には夜間外出は禁止されている。おまけに、星をつけないで人前に出ることは許されないのよ」彼女の爪がイザークの肌に食い込んだ。ぐっと身を寄せてきたので、うなじに彼女の息がかかるのを感じた。「もし捕まったら、ルードヴィッヒ通りの監獄に入れられるわ。あそこに比べたら地獄のほうがまだしも慈悲深いそうよ」

イザークは腕をつかんでいるレベッカの手を離した。「何もしないでただ待っているだけなんて、ぼくにはできない」彼は糸を抜き、星を取りはずした。

「明日の朝まで待てない？」

イザークはレベッカの肩をつかみ、ろうそくの火を吹き消した。「時計がちくたく鳴っている。もうこれ以上は待てない」

# 3

「わたしは、ここに留まっているわけにはいかない」ノスケは言った。

「もちろんです」オーバーハウズナーは死体を凝視していた。「あなたはどんなにか彼女を愛して……」

「この夥しい血の」ノスケは話しつづける。「臭いには耐えられない」

バーデは床を注意深く眺めたあと、指先で壁をこすった。「玄関の間は使いものになりません。改めて塗りなおす必要がありますね」

「建築主は喜ぶまい」ノスケは呟き、控え室に入っていった。「すべての部屋を修復するのに何ヵ月もかかった。木材は元のまま中世のものが使われている」

事実、改築に携わった建築家ホルスト・ヴェスティンガーは、過去何世紀もの影響を取りのぞき、建物をもともとのゲルマン的な建築様式にもどすよう努力した。彼の言うところの、ごてごて飾りたてず、荒削りで、簡素にして崇高なドイツ的本質を際立たせようとしたのだ。

「今や、そのすべてが野蛮な人間の下劣な行為によって汚された。何という恥辱だ」ノスケはトランクを手に戻ってくると、寝室に姿を消した。「やるべきことを、やるのだ」彼は開いたドアの向こうから大声で言った。「きみたちが重要な作戦に関わっていることは承知している。だが、この一件は最優先にすべきだ」

オーバーハウズナーはバーデに意味ありげな視線を投げかけた。

バーデは肩をすくめ、しゃがみ込んで死者の左腕をもち上げた。関節を曲げたが、まだ、それほど力を要しなかった。そのあとで目蓋を調べた。「死んでから約二時間経っていると思う。もっと短いかもしれない。ここはかなり暖房が効いている。熱のせいで腐敗が早まるからな」

「そうですね。ロンメル（アフリカ方面軍司令官）の部下なら経験から分かったでしょうけど」オーバーハウズナーは自分の時計を見た。「現在、六時四十分。つまり、四時半から親衛隊中佐殿が到着されるまでのあいだに起きたことになります」

バーデはうなずいた。

「守衛に尋ねてみよう。やつは記帳している。もしかしたら、それが助けになるかもしれない」

バーデは死者の眼球にとまったあとせかせかと歩きだした蠅を眺めていた。「きみが訊いてくれ。その間におれは凶器を探す」

「ハイル・ヒトラー……」守衛は直立不動の姿勢で立っていた。二十代の終わりだろうか、背が高く、注意深い目と赤い頰をしている。

オーバーハウズナーは若い相手をじろじろ眺めた。「きみの名前は？」

「ヒルデブラント。ヴェルナー・ヒルデブラントです」

オーバーハウズナーの目は守衛の右腕に釘付けになった。正確に言えば、右腕があったであろうところに。

「キエフをめぐる戦いで」

「大勝利だった」オーバーハウズナーはヒルデブラントの上着の左胸につけられた第一級鉄十字勲章をじっと見た。世間で高い尊敬を受けている勲章だ。「今日はいつから任務についている？」

「正午からです」

ヒルデブラントが苛立たしげにズボンに左手を擦りつけているあいだに、オーバーハウズナーは受け付けカウンターに置かれた来訪者リストに手を伸ばした。

「きみは人の往来をすべて綿密に記録しているんだね？」

「はい、もちろんです。そのために、わたしはここにいるのです。いったい何があったのですか？　ノスケ様にかかわることですか？　それともラナー嬢に？」

「わたしの質問にのみ答えてほしい。きみは、今日、ここに出入りした人は全員、記録しているのか？」

ヒルデブラントは唾を飲み込んだ。「はい。一人の漏れもないようにおこなっています。長いあいだ軍の弾薬施設で働いていましたので、そのやり方が幾分か影響しています」彼は読みづらいほど小さな字で書き込まれたページを指さした。

「これで全員か？」オーバーハウズナーは何の印象も受けなかったかのように言った。

「タイル工が来ました。塗装工と電気工も。お城だったころご婦人方がお使いになっていた部屋はまだこれから改築されます。職人たちはほかの方々が月曜日にここに移っておいでになれるように、最終的な細かい仕上げにかかっていました」

「四時半ごろ、なかにいたのは誰かね？」

ヒルデブラントはページに指を走らせた。「四時二十五分にラナー嬢がお越しになりました。電気工を除くと、その時間にはもう誰もいませんでした。他の職人たちはすでに仕事を終えていました。今のところ、ノスケ親衛隊中佐のほかには、まだどなたも引っ越しておいでになっていません」

「電気工……」オーバーハウズナーは心得顔でうなずいたが、そのあと突然、訝しげな表情を浮かべた。彼は名簿を自分のほうにぐるっと回した。「なぜ、ここには二度もラナー嬢の名が書かれているんだ？　一時間後に？」

「どうやら何かをお忘れになったようで、もう一度、お城から出られました。時間的には電気工と同じころです。正確には十七時一分です。ほら、ここに書いてあるでしょう？　名前の後ろに退出時間を記入してあります。十七時三十八分にまた戻っておいでになりました」

「約一時間前だな」オーバーハウズナーは考え込んだ。

「そういうことです。そして、十八時五分にノスケ様が、十八時三十一分にあなたと御同僚が来られました」

オーバーハウズナーはそのページに目を凝らした。

| 到着時間 | 名前と会社名 | 退出時間 |
|---|---|---|
| 八時 | エリッヒ・イルク及びマックス・ヴィーザー（ヴィーザー・タイル） | 十六時十分 |
| 八時 | ローベルト・ヴァルナー、ジークフリート・ナウバー（ヘス塗装） | 十六時三分 |
| 十五時三十分 | フーベルト・バウアー（マイヤー電気） | 十七時一分 |
| 十六時二十五分 | ロッテ・ラナー嬢 | 十七時一分 |
| 十七時三十八分 | ロッテ・ラナー嬢 | |

十八時五分　フリッツ・ノスケ親衛隊中佐
十八時三十一分　ゲシュタポの方　二名

「ラナー嬢と親衛隊中佐殿のあいだに誰か来たか？　二十七分のあいだに住居に入った可能性のある者は誰だ？」

「誰も」ヒルデブラントの上唇に大きい汗のしずくが滴り落ちた。「ノスケ様とラナー嬢はご無事でしょうか？」彼は何が起きたのか、もう一度、訊きだそうとした。

「わたしで何かお役に立てることは……」

「つまり、ラナー嬢は十七時三十八分以降は一人きりで城のなかにいた」オーバーハウズナーは声にだしながら考え込んだ。

「そうです」ヒルデブラントは認めた。「十八時五分にノスケ様がお着きになるまで、かっきり二十七分間」

「裏口はあるのか？　誰かが気づかれずに忍び込めるような」

ヒルデブラントはかぶりを振った。「皆無です。この建物は誰にも気づかれず、許可を得ずになかに入ることができないように建てられています。わたしの前を通ってあのなかに入っていくのが唯一の道です」彼は城の内部の中庭に通じる狭い門を指さした。「いったい、何があったのですか？」

「で、きみはその間、ここにいたのだな?」オーバーハウズナーはヒルデブラントの問いを無視した。「休憩はしなかったのか?」

ヒルデブラントはあっけにとられたようにオーバーハウズナーを見つめ、背筋を思いっきり伸ばした。「まさか。どこへ行くというのですか? わたしは仕事に真剣に取り組んでいるのです」オーバーハウズナーの目はあらためてヒルデブラントの胸の鉄十字章に引きつけられた。敵前でとくべつの武勲を立てた者に与えられる勲章だ。この若者は前線で、よほど勇気の要ることをやってのけたに違いない。「この記録に間違いがないことを、わたしにとって大切なすべての人々に誓います」ヒルデブラントは胸に手を当てた。

「十七時三十八分から十八時五分のあいだ、ラナー嬢はひとりっきりで、お城におられました」

オーバーハウズナーは黙り込むと、最後に来訪者リストを引っつかみ、それ以上はひと言も発することなく住居のある城の翼部にもどっていった。入り口のホールを通り抜け、階段を上がり、廊下の窓の一つから町を見下ろした。なおも夜に抗っている最後の孤独な灯も何分かあとには灯火管制の犠牲になり、万物は月の冷たい夜の闇に浸されるだろう。

彼はじっと考えた。殺人がおこなわれたときはまだ明るかった。城は高台の上にむき出しの状態で、独立して立っている。改築にあたっては、すべての装飾をとり除くことが特に重視された――ファサードからも。今や、どこもかしこも平滑で縮小されている。ヒトラー総統好みの簡素なドイツ・モダニズム建築だ。熟練した登山家であっても、誰の目にも触れずに親衛隊中佐の住居まで登っていくのは不可能だろう。

オーバーハウズナーは背筋に寒けを覚えた。ノスケの言うとおりだ。この事件はどこかうさん臭いところがある。それも、とてつもなく。

「本来なら不可能だとはどういうことだ？」オーバーハウズナーから最新の情報を聞かされたノスケは罵った。

「ヴェルナー・ヒルデブラントは冥府の門を守る犬のケルベロスのように、守衛室にすわっています。彼は今日、出入りした者を全員、綿密に書き留めています」オーバーハウズナーはテーブルの上の来訪者リストを指した。「ラナー嬢、次に中佐殿。この短い間に城内に出入りした者は一人もいないと彼は誓っています。あの男は国防軍にいてキエフで重傷を負い、第一級鉄十字章を……」

「誰も？　わたしとロッテのあいだに城内に入った者は一人もいないというのか？」ノスケは怒りのあまり顔を紅潮させた。「きみは、仄めかそうとでもしているのか、わたしが……」彼があまりの大声で怒鳴ったので、オーバーハウズナーは驚いて、身をすくませた。

「もちろん、そんなことは思っていません。わたしが言いたかったのは、われわれが相手にしているのは、きわめて狡猾（こうかつ）な……」

「もしわたしがロッテを殺したかったとしたら、自ら手を下すような愚かなことはしなかっただろうし、まして、自分の住まいのなかでなどあり得ない」空中に唾が飛び散った。「きみは、わたしがすっかり分別を失っていると思うかね？」

オーバーハウズナーは身じろぎもしなかった。「わたしは中佐殿がすっかり分別を失っておられるとも、ラナー嬢を殺されたとも思っていません」

ノスケは息をはずませ、ソファにすわって煙草に火をつけた。「話をつづけてくれ」

「誰がやったにせよ、きわめて陰険（いんけん）です。われわれが関わっているのは入念に考え抜かれた事件です。何者かがあなたに罪を着せようとしているのだと思います。自覚的にやっているのです。誰かが」

「そこまでは、わたしにも分かっていた」ノスケはこの光景を身動きもせず見守っていたバーデを見やった。「きみは何を見つけだしたのだ？」

「凶器は台所の包丁入れに差してありました。刃と柄（え）のあいだに生々しい血が。でも、柄は徹底的にぬぐい取られていました。指紋はありません」

「で、他には?」

「ドアにも窓にも侵入の痕跡なしです。他に出入りできる場所はありません」

「つまり、われわれは目に見えず、壁を通り抜けることのできる者と関わっているわけだ」ノスケの声は皮肉に満ちあふれていた。

「いずれにしても、われわれは非常に危険な犯人を相手にしています」バーデは腕組みし、視線を部屋中にさまよわせた。「何かを見落としているのです。われわれは」

ノスケはあらためて息をはずませた。「きみたち二人とも馬鹿じゃないのか? 答えは明らかじゃないか。このヒルデブラントに違いない。きみたちの説明が正しいとすれば、問題となるのは彼一人だ」

オーバーハウズナーは死者を指し示した。「どうやら犯人はラナー嬢に背後から襲いかかり、片手で彼女をしっかり抑え、もう一方の手で喉を掻き切ったようです」彼はその動きを真似てみせた。「でも、ヒルデブラントには片腕しかありません」

ノスケは頭に手をやった。「それで、きみたちは隊でもっとも優秀な犯罪捜査専門家だと主張するつもりか? このブタ野郎には、もちろん共犯者がいたのだ。誓ってもいい、背後で操っているのはレジスタンスだ。〈フランケンの自由〉のブタどもに間違いない(フランケンはバイエルン州の北部地方)」ノスケは立ち上がり、控え室に入っていった。「何を待っている?」彼は大声で言った。「いい加減に、この連中を引っ捕らえろ」

# 4

真夜中に戸外にいるのは不安だった。しかも、ダビデの星（ユダヤ教のシンボル）もつけていない。これまで反ユダヤの決定を無抵抗に受け入れてきたイザークは、まず、道路の向こうに、そして最後に天空に視線をさまよわせた。月はまだごく若く、細い三日月でしかなかった。かなり前から、敵の攻撃機が襲来してきたときに目標を与えないように灯火管制が敷かれていたので、誰にも見られずに移動するには好都合だった。彼は帽子をかぶり直し、苛立ちを抑えようとした。本当に敢行すべきだろうか？

口のなかがからからだった。急がなければ。恐怖に追い立てられて住まいに戻っていかないうちに。〈暗くするのが第一の義務。もしも空襲の危険と敵が見えたら〉彼は呟いた。ナチスはこの詩で、国内戦線の子どもたちに規則を叩き込もうとしたのだ。〈敵は千メートルの高さからでも、わずかな微光すら見つけだすだろう〉彼もまた、命が惜しければ見られてはならなかった。

イザークは肩をすくめながらせかせかと歩き、クララの住むシュタインビューフに向かって真っ暗なグンター通りを急いだ。〈敵が高く飛ぼうが低く飛ぼうが、どこもかしこも暗ければ……〉彼は小声で引用しながら、自分はどちらをより恐れているのだろうと考えた。ナチスに捕まることか、それとも、クララに再会することか。

　戦争が始まる前、彼とドイツ人であるクララは一年足らずのあいだ恋人同士だった。人種法があるために、彼とクララはその恋を秘密にしていなければならなかったが、そのうちナチスの支配は終わるだろうと信じていた。バイエルンの評議会制共和国やワイマール帝国政府のように。だが、恐怖は去るどころか、むしろ力をつけ、小川が激流に変わったのだ。

　クララは二人でドイツから去っていくことを望んだ。ウィーンかロンドンか、それともニューヨークへ。ありのままでいることが許されるどこかへ。愛し合っている二人の人間が。

〈……そうすれば、敵は攻撃の目標が見えず、爆弾を無駄に投下する〉

　イザークは急ぎ足で家々の前と公園を通りすぎ、今にも心に溢れてきそうな思い出を追いやろうとした。湿ったアスファルトの匂いのするひんやりとした夜気を吸い込み、自分の人生になおも残されている良いことについて考えた。そこはかとなく自由を味わいかけていたとき、突然、胸に不安が拡がった。まるで幽霊の手で無理強いされたかのように頭が右に回り、彼は足を止めた。

〈世界中の稀覯本、古版本、古地図、学術論文〉

ショーウインドー内の掲示板がそう告げていた。黒いインクの曲線的な文字で書かれたものを読むまでもなかった。何といっても、彼自身が書いたものだからだ。あのころ、この小さな店は彼のものだった。

一挙に、印刷インクの匂いが鼻を満たした。木製の本棚のたてるかちゃっという音、天井灯のぶーんとうなる音、もろくなった紙を指先でさすったときの心に湧きおこる快感。静寂と安堵の波に洗われた。だが、その感情は長くはつづかなかった。店の名前を見たとき、それはシャボン玉のようにはかなく消えた。

〈ヨハン・ミュラーとその息子たち〉今、彼の小さな世界はそう呼ばれていた。かつては〈ルビンシュタイン古書店〉と書かれていたもっと小さく控えめな看板のあった、まさにその同じ場所に、ばかでかく、ぴかぴかに磨き上げられた看板があって人目をひいた。

時はすべての傷を癒すと言われているが、そんなものではなかった。彼が長い時をかけて蒐集した宝、たっぷりの愛情と配慮をもって築き上げた事業……そのすべてがナチスによって押収されたのだ。彼らはそれを非ユダヤ化と名づけた。イザークは強奪と呼んだ。この不正にたいする絶望――それは決して消え去るものではなかった。

不意に足音が聞こえた。しだいに近づき、イザークのほうに向かってまっしぐらに進んでくる。でも彼は立ち去ることができなかった。金縛りにあったようにショーウインドーを凝視していた。

あるいは、さっさと逮捕されてこの惨めさに終止符を打ち、無抵抗のまま破滅するべきなのかもしれない……。

彼は家族のことを思い、まばたきして涙を払い落とし、ある家の車寄せに逃げ込んだ。

背中を壁に押しつけて息をとめ、通行人が——それが誰であろうと——立ち止まるのを認めてぎょっとした。もしや、彼に気づいたのではあるまいか？

「〈暗闇でキスしたことがありますか？　それがどんなに素敵なことか知っていますか？　知らない？　一度すべてを忘れて……〉」突然、彼から数メートルしか離れていないところで、男がすっかり羽目を外して歌っているのが聞こえた。

女がくすくす笑っている。「おやめなさいな、悪い人ね」

「何をお高くとまってるんだい」

布がかさかさ音をたて、かすかな呻き声が聞こえてきた。

「だめ！」不意に女が言った。「もう、やめてください」

女はハイヒールの音をさせて歩み去っていった。男はあとを追っていった。なだめと誓いの言葉を叫びながら。

イザークはほっとし、二人の声が聞こえなくなるまで待ってから、道を先に進んでいった。

ようやく目的の場所に着いたころには、寒さにもかかわらず汗びっしょりだった。顔を拭ったあと、近くに誰もいないのを確かめ、そっと前庭に忍び込んで窓ガラスをノックした。アーロンの言ったことが間違いでありませんように。クララが今も一階の小さな住まいで暮らしていますように。

なにも起きなかった。

イザークは同じことをくり返した。彼女には三年間会っていなかった。長かったその三年間、彼は毎日、クララのことを思っていた。耳のなかで、「さよなら、イザーク」という声がこだましていた。それが彼女から聞いた最後の言葉だった。

やっと家のなかから物音が聞こえた。ろうそくが灯され、窓に顔が現れた。一、二秒、イザークの心臓が停まった。

「クララ……」

彼女の目が大きく見開かれ、じっとイザークを見つめた――過去の亡霊を。

イザーク、とクララの唇がゆっくりと形をつくった。彼女は窓を開けた。

「一人なの？」彼は囁いた。唇が不意に埃っぽく乾いてきた。「なかに入ってもいい？」

クララはうなずき、入り口のドアを指した。

イザークはさっとドアのほうに動き、待っていた。突然、時が停止し、後退しはじめるのを感じた。何度、ここに佇み、彼女がドアを開けてくれるのを待っていたことだろう。失われたと思っていた記憶が意識の表に立ちのぼってきた。秘かな眼差し、心からの笑い、最初のキス……。

「ここで何をしているの？」彼女はドアを開け、首を突きだし、左右と道路の向こうを眺めたあと、ようやく脇にどいた。「あなたたちユダヤ人は、外出禁止令で縛られているんじゃないの？」彼女は囁いた。その間にイザークは玄関にするりと入り込んだ。

「ああ、もちろん。でも……」

「でも？」

彼女は今も以前と少しも変わっていなかった。ブロンドの髪が柔らかく波打って肩に垂れていた。目は輝き、口元には利かん気な表情があった。

「きみの助けが要る」

クララは玄関のドアを閉めた。「誰にもあとをつけられていなかったでしょうね？」イザークがうなずくと、彼女は住まいのなかへ彼を押しやった。「急いで」彼女はせっついた。イザークは深く息をつき、周囲を見まわした。「記憶にあるのとは、だいぶ違っているね」

クララは彼を見つめた。鋭く、問いかけるように。「多くのことが変わったわ」彼女はイザークをじろじろ眺めた。「新しいのは家具だけじゃないのよ」彼女はカーテンがきちんと閉まっているかどうかを調べた。「ぎょっとするじゃないの」しまいに彼女は明かりをつけ、ソファにすわり込んだ。「この時刻に誰かがノックしたら、普通は良くないことを意味しているでしょう」

「悪かった」イザークは縁なし帽を脱いで、椅子に腰を下ろした。

クララは何も言わず、ただ、彼を見つめただけだった。押し黙り、謎めいていた。

「ぼくたちは通知書を受けとった」イザークは説明した。「ナチスは……彼らはぼくたちをこの町から放逐する……運びだすつもりだ。どこに向かってかは分からない。明後日、彼らは迎えにくる」

クララは目の前のテーブルに置かれた銀色の小箱を開け、長くて細い煙草を取りだして火をつけ、黙って吸いはじめた。

「不吉な予感がするんだ」イザークは話しつづけた。「十一月に連れていかれた人たち……その消息が何も聞こえてこない」

クララは煙を吐きだした。「で、そのことがわたしと何の関係があるの?」彼女は無表情のままだった。

「きみはアーロンを覚えているか？　アーロン・グラスシャイブを？　いっしょに強制労働をやらされた。ある日、彼が仄めかした……きみがレジスタンスと繋がりがあると、それとなく言ったんだ」

クララの顎の筋肉に緊張が走った。「ただの噂。それも危険な噂よ。お願いだから、口をつぐんでいるようにアーロンに伝えてちょうだい。そういう仄めかしは、わたしにとって命にかかわりかねないんだから」

イザークは小箱を指さし、クララはうなずいた。彼は煙草を一本、取りだした。

「心配は要らない。アーロンはもう誰にも話ができない。偽名を使って旅に出ようとしたところを捕まり、射殺されたんだ」

クララがびっくりしたのか、ほっとしたのかは分からなかった。恐らくその両方だろう。「仮にわたしが本当に繋がりをもっているとしたら、どういうことになるの？」

「だとしたら、ぼくたちに避難場所を見つけてほしい。無理なお願いであることは承知している。何らかの方法で感謝の気持ちを……」

「ぼくたち？　ぼくたち家族？」クララの顔に苦々しげな表情が浮かんだ。このときはじめて、彼女は感情を表に出した。「相変わらずね……」

「クララ……」

「いいのよ」彼女は手を振って彼の言葉をさえぎった。「分かってるわ。あなたにとっては家族がいちばん大切だということは。自分の人生よりも、それ以外の……」クララはそこで黙り込んだ。

「クララ……」彼はふたたび話をつづけた。

「いいのよ」彼女はくり返した。

三年もの歳月が過ぎ去ったことが嘘のようだった。時がそのまま停止していたかのようだ。二人は最後に会ったときと同じ表情を顔に浮かべていた。クララの目は理解できないという思いに溢れており、声には非難の響きがあった。イザークはあのときと同じように、心が千々に乱れていた。

「あのときぼくが下した決断は……きみのためでもあったんだ」

クララは床に目をやった。

「ぼくたちはずっと一緒にいることは絶対にできなかったと思う。ここニュルンベルクでは。ここドイツ国では」彼は今なお、自分は正当なことをやったのだと認めたかった。「別れることが唯一の正しい道だったんだ。でなければ、彼らはきみをぶち殺したかもしれない」

「ほかの人間にとって何が正しいかは、あなたの決めることじゃないわ。わたしたち出ていってもよかったのよ。戦争が始まる前、国境がすべて閉鎖される前に」

「それで？　ぼくはあっさり家族を見殺しにするのか？　母親は病気、妹は二人の幼児を抱えて未亡人になったばかりだった。信じてほしい。ぼくがどれほどきみと一緒に行きたかったかを」イザークは断言した。「でも、家族全員を置き去りにするのは……その罪を抱えて生きていくことはできなかったと思う」

「それで、あなたが犠牲を払ったことが、誰かの役に立ったというわけなのね?」クララの声にこもる皮肉を聞き流すことはできなかった。

イザークは黙って煙草を吸いつづけた。

「六人もの人たちが身を隠すのを助けるなんて、不可能よ」クララは沈黙を破った。「一人だけでも危険なのに。そのことをどう考えているの?」

イザークは肩をすくめた。「分からない」

「分からない? ゲシュタポが、ユダヤ人を支援した人々に何をするか、それくらいは分かっているんでしょう?」クララは答えを待っていなかった。「人民の敵として、それどころか、時には反逆者として告発されるわ。その人たちは地下の拷問室に行き着くか、あるいは、即刻、ダッハウ送りになるのよ。運がよければ数ヵ月後に敗残者としてふたたび戻ってくる。でなければ……」彼女は恐るべき事実を口には出さず、暗示するに留めた。「進んでそんなリスクを引き受けようとする人なんていないわ」

イザークは煙草を灰皿でもみ消すと、両手を見つめた。「よく分かった」彼は立ち上がり、玄関ロビーに向かった。「すまなかった。ぼくは誰にも危険を冒させたくないし、自分の問題で人に迷惑をかけようとは思わない」

クララはしばらく彼をじっと眺めていたが、立ち上がって言った。「問い合わせてみるわ。何か耳に入ったら知らせるから。今もゴステンホーフに住んでいるの？　あそこには……」

「いや」イザークはさえぎった。「ユダヤ人住宅に移るしかなかったんだ」彼は惨めな思いをぐっとこらえ、その住所を詳しく教えた。

「本当に残念だわ。何もかも」クララは彼のほうに歩み寄った。間近に佇んでいたので、その身体の温もりが感じられた。彼女はイザークを見上げた。

彼はクララの目の緑色に一瞬、われを忘れた。彼女の息がうなじに感じられた。

「さようなら」クララは言うと、そっとドアを開けた。イザークは彼女の額にキスした。「さようなら」

# 5

「自分の命にかけて、母親の命にかけて誓います。わたしは何も知りません」

ヴェルナー・ヒルデブラントの顔を涙が流れ落ち、塩辛い筋になって肌をちくちく刺したが、それを拭うことはできなかった。ゲシュタポ警官たちに無理やり服を脱がされ、部屋の真ん中に立たされていたのだ。すわったり、何かにもたれかかることは禁じられていた。動くことさえ許されなかった。

バーデは爪楊枝を噛みながら、ヒルデブラントの裸の身体をじろじろと眺め回した。

「共犯者は誰だ?」バーデは微塵も感情の動きを感じさせない声で訊いた。

ヒルデブラントは喘いだ。冷たい汗が涙と混ざり合った。「そんな者はいません。わたしは何もやっていません。何が起きたのかすら、まだ知らないというのに」

彼は拷問者の顔をまじまじと眺めたが、その無邪気そうな外見に驚いた。人は彼を親切な人、感じのいい隣人、思いやりのある父親だと思うかもしれない。彼が今ここでおこなっていることをその見かけから推し量ることは到底、不可能だった。

バーデは肩をすくめた。「自業自得だ」と彼は呟き、ヒルデブラントの右の太股を牛革の鞭で打った。

鞭は若い守衛の肌を断ち切り、温かい血が脚を伝って汚れた床に滴り落ちた。ヒルデブラントは歯を食いしばり、もはやバーデの無関心な目つきに耐えられず、漆喰の塗られていない煉瓦の壁を凝視していた。窓のない壁はじめじめとし、黴の臭いを発散していた。狭いその囚人房に弱い明かりを与えている裸電球が、落ちつきなく明滅し、薄暗い隅っこからはゴキブリどものがさがさ這いまわる音が聞こえてきた。

「わたしは無実です」ヒルデブラントは押しだすように言った。「何も知りません。すべてお話ししました」

「くそったれた嘘をつく必要はない」バーデはあらためて鞭を宙でびゅんびゅん振り回した。「おまえは片腕がないと思っているだろう？　だが、目がなくて生きていくのが、どんなものかを想像してみろ」彼は片足でヒルデブラントの脛を蹴った。「〈旗を揚げよ！　整然と隊列を組め！　親衛隊は歩調乱さず前進する。前線で射殺された戦友たちも心のなかで共に行進する〉」バーデはヒルデブラントの周りをゆっくりと一巡しながら歌った。

元の位置に戻ってくると、バーデは若い守衛の右目の目蓋を上にあげ、鞭の尖端を眼球に向けた。「おまえは総統を、国民を、祖国を裏切った」

「いいえ、違います、お願いです……わたしは前線にいました……キエフの。わたしたちは同じ側にいて、同じことのために戦っているのです……」

「とんでもない。おまえのような裏切り者のおかげで正しい連中が命を落としたのだ。せめて片目ぐらいは……」バーデは相手の頭をつかみ、しっかり押さえつけた。

その瞬間、頑丈な木の扉が勢いよく引き開けられ、外から苦痛の叫びや抑えた呻き声が聞こえてきた。この地下に拘留されているのはヒルデブラントだけではなさそうだった。「きみにお呼びがかかっている」声が響いてきた。

「待ってもらえないか?」バーデは訊いた。そっけなく、事務的な口調だった。

「残念だがだめだ。急を要するのだ。ノスケ親衛隊中佐から手入れの指令が下った。〈フランケンの自由〉に所属する疑わしい者全員を、今夜中に逮捕しろとのことだ」

「今日中にか?」バーデは片方の眉を吊り上げた。「まだ早いんじゃないか? おれの受けた報告では、政敵に関わっている同僚たちは、作戦上の理由から、それが終わるまで待ちたいということだったが」

「たとえそうであってもだ。親衛隊中佐は、狩り込みは即刻開始すると言い張っている」

「運が良かったな」バーデはヒルデブラントの耳もとで囁いた。「だが、一つ言っておく。延期するからといって放棄することにはならないからな」

# 6

ノックがあまりにも激しかったので、ドアが震動した。間違いなく家のどこにいても聞こえただろう。「開けろ！」男が大声で求めた。「開けろ！」求めに応じる前に男はくり返した。

一瞬の静寂は、攻撃的な犬の吠え声によって破られた。

彼らがやってきた。ヒトラーの手先たちが。

突然、予期しないときに、どこからともなく現れるのが彼らの戦術の一つだった。侵入して望むものを持ち去り、来たときと同じくらいの速さで姿を消す。ふつうの泥棒との違いは、彼らの奪っていくのが人間だという点だった。

「すぐに開けろ、さもないと鍵を壊して入るぞ！」言外の響きから、男が本気であることに疑いの余地はなかった。

「待ってください。ちょっとだけ！」

「すぐにと言っただろう！」

「すぐに開けます」

彼はシャツを羽織り、ドアを開けた。

「アルトゥール・クラウスか?」

痩せたぱっとしない男が間近に立っていて、鼻と鼻が触れ合いそうになった。男の息は煙草の煙の匂いがした。

分けた髪は油っぽく光っている。

「そうですが?」クラウスは一歩しりぞき、相手をじろじろ眺め、つぎに、男の後ろに聳えんばかりに立っている人間の塔のような三人の男たちに注意を向けた。彼らは私服で、一見したところ、恐怖を抱かせるような印象を与えなかった。だが、まさにそれ故に、アルトゥール・クラウスの背筋に寒けが走った。過ぎ去った歳月が彼に教えたことがあるとすれば、それは、破滅の淵は深ければ深いほど、平凡な外見の蔭にひそんでいることが多いということだった。「これから寝ようとしていたんですが。何か……」

「まだ間に合ううちに経験してもらう」男は階段を指さした。

「よく分かりませんが」クラウスは茶色の髪を耳の後ろにかき上げ、男を物問いたげに見つめた。

「充分、分かっているだろう」男はやや間を置いた。「国民と国家を保護するためのドイツ国総統の命令により、きみを逮捕する」

「国民と国家を保護するため？」クラウスは目を見張った。「それは誤解です。思い違いです。わたしは悪いことは何もしていません」

「もしそうなら、われわれがここへ来ることはなかっただろう」

男は薄い唇のあいだに爪楊枝をはさみ、クラウスの上腕をつかんだ。クラウスは男の手から逃れようと、ぐるっと回った。「何て失礼な！　わたしは祖国と総統に忠誠を誓った誠実な国民です」

「それなら、何も恐れることはないだろう」男はにやりと笑った。

アルトゥール・クラウスはシャツのボタンをはめ、胸元で両腕を組んだ。「せめて、ズボンぐらいははかせてもらえませんか？」クラウスは懇願したが、自分の声に夥しいパニックの響きが混じっていることに愕然とした。

「好きにしろ」男はぴかぴか輝く白い歯をむきだし、意地悪く笑った。「取りかかれ」男は言うと、クラウスを荒っぽく脇に押しやり、他の三人に向かってうなずいた。

三人は無言で住まいに侵入してきた。重々しい足音が狭い玄関中に鳴り響いた。その直後、すべての戸棚が引き開けられ、扉が叩きつけられ、食器ががちゃがちゃ音をたてながら床に落ちた。

「何をするんです？」クラウスは急いで男たちのあとを追った。「そんなやり方をしなくても……」

クラウスはいまなお名前の分からない男によって引き止められた。一瞥(いちべつ)しただけで充分だった。彼らが手だれであり、これに止(とど)まらずより多くのことができるのが分かった。彼は十分すぎるほど注意を払ってきたつもりだ。一歩踏みだすにも慎重に考えた。すべての痕跡は入念にぬぐい去った。いったい彼らはどうやって彼の計略を見破ったのか?

クラウスは不意に、未だかつてないほど傷つきやすくなっているのを感じた。これが、しばしば引用される、人生を以前と以後に分かつ出来事なのだろうか? あるいは、結局、すべては無害であったと判明するかもしれない。ただの誤解でしかなかったと。

いや、そんなことはない。ゲシュタポは間違いは冒さない。決して。ゲシュタポの警官たちは真実を自由自在にあやつる。彼らが何を言うにせよ、それが法律だった。それにしても何が彼らをここに向かわせたのだろう? より正確に言えば、誰が?

真面目で非の打ち所のない市民が密告される例はごまんとある。疑い深い隣人、悪意のある同僚……支配的な政権のおかげで、人の内面の最悪の部分が露呈(ろてい)されるのだ。

クラウスはこれがただの思い違いであるように、あるいは少なくとも取るに足りないことであるよう願い、かつ、祈った。自分はうっかりして、ハイル・ヒトラーと言う代わりに、こんにちは、とでも言ったのだろうか？

ユダヤ人または強制労働者に親切な言葉をかけただろうか？

国防軍の勝利に対して、あまり高揚感を示さなかったからか？

戦争救援組織が集金をおこなった際、献金した金額が少なすぎたからか？

そのうちのいずれかに違いない。それ以外のことは考えられない。

それ以外のどんなことでも、彼を死刑に導きかねなかった。

だが、彼ばかりでなく何百万もの他の人々も。

一九四二年三月二十日　金曜日

# 7

「わたしは皇帝のために片脚を失いました。国のために血を流しました。いつも税金を払ってきました。わたしはまともな市民です」隣室の老人が声をはり上げるので、言葉の一つ一つがはっきりと聴きとれた。「また、この前の戦争では勇敢褒章(ほうしょう)をいただきました。それなのに今、わたしは獣よりも価値のない人でなしのように扱われています。どうしたら、そんなことが許されるのですか?」

「ルビンシュタインさん、聞こえましたか?」ユダヤ教共同体の事務長であるベニヤミン・ゲルプの声に、イザークは物思いを破られた。

イザークはため息をつき、両手で疲れた目を上からこすった。

「残念ですが、わたしどもには、どうすることもできません」ゲルプは立ち退き通知書の下の部分を指さした。〈取り下げ請求をおこなっても、考慮されることはないので、無意味である〉とそこには書かれていた。「ここに立ち寄られたのは、あなたが最初ではありません」

イザークは大きな不安に襲われた。「せめて、どこへ連れていかれるのか、そこで何が待ち受けているのかを教えていただけませんか？　あなたはゲシュタポのユダヤ人問題課と接触がおありなんでしょう？」

「ほぼ毎日」ゲルプは悲しげにうなずいた。「ほとんど毎日、ルードヴィッヒ通りの本部に呼びだされて、新しい指示を与えられています」ゲルプは引き出しから一冊の地図帳を取りだして拡げた。「あなた方は移住させられるのです。ナチスはドイツからユダヤ人を一掃するつもりです。ですから、あなたもご家族も東に連れていかれます」ゲルプは該当するページが見つかるまで地図帳をめくった。「イツビカという所です」彼は目を細めながら、その場所を探した。「ここです」しまいに彼は言った。「リュプリンの南東にあります」

「ポーランドですか？　でも、そこで何をさせられるのですか？　言葉も分からないというのに」

「多くの人がそうです」ゲルプは壁のほうに向かってうなずいた。その向こうでは、老人が今も自分の運命を嘆いていた。「移送されるのは、あなたとご家族だけではありません。フランケン地方全体で、合計千人にのぼる人々が運ばれていくのです」

「そんなに大勢？」

「みんなでイツビカに新たに部落を開拓するのです。ニュルンベルクには労働不能の者たちだけが残されます。彼らはつぎの立ち退きでテレジエンシュタットに運ばれていきます」

ドアのそばの箱型大時計が大きな音で規則正しく時を刻んでいる。

「わたしたちをユダヤ教共同体で正式に雇っていただくわけにはいかないでしょうか?」イザークは考えながら言った。「聞くところによると、ここで働いている人たちは移送を免除されるとか。わたしたち、お金もありませんし……」

「ああ、ルビンシュタインさん」ゲルプはため息をついた。「残念ながら、それはできません。シナゴーグ(ユダヤ教の会堂)は破壊され、施設は閉鎖されました。高齢者や労働不能者たちがテレジエンシュタットに送られてしまったら、わたしたちがお世話をする人たちはいなくなります。そうなれば、免除も不可侵特権もなくなります。誰にとっても」ゲルプは悲しげにほほ笑み、立ち上がった。「あなたはわざとダビデの星をつけていないのですか?」

イザークは自分の胸に目をやった。「ああ、しまった」イザークは呟いた。「縫いつけるのを、すっかり忘れていました」彼はため息をついた。「家に帰ったら、すぐにつけ直します」

「そうなさい。星なしでいるところを捕まったら、どんなことになるかご存じでしょう」ゲルプは手を差しのべた。「今、できることがあるとすれば、わたしたちの運命を神のご加護に委ねることです。あなたとご家族のためにお祈りしましょう。シャローム・アライヘム。あなたにご平安を」

「あなたにも。アライヘム・シャローム」

イザークは胸が詰まる思いで、運河通りの上手(かみて)にあるその目立たない建物を出ると、重い気持ちでロクス墓地の方角に向かった。ユダヤ教共同体が彼と家族のために何かしてくれるだろうと本気で信じていたわけではないが、それでも、ひどく惨めな思いだった。最後のかすかな希望が消えてしまった。残されているのは、家に帰り、逃れられない運命に従うことしかなかった。

彼は帽子をかぶり腕を組み、こんなにも慣れ親しんでいるのに、こんなにもよそよそしい霧に包まれた町を歩いていった。至るところに大きいハーケンクロイツ（鉤(かぎ)十字。ナチスの記章）旗が窓からなびき、〈犬とユダヤ人は入店禁止〉と書かれたポスターが、店のショーウインドーにぶら下がっている。

「〈今日のような良い日が続きますように〉」ある店の開かれた窓から、流行歌が響いてきた。「〈永久に、続きますように！　そうすれば、何ものも、この幸福を追い払うことはないでしょう。楽しいときも苦しいときも、続きますように〉」

この歌詞のもつアイロニーについてあれこれ考えている暇はなかった。その調子外れの大声を聞いている最中に、彼は突然、一群のヒトラー青年団(ユーゲント)（ナチスの青少年組織）に取り

囲まれた。彼らは茶色の制服に、同じ色の舟型帽、黒のスカーフ、赤い腕章というい
でたちだった。

「衛生兵たちの英雄的行為をご評価ください」なかの一人が大声で言い、彼の顔の前に献金箱をかざした。「ドイツ赤十字の救援組織に献金をお願いします」

イザークは当惑しつつ、ズボンのポケットから貨幣を二、三枚つかみだした。

「こいつはユダヤ人だ。ユダヤ野郎だ」いきなり、なかの一人が叫び、イザークの上着を指さした。星の代わりに黒っぽく目立ったところがあった。

「いったい、あの人はここで何をしているの？」一人の年配の女性が片手を口に当てた。まるで、とてつもなく恐ろしいことに直面したかのように。「とんでもないことだわ！」

「やつは記章もつけずに、この辺りを散歩できると思っているんだ」十代半ばの少年の一人がしゃがみ、歩道から敷石を剝がし取ろうとした。「やつは何か良からぬことを企んでいるに違いない」

「彼を捕まえろ！」仲間の一人が叫びながら小型のナイフを抜きだした。それは銃剣の形をしており、把手には〈血と名誉〉と刻み込まれていた。

「〈今日のような良い日が、続きますように〉」歌手マリカ・レックは、何の惑いもなく歌いつづけていた。

「何を思いついて、こんなところをほっつき歩いているんだ？」ナイフを持った少年は、その刃をイザークの顔に向けた。「それに、おまえの星はどこにあるんだ？」

「そのとおりだ。おれたちを騙せると思っているんだろう。だが、おまえの狡そうなつらを見れば、どういう民族の者か見え見えだ」

　イザークは防御するように両手を上げた。そのあいだに見物人の群れが彼らのまわりに集まってきた。

「ばらしちまえ。ブタ野郎を！」男の声が聞こえた。「片づけてしまえ、汚らわしいユダヤ人を」

　イザークは周囲を見回し逃げ道を探したが、人々は彼を取り囲んでいた。ますます多くの人々が彼のまわりに集まり、笑い、どら声を張り上げ、野卑な声でわめき、反ユダヤ的なスローガンを唱えていた。

「お願いだから……」イザークは言いかけたが、それ以上はやめた。

懇願しても意味がなかった。人々は彼を逃しはしないだろう。彼は目を閉じ頭を垂れ、何らかの解決法を見出そうとしながら、最初の一撃、一刺しを覚悟していた。

　何も起きなかった。

彼はゆっくりと目を上げ、集まった人々が金縛りにあったように上を凝視しているのを見て、自分もそれに倣(なら)った。

そこに現れた光景は彼をうろたえさせると同時に、素晴らしく美しいものだった。何百枚、いや、何千枚もの白い紙が雲の垂れ込めた空を流れ、風に揺れ動き、空中でくるくる回りながら地面に向かってゆるやかに踊っていた。やわらかく、ほとんど優美に、差し伸べている多くの手に向かって、ゆっくりと落下してきた。

それが何であるのかが、やっと見えてきた。黒い文字のぎっしり印刷されたビラだった。ところどころに赤い下線が引かれている。何者かが近くのシュピットラートール塔から、ばらまいたに違いない。そして、風がそれを四方八方に運んでいったのだ。

「おや、まあ！」今しがたまで、あれほど激昂(げっこう)していた年配の女性が叫んだ。「これって、本当のこと？」

「もしそうなら、スキャンダルだ！」

ひそひそ話が群衆のあいだに拡がっていき、興奮がその場を占めた。

イザークには関わりのないことだった。一瞬のためらいもなく彼は駆けだした。フラウエントールグラーベンを越えて駅へ、ガード下の歩行者用地下道を抜けて、アラースベルク通りを急いだ。脇腹の痛みも、肺がひりひりするのも無視し、まるで踵(かかと)の化身であるかのように駆けに駆けた。

グンター小路のユダヤ人住宅に着き、住まいのドアを後ろ手に閉めたとき、初めて立ち止まって喘いだ。やってのけた。暴徒から逃れて安全な場所に来た。いや、そうではない。不意に彼は意識した。自分は庇護(ひご)も保護もされないのだ。この家では、この町では、この世界では。

# 8

「何か変わったことはあるか？」ノスケは開いたドアの前で待っていたオーバーハウズナーに向かってうなずいて見せた。「例のヒルデブラントは、最後には自白したのか？」

「いいえ、今も、無実を主張しています」

「では、夜のうちに逮捕されたレジスタンスの闘士と思われる者たちはどうなんだ？　彼らと殺人との関連は証明できたのか？」

「まだです。でも、バーデがその件に当たっています」

「それでよい。引きつづき最新情報を伝えてくれ。わたしはあのブタどもを、自ら処刑台に送ってやりたい――それも、明日より今日のほうがよい」ノスケは立ち上がり、書き物机の後ろの壁にかかっている大きい地図のほうに歩み寄った。小さな旗がいくつもの戦地への軍隊の進軍を明らかにしていた。「前線で何か変化は？」彼はオーバーハウズナーが手にしている新聞をさし示した。

オーバーハウズナーは親衛隊中佐の広々とした執務室に足を踏み入れ、新聞を拡げた。「〈軍の司令部が明らかにしたところによれば、敵は東部戦線において六十八機の航空機と、六十八基の戦車を失った〉」彼は読み上げた。その間、ノスケは指をソビエト連邦の上に走らせていた。

「で、西部では？」

「〈アメリカの海岸において、ドイツの潜水艦は敵の商船五隻（せき）と海軍の沿岸警備艇一隻を沈没させた〉」

「素晴らしい。それによって戦線はどこかに移動されたのか？」

「いいえ、残念ながら」

ノスケはふたたび、がっしりとしたチーク材の書き物机に向かってすわり、自分のコーヒーカップから一口飲んだ。「つづきを読め」

「〈ブルート勲章、ドイツ金十字章の受賞者、鉄十字章の保持者であるヨゼフ・フライシュマンが野戦病院において、重傷により死亡した〉」

「よい男だった」ノスケは言った。「祖国のために壮烈（そうれつ）な最期をとげたのだ。遺族は彼を誇りに思ってよい。ラナーについても何か載っているか？」

オーバーハウズナーは新聞をめくった。「〈美女ラナーが亡くなった〉」彼は見出しを読み上げた。「〈国と総統は彼女の死に哀悼（あいとう）の意を表する〉」彼はそこで止めた。

「それで全部か？」

オーバーハウズナーはかぶりを振った。「いいえ……」

「では、続きを読め！」

「〈悲劇的な予期せぬ事件によって、誰からも愛されていた女優があの若さで命を失った。彼女の思い出のために、ウーファ（一九一七年に創設されたドイツ最大の映画会社）系列のすべての映画館は、当分のあいだプログラムを変更する〉」オーバーハウズナーは新聞を下ろした。「それ以上は載っていません。新聞はこの件をなるべく控えめに扱うように指示されています」

ノスケはカップを下ろし、山のように積み上げられた書類のほうを向いた。「ありがとう、オーバーハウズナー。もう行ってもよろしい」

オーバーハウズナーは立ち去らず、そこに佇んだまま咳払い（せきばらい）をした。「ちょっとよろしいですか？……じつは、その……少しばかり問題がありまして」

彼は胸ポケットに手をやって一枚のビラを引っぱりだし、それを机の上に置いて一歩退いた。

ノスケは紙切れに手を伸ばし、ざっと目を通したが、怒りのために顔が紅潮した。「何だ、このたわごとは？」彼は拳（こぶし）で思いっきり強く机を叩いたので、カップのコーヒーが受け皿に、ぴちゃっとこぼれた。「どこで手に入れたんだ？」

オーバーハウズナーは一度、息を吸い込み、また吐きだした。「何百枚もが町中に散らばっています。公園のベンチ、家の車寄せ、郵便箱にも」

ノスケは激しく喘いだ。「名誉毀損だ！」彼は叫んだ。「まったくの誹謗中傷だ」

「もちろんです。よく承知しております。誰もが分かっていることです。でも、准将のメル……」

「〈騙されてはいけない〉」ノスケはビラの文を声に出して読みはじめた。「〈武勲をたてた無実の英雄が、ゲシュタポの拷問室で苦しんでいる。親衛隊中佐フリッツ・ノスケが御自ら手を下して美人女優を殺害した。権力者の犬の嘘を信じるな！　反抗せよ！　ロッテ・ラナーのために正義を！　ヴェルナー・ヒルデブラントのために正義を！」

「この不快な一件は、早急に解明されるに違いありません」オーバーハウズナーはなだめ、自分の腕時計に目をやった。「准……」

ノスケはビラを丸め、部屋の斜め向こうに投げた。「言語道断なこの件の背後に、何者が潜んでいるのかを突き止めなければならない」彼はわめいた。「そいつらの首が転がるのを見たいもんだ」

「そうですとも。もちろんです」

「いい加減にこのくそヒルデブラントの口を割らせろ。レジスタンスのやつらの尋問を強めろ。くそいまいましい殺人犯を見つけるんだ」

「ただちに、取りかかります」

「では、何を待っているんだ？　始めろ！　行くんだ！」

「メルテン准将が、お話しになりたいそうです」オーバーハウズナーはやっと、要件を伝えることができた。「九時を予定されています」

警察本部長にしてゲシュタポ長官である人の名を聞いてノスケは正気に返り、口をつぐんで髪を後ろに撫でつけた。「今、何時だ？」

「九時二分前です」

ノスケは立ち上がり、制服の上着をさっと着た。「何の件についてか言っておられたか？」

「自分で考えればいいだろう？」部屋に声が響いてきた。

ノスケとオーバーハウズナーはぱっと振り向いた。

大柄、長身、上品な目鼻だちで、顔にいくつか刀傷のあるナチス親衛隊准将のゲオルク・メルテンが脚を広げて戸口に立っていた。「もちろん例のラナーの件だ」彼は部屋に入ってくると辺りを見回した。「シックだ。きみは追放された者たちの遺品から美しい家具のいくつかを、せしめたわけだ。立派なもんだ。きみが長官だと人は思うかもしれない」

ノスケはあらためて顔を赤らめると、直立不動の姿勢をとった。

メルテンは黙って上着の胸ポケットに手を差し入れ、ビラを引っぱりだした。

「こんな低俗なビラに書かれていることを、まさか信じてはおられないでしょうね」

ノスケは言った。

「わたしがどう思おうと関係はない。重要なことはただ一つ、総統のお考えだ」

ノスケは目を大きく見開いた。

「親愛なる総統は、女優の死亡なんかよりもっと重要な問題に取り組んでおられるはずです」

「ラナーはそんじょそこらの女優ではなかった。彼女はある種の偶像。国民のお気に入りだった。それから、例のヒルデブラントだが、どうやらキエフで中隊全員の命を救ったようだ。彼の上官はヒルデブラントを輝かしい英雄、勇気と大胆の権化（ごんげ）だと言っている」メルテンは身をかがめ、机に寄りかかった。「人々は疑いはじめた。本当は何が起きたのかを知りたがっている」

直属の上司が目の前にいることでノスケが居心地の悪さを感じていることは、傍目（はため）にも明らかだった。「なるべく早く犯人を見つけだすことが、なおさら重要になってきます。親衛隊員のバーデとオーバーハウズナーが……」

メルテンは片手を上げた。「その二人には事件から手を引いてもらう」

「何ですって？　でも、なぜですか？　二人とも優秀な男たちです。以前は、刑事警察で働いていました。彼らの殺人事件解明率は抜群です。きみからも言いたまえ、オーバーハウズナー」

「バーデと自分は本当に……」

「万人の目がわれわれに向けられている。総統も含めて。それゆえ、この事件はとくに慎重かつ専門的に扱う必要があるのだ。国民の不満は何としても避けなければならない。ゲッペルス国務大臣はそのために、わざわざ、わたしに電話をかけてこられた。彼の指示は明らかだった」

「総統……ゲッペルス……」ノスケは影響範囲の大きさに驚いた様子だった。

「モスクワにおける赤軍の勝利は、国民の高揚感にブレーキをかけた」メルテンはノスケの背後の地図を指さした。「戦争は長引いている。ソ連を攻略することは、皆が期待しているような日曜日の散歩ではないのだ。人々はしびれを切らしている」

「しびれを切らしている」ノスケは呟いた。「でも、毎日、多くの成功が報告されていますが」彼は新聞を指さした。

「だが、同時に多数の戦死者も報告されている。火は燃えつづけさせねばならない。一般大衆がわれわれに寄せている信頼をぐらつかせてはならない」

「それなら、なぜ、有能な連中に事件から手を引かさせるのか、理解に苦しみます」

ノスケは額に皺を寄せ、わけが分からないと言いたげに上司をじっと見つめた。

「容疑をかけられている者の部下が殺人事件を捜査するのは、良くない印象を与えるからだ。バーデもオーバーハウズナーも、ほかのゲシュタポ警官たちやこの町のあらゆる警官たちと同様、偏見を持たれている。きみの立場をわきまえてほしい。わたしに次いで高い地位にある幹部なんだから」

ノスケは腰を下ろし両腕を組んだ。「誰が?」彼は訊いた。「捜査を指揮するのは誰なんですか? もしや、あなたでは?」

「アドルフ・ヴァイスマンという者が引き受ける」メルテンの口調は淡々としていて、この指示に喜んでいるのか気を悪くしているかは、判断し難かった。

「アドルフ・ヴァイスマン」ノスケはその名をくり返し、オーバーハウズナーのほうを見やった。

オーバーハウズナーは肩をすくめ、かぶりを振った。「何者なんですか?」

「ベルリンの特別捜査官。刑事部の警部だ。国一番の切れ者だと言われている」メルテンは背筋を伸ばし、戸口に向かった。「いいかね、ノスケ。こうならなかったほうが良かったのだが、命令は直接、総統本部から来たのだ。このヴァイスマンは間もなく出発し、ニュルンベルクに到着するだろう。事件がすっかり片づくまで、きみは捜査に関わらないでほしい」メルテンは戸口で少しのあいだ立ち止まっていた。「おまけに、きみは間近に迫った移送の仕事でどのみち手いっぱいだろう。火曜日には万事、滞りなくおこなわれるように、むしろ、そのほうに気を配ってほしい。きみの権限を疑問視されたくはないだろう？」

ノスケは口を開き、何か言おうとしたが手遅れだった。メルテンはすでに部屋から立ち去っていた。

「くそっ！」ノスケは歯のあいだからしーしー音をさせながら言うと、コーヒーカップに手を伸ばし、壁に向かって投げつけた。カップは粉々に砕け散った。

# 9

雨が音をたてて窓ガラスを打っている。暗くなった小路を風がひゅーひゅー吹き抜けていく。グンター小路のユダヤ人住宅でイザークは窓に歩み寄り、冷たいガラスに触れながら、もはや彼のものでない外の世界を眺めていた。

「ねえ、ぼくたちの行くところは……そこも、夜はどこもかしこも真っ暗でなきゃいけないの？」子どもの声が聞こえた。

彼は振り向き、エリアスとエステルが横たわっているマットレスのそばに膝をついて、甥と姪の頭を撫でた。「今に分かるよ」

「そこならプールで泳げるの？　公園に行けるの？」

「そしてラジオが聞ける？　市電に乗れる？　猫を飼ってもいいのかな？」

「今に分かるよ」イザークはくり返した。できれば嘘をつき、美しい未来を約束したいところだった――または、せめて正常な未来を。だが、彼は子どもたちに偽りの希望を与えたくはなかった。「さあ、お眠り。長旅にそなえて休んでおくんだよ」彼は快活な様子を見せようと努めたが、口角をつり上げる以上のことはできなかった。

イザークは疲れ、力が尽き果てていた。クララとの再会、ベニヤミン・ゲルプには彼らを助ける力がないこと、通行人たちによる敵対行為……それに加えて、自分たちに容易ならざることが迫っているという暗い予感。

彼はもう少しで、すでに移送が実行され、見知らぬ目的地に到着する日が来ていればいいのにと願いそうになった。移送先で彼と家族を待ち受けているのが何であろうと構わない――それは、今この瞬間に嘗めている不安ほどひどいものではないだろう。

それとも、そうなのだろうか？

イザークはエリアスとエステルの姿をこれ以上見ているに忍びなかった。彼の心は二人の無邪気さにたいする絶望感と、その不確かな運命にたいする怒りでいっぱいだった。彼は身を起こし、ほかの家族が待っている隣の部屋に入っていった。

埃と影。彼の頭にその言葉が浮かんだ。彼らに残されているのは、それがすべてだった。ベッドで静かにタナハを読んでいる父親のかたわらで、苦しげに呼吸している母親。一方、レベッカは床にしゃがみ込んで壁の染みを見つめていた。

「また、ヘルツルさんが泣きわめいている」彼女は怒りをむきだしにして言った。

「一度だって、元気を出そうと努めたことはないんだから」

「放っておけばいい」父親は前にかがみ、レベッカの手をさすった。「悪気があってやっているわけじゃないんだ。ただ不安なだけなんだ。みんなそうだ。あらゆる苦しみのなかで不確かさほど残酷なものはない」

レベッカはため息をつき、うなずいた。「幸いにも、この惨めさはもう長くはつづかないわ。明日になったら彼らは迎えに来る。無理やり連れていくのよ。どこへかは分からないけれど」

「イツビカへ行くんだ」イザークは口をはさんだ。「もう言ったはずだけど」

「イツビカ」レベッカは毒虫を吐きだすように言った。「何もかもイツビカしだいね。全てか無か。天国か地獄か。わたしはどちらかと言えば後者のほうだと思う」

「何かを恐れるのは、そのこと自体よりも厄介なものだ」父親は母親とレベッカの手をつかんだ。「祈ろう」

イザークはレベッカの横にすわって父親に倣った。みんなで目を閉じ頭を垂れた。

「聞け、ユダヤの人々よ。神は……」

「あれは何?」レベッカは頭を上げた。「聞いた? 誰かが階段に」

イザークは眉をひそめ、息をつめた。「ぼくには何も……」

入り口のドアが激しくノックされるのを聞いて全員がぎょっとした。

「彼らよ。彼らが来たのよ」レベッカは口に手を当てた。

「書類には、土曜日以降のために用意しておくようにと書かれていたわ」母親が言った。「土曜日は明日なのに」

「これまでに彼らが何かを守ったためしがあったかしら。彼らのほかに誰が来るというの？」

「まあ何てこと。哀れなわたしたちは」ヘルツル夫人の小部屋から悲嘆の声が響いてきた。「彼らはもうやって来たのよ。わたしたちを連れに、ああ、ああ」

　クローネンベルク一家は沈黙していた。

「では、たぶん、その時が来たのだろう」父親はストイックな威厳を見せて立ち上がり、髪を撫でつけた。

　イザークは父親の肩に手を置いた。「ぼくが見てきます。みんなで取りだしておいた物の荷造りをはじめてほしい」彼は膝をがくがくさせながら玄関に出ていった。心臓が止まるかと思いながら、ドアの把手をつかんでゆっくりと右に回した。

「急いで！」ドアが突然、力いっぱい押されたので、イザークはつまずき、あわや倒れそうになった。黒服の誰かが家のなかにするりと入り込み、苛立たしげに辺りを見回した。「ご家族はどこ？」

　一瞬後には、それが誰なのかイザークには分かった。「クララ」

「ご家族はどこ？」彼女はくり返した。

　この不意打ちに今なお驚いているイザークは、無言で右手のドアを指し示した。

　クララはそれ以上はひと言も発することなく、その小さな部屋に駆け込み、なかにいる者にはお構いなく窓のそばに立った。彼女はカーテンをゆっくりと細めに引き開け、道路の様子をうかがった。「あまり時間がないわ!」

「クララ?」レベッカが問いかけた。「クララ、あなたなの?」彼女はイザークのかつての恋人の前に立ち、怒りをこめた疑わしげな目で見つめた。「こんなときに何の用なの?」

「急いで」クララはレベッカを無視して言った。「荷物をまとめて。どうしても必要な物だけにして。自分で持てる以上の物はだめ」

「何が……」レベッカは言いかけたが、クララは片手を彼女の口に当てた。

「わたしの言うとおりにすればいいのよ」

「いったい何が起きたの? まさか彼らでは……」ヘルツル夫人がドアから首を突きだした。目が腫れ上がり頬が赤らんでいる。クララを見て彼女は眉をひそめた。「この人は、誰?」

　クララは向きを変え、ポケットのなかを探るふりをした。彼女はイザークにちらっと刺すような視線を送った。

「これは……この人は昔の友だちです」彼はいまだに狼狽から立ち直れないまま、口ごもった。「お別れに来たのです。異常はありません。また休んでください」

ヘルツル夫人は躊躇していた。

「ナチスではなく知り合いが来ただけだと、クローネンベルクさんに言ってください」

「でも……」

「クローネンベルク夫人の心臓のことを考えてください」イザークは言葉を差し挟んだ。

ようやく、老女はいなくなった。

クララは夫人の足音が遠ざかるのを待った。「あなた方のために隠れ家を見つけたわ」彼女は囁くような声で言った。「ある知り合いのところに宿泊できることになったの。その人のお祖父さんがこの前の戦争中に闇商人をしていて、当時、秘密の倉庫を建てたのよ。あなた方は、さしあたり、そこで過ごしていいことになったのよ」

ルビンシュタイン家の家族は、たがいに見つめ合った。

「信用できないわ」レベッカは不満げにイザークに言った。「なぜ、彼女はわたしたちを助けようとするの？」

「レベッカ」イザークは妹を脇に押しやった。

「彼女はあなたが一緒に逃げなかったことを許そうとしなかった。とりわけ、わたしたちを絶対に許さなかった。そんな人がわたしたちに好意的な態度を見せるなんて信じられないわ」

「信じられるさ。そういう人なんだよ。さあ、荷造りを始めよう」

レベッカはためらった。「いつ見つかるかも分からない恐怖を抱きながら、古い倉庫に隠れ住むなんて。むしろ移送されたほうがましじゃないの」

イザークはかぶりを振った。「東ではひどいことが待っているような気がするんだ。ここでの生活よりもっとひどいことが。ぼくは彼女と一緒に行くほうを選ぶ」イザークは見せつけるようにクララのほうに歩み寄り、彼女を抱擁した。「ありがとう。この危険を引き受けてくれて」彼は訴えるような目で妹を見た。

「ほんとうに、ありがとう」両親も加わった。「ほんとうに……」

「お礼は後回しにして」クララはイザークの抱擁から身を振りほどいた。「子どもたちを連れてきてちょうだい。そして、ここから消えましょう。急いで」

なおも疑い深い目つきをしていたレベッカも急いで隣室に入っていった。イザークは両親のために一個、自分のために一個、トランクを詰めた。その直後、レベッカは子どもたちを連れ、荷物を持って現れた。

「下で車が待っています」クララは説明をはじめた。「五人を乗せて町から出ていくことになっています。運転手には一切、質問をしないこと。それ以外のことはすべて現地に行けば分かるはずです」

「六人です」イザークの父親は手を止めた。「わたしたちは六人です。妻とわたし、イザークにレベ……」

「分かってます」クララは荷造りをつづけるようにと、手ぶりで伝えた。「大人三人、子ども二人。隠れ家にはそれ以上の人が入る余地はありません」

誰もが当惑して黙り込んでしまった。身じろぎもせず、硬直（こうちょく）したように互いを見つめ合った。

「じゃあ、わたしが残ります」母親が沈黙を破った。「健康が優れないから、わたしがいないほうが楽でしょう」口元にはほほ笑みを浮かべていたが、目には別の感情が現れていた。

「ぜったいに駄目だ」父親は妻の手を取り、自分の手で包み込んだ。「わたしが……」

「議論するのは、それくらいにして」クララがさえぎった。「イザークが残ります」

「イザークが？　でも、どうして？　なぜ、よりによって彼が……」

「彼のために書類を手に入れたのです。ドイツ人のパスポート。アーリア人であるという身分証明書、それに旅行許可証も。それがあれば彼は、明朝、トルコに向かって出発できます」

「トルコに？」母親は両手で顔を覆った。

「そこから船でパレスティナに向かいます」

イザーク自身は黙ったまま、今はじめて聞かされたことを頭のなかで整理していた。

「泣かないで、母さん」彼は懇願した。

「短時間にこれ以上のことはできませんでした。多少なりと手配できただけでも、よしとしてください」

「もちろんです。もちろん、わたしたちは喜んでいます」父親は断言した。「わたしたちは決して恩知らずだと思われたくはありませんが、でも、クララさん、ひょっとして偽のパスポートをもう何通か手に入れてはもらえないでしょうか？　そうすれば、わたしたちは一緒に旅立つことができます」

クララはかぶりを振った。「書類は高価ですし、入手するのは困難です」クララはその手をイザークの父親の手に重ねた。「ご子息のためにこんなに早く調達できたのは、ほとんど奇跡に近いのです。あなたとご家族のためのものは、仲間の者たちが探しています」彼女は腕時計に目をやった。「急いでください。出発しなければ」彼女はせき立てた。「時間切れです」

「もう、一緒にいることはできないの？」母親の声は震えていた。大粒の涙が青白い顔を流れ落ちた。

「ナチスは明日、あなたたちがいなければ捜索するでしょう。探し、狩りたてるでしょう。男性一人だけなら何とか逃れられるかもしれませんが、ご家族全員では？とうてい無理です！　しかも、高齢の方、病気の方、そして子どもたちから成る家族の場合は。別々に旅立つほうがいいのです。それも、時間をずらして」

クララは母親の肩をつかみ、目をじっと見つめた。「わたしの提案に同意なさるのか、それとも、お断りになるのか、決めてください。急いで」彼女は囁き声で言った。

「もういいよ、了解した」イザークは母親にハンカチを渡した。「そのうち、再会できるから」彼は目に明るい希望を込めようと努めた。

「急がないと、ダッハウか監獄で再会することになりますよ」クララは時計を見た。

「五分したらわたしは出ます。来ない方はそのままここに置いていきます」

ルビンシュタイン家の者たちは黙って荷造りをつづけた。

「ほんとうに彼女を信用する気？」レベッカはイザークの耳に囁いた。

「クララはぼくたちに損害を与えるようなことはぜったいにしない。彼女は善人だから」イザークは囁き返した。

「やっぱりね」彼女は答えると、兄を食い入るように見つめた。「自分が何をしているか分かっているんでしょうね」

「急いで、さあ、急いで！」クララは歯のあいだからしーしーと音をさせ、苛立たしげな身振りで戸外を指し示した。

「さあ、行こう」イザークは母親を助けて立ち上がらせた。

「どうか、静かに」クララは指を唇に当て、ルビンシュタインの家族が部屋から出るのを注意深く見守っていた。「それは、だめです」彼女はみんなが上着を着るのを見て、小声で言った。ダビデの星を指さしていた。「はずしてください。急いで」

彼らは震える指で、もどかしげに星をはずそうとした。

「さあ、これで」クララはイザークにポケットナイフを渡した。

「ここで何が始まろうとしているの？」

全員が驚いて振り向いた。

ヘルツル夫人が廊下に出てきていた。あっけにとられて荷物を見つめている。「どこへ行くの？　もしかして逃げていくつもり？　それとも隠れるつもり？」彼女は彼らを押しのけて戸口まで来ると、両手を拡げてドアを塞ごうとした。「わたしを連れていって！　お願いだから」

クララはイザークに目をやり、かぶりを振った。

「ぼくは構いませんが。荷造りしてきてください」彼はヘルツル夫人に言った。「必要なものだけ。自分で持てる分だけ」

老女は苦しげに息をした。疑わしげな様子でイザークの両親と視線を交わそうとしたが、両親は困惑したように床を見つめていた。

「何を待っているんですか？　急いでください！　時間がないんです」レベッカが不

満げに言った。

ヘルツル夫人はうなずき、急いで自分の部屋にとって返した。

クララは夫人が姿を消すまで待ち、そっとドアを開け、家族を階段から外の道路へと、せき立てた。安全であることを確かめてから、クララは短く口笛を吹いた。

何秒も経たぬうちに、黒っぽい車が走ってきて、エンジンをかけたまま歩道に停まった。

「なかに入って」クララは後部ドアの一つを開けて荷物をなかに入れ、それからトランクルームにも入れた。

イザークは両親を抱擁したあと、車のなかを寝ぼけたように、こわごわ覗(のぞ)いている子どもたちの髪にキスをした。

レベッカはためらい、車のなかをじっと見つめた。

「これはレジスタンスの人たち。ちゃんとした人たちだ」イザークはレベッカの頬を撫で、自分のトランクを持った。「きっと、うまくいくよ。そのうち再会できるだろう」彼はあらためて断言し、喉の詰まりをぐっと飲み下した。家族は車に乗り込み、去っていった。

イザークはそれ以上、自分の運命を嘆いているわけにはいかなかった。頭上で、窓の一つがぱっと開いてヘルツル夫人が外を見たのだ。

「停まって！」彼女は叫んだ。「ルビンシュタインさん、どうか待ってください！」

「まずいわ」クララはイザークの腕をとり、自分のほうに引き寄せた。「彼女が近所の人たちみんなと一緒に叫びださないうちに、ここから消えなければ」

「わたしを置いてきぼりにしないで！」ヘルツル夫人の声があとから追いかけてきた。「裏切り者！　人でなし！」

　クララは足を早めた。

　ヘルツル夫人の罵倒は悲しげなすすり泣きに変わった。イザークは心が重くなった。

「可哀相な人」彼はそちらに顔を向けた。

「振り返ってはだめ。いつも前を見て」クララは彼を引っぱっていった。

「ぼくたち、どこへ行くの？」

「わたしのところへ。一晩、そこに隠れて、その先のことはすべて明日の朝になってから考えましょう」

　それからの道中、二人は黙り込み、それぞれの思いに耽りながら暗闇を突き進んでいった。

　クララの住まいに着くとイザークはソファに倒れ込み、悲哀をこめてトランクを見つめた。シャツが三枚、ズボンが二本、セーターが二枚、靴下が五組、下着と石鹼。それに加えて何枚かの写真と愛読書であるトルストイの『戦争と平和』上下二巻。元の暮らしのうちで、彼に残されたのはそれがすべてだった。彼は後ろにもたれかかり、目を閉じた。本来なら、間近に迫った逃亡について話し合いたいところだったが、身体がいうことを聞かなかった。鉛のように重い疲労に襲われ、何も言えないまま、長くて夢のない眠りに落ちていった。

# 10

大きな呻き声に、半睡状態にあったアドルフ・ヴァイスマンは、ぎょっとして目を覚まして瞬きをし、シュレージエン駅の一つしかないランタンの弱い明かりに照らされて、ベルリンの文字がくっきりと浮かび上がって見える窓から、外を見た。

彼の乗っている病院列車は、動いているかぎり車室は静かだった。だが、機関車がブレーキをかけるや、悲嘆の叫びや愚痴が始まった。健康な者にはほとんど感じられないが、負傷者にとって、車両の緩衝器が互いの押しつけ合いによって速度を落とす瞬間は、混じり気なしの苦悶を意味していた。傷口はぱっくり開き、骨折の場合はとくに激痛が走る。

つい先刻まで人けのなかったプラットホームだが、今は本職の者たちが、かいがいしく動き回っている。食料品や薬品を入れた木箱が積み込まれたり、下ろされたりしたが、本来の積み荷はそれらではなく、東部の戦場で負傷した者たちから成っていた。彼らは国中のいくつもの野戦病院に配分される。松葉杖にすがって歩く者たち、担架で運ばれていく者たち、袋に入れられた者たち。そのいずれが、もっとも幸運だったのか一概には言えないことが多かった。

　ヴァイスマンは居住まいを正し、自分の時計を見た。二時少し前だった。ニュルンベルクまであと六時間半ある。彼は目を閉じ、列車がふたたび動きだし、北ドイツの平地を通過して、フランケンに向かって、さらに進んでいくのを待っていた。騒音はしだいに静まってきたが、それ以上は眠れそうもなかった。

　結局は、諦めてコートを着ると、列車のなかをうろつき始め、兵員たちの宿所、軽傷者の車室、厨房、物資車両を通り抜けていった。外科手術がおこなわれる車両の後部には、重傷者たちの領域があった。並んでいる数えきれないほどの三段ベッドは全部ふさがっているため、多くの者は床に横たわるしかなかった。消毒剤、血液、排泄物の臭いが空中に漂っていた。戦争の臭いだった。

「この兵士の繃帯は、取り替える必要がある」彼は一人の軍医に耳打ちし、しくしく泣いている兵士を指さした。その頭の繃帯には血膿がたっぷりしみ込んでいた。

「すぐにやります」通りすがりのその軍医は言った。「完全に定員超過です。各自が少なくとも五十人の患者の面倒を見なければならないのです」

「モスクワ」熱っぽい頬をしたその若者は呟いた。「まもなく到着だ。まもなく、あの町はわれわれのものになる」

「そういうことだ」

ヴァイスマンはそれ以上は関わらず、ふたたび前の方に戻っていった。一人一人が究極の勝利に向かって貢献しなければならない。彼がなすべきことは、例の女優を殺害した犯人を見つけだし、それによって民衆の満足を確かなものにすることだ。祖国の現場が秩序正しくあることは、少なくとも戦場における規律と同じくらい重要なのだ。

彼は書類を持ってくると食堂車にすわり、事件について調べはじめた。シュナップスの瓶を前に黙ってすわっている二人の衛生兵以外は誰もいなかった。明かりは弱く、列車ががくんと揺れるリズムに合わせて明滅した。

「どこから乗られたのですか？」衛生兵の一人が訊いた。鼻のまがった無骨な男だ。男は標準語で話そうと努めているが、明らかにベルリン訛り（なま）があることは隠しようもなかった。もう一人の小柄な禿げ頭（は）の男は、ヴァイスマンをこっそり観察していた。

「ワルシャワ」彼は短く答えた。

事実、彼はそこでドイツ士官の殺人事件を調べていたのだが、新たな命令がゲッペルスのオフィスから届いたのだ。〈至急〉とメモされており、それがどういう意味かヴァイスマンには分かっていた。ニュルンベルクに到着するには病院列車を使うのがもっとも早い方法だった。

「個室にいるとは、結構なご身分だ」衛生兵は話しつづけた。「どこから来て、どこへ行こうとしているのか誰も知らない謎の乗客」男は立ち上がり、ゆっくりとヴァイスマンのほうにやってきた。「あんたが誰で、どういう使命を帯びているのか、わたしが言い当てたらどうします？」

ヴァイスマンは男を見上げ、じろじろ眺めた。男の顔は痘痕（あばた）に覆われ、両手はたこだらけで、指の中間関節にかき傷があった。息はアルコール臭に満ちている。にもかかわらずその発音は明瞭（めいりょう）だった。飲酒に慣れ、最近、けんかに巻き込まれた下層階級の者だとヴァイスマンは確認した。男の上着にもズボンにも武器の輪郭が浮きでていないので、彼は自分の拳銃を差したままにしておいた。

「謎々遊びをする気はない。消えてくれ」

「あんたは親衛隊のアドルフ・ヴァイスマンだ」男は何の印象も受けなかったような態度を示した。「ロッテ・ラナーの殺害事件を解決するために、ニュルンベルクに向かっているんだ」

男は口を歪（ゆが）めてにやりと笑い、ヴァイスマンが何が起きたのかを知るより早く、彼の髪をつかみ頭をテーブルに叩きつけた。

ヴァイスマンの周りですべてが真っ黒になった。

「やつはまだ生きているか？」

無骨な男はヴァイスマンの喉をさわった。「脈はない」

「よし、急ごう」

衛星兵だと勘違いされた二人は死者の服を脱がせ、寝巻を着せ、頭に繃帯を巻いた。

「彼の書類と指輪は持っているか？」禿げ頭のほうが訊いた。

「ああ。ここにある。受け取れ。認識票と布をよこせ」

二人はブリキでできた楕円形のメダルをヴァイスマンの首からかけ、その身体を持ち上げて灰色の麻布の上に寝かせた。

「こんなにも簡単にやらせてくれるとは、運がよかった」禿げ頭のほうが言った。

「たまたま簡単だったんだ」瘂痕顔のほうが答えた。「どうして、彼をあっさり捨ててしまわないんだ？」

「見つかったとき山ほどの疑問が投げかけられるからだ。こうしておいたほうが安全だ。おまけに、おれは彼の名前を死者リストにすでに記入しておいた」

「どうなりと、好きなようにやればいい」瘂痕顔のほうは、安全を確かめてから、ヴァイスマンの上で布を折り畳み足を包んだ。「そろそろ三時だ」

二人は死者を高く持ち上げ、重傷者の車両を抜けて運んでいった。負傷した兵士のほとんどは眠っていたが、それ以外の者たちは高熱状態で幻覚を見ているか、あるいは、虚空を凝視していた。

「また、新たに一人か？」暗がりから声がした。

「ふむ」痘痕顔のほうが呟いた。

「われらが永遠のドイツ国の偉大と未来のために。総統と国民と祖国のために」禿げ頭のほうがつけ加えた。

彼らはヴァイスマンの身体を車両最後部の床に横たえた。そこにはすでに、布でくるまれた、あるいは袋に詰められた十体の死体があった。

「ハレまで、あと一時間半だ。たっぷり時間はある」

「途方もない計画だ」痘痕顔のほうが不平をこぼした。「ニュルンベルクの仲間たちにとって、恐らく、これ以上の危険はないだろう」

「おれたちの問題でなくて幸いだ。取り決めを片づけしだい、また、ベルリンの厄介事のほうに取りかかる」

「ハレでは、車がおれたちを待っているんだろうな？　それとも？」

「待っていなければ盗むまでだ。何があろうと行く――列車より先にニュルンベルクに着かなければならん」

一九四二年三月二十一日　土曜日

# 11

「起きて！」クララの声がイザークの意識のなかに侵入してきた。はじめは夢かと思ったが、二、三秒もすると事態の重大さに気づき、深刻なショックを受けた。「今、何時？」

「六時半よ」

イザークは身を起こし、目をこすった。「どういう計画？」

彼はクララを探るように見てレベッカの疑念のことを思った。クララが彼を心から愛していたことは分かっていた。同時に、彼の下した決断によってどれほどクララを傷つけたかも——家族を思っての決断だった。今、その家族の運命はクララの手に委ねられている（多くのことが変わってきた……）。

イザークはクララの心の内に何が起きているのかを見出そうとした。だが、彼女の思いは相変わらず不可解だった。この謎めいたオーラが彼女の発散する魅力の一部だった。以前はそれに惹（ひ）きつけられたが、今、それは彼を不安にしていた。

「ねえ……」彼は口を開いたが、クララは彼に発言するチャンスを与えなかった。

「一時間半したら、あなたの乗るべき列車が出発するわ」クララはドア枠にもたれながら、彼をまじまじと見た。「そのままでは、とうてい旅行に行けそうもないわね」

彼女はイザークの膝にタオルを投げ、戸棚を指し示した。その上には、水差しと洗面器が置かれていた。

イザークは立ち上がってシャツのボタンをはずし、自分のトランクから石鹸を取りだした。「家族のことで何か聞いた？　無事に隠れ家に着いただろうか？」

「間違いないわ。ヴィリーが一緒にいるから大丈夫。心配無用よ」クララは首をかしげ、奇妙なほど鋭い眼差しで彼を見た。「あなたがどれほど家族思いなのかは分かってるわ。そして、この別離をどれほど不満に思っているかも。ひょっとすると一つ可能性があるかもしれないの。もしも家族のそばから去らなくてもいいとしたら、どう？」クララはおかしな口調で言った。「ニュルンベルクに留まり、家族の近くにいて、もしかしたら、ときどき訪問もできるかもしれない」

「つまり、ぼくはここで、きみのそばに……？」

クララはかぶりを振った。「いいえ、それではあまりにも危険すぎるわ。一昨日、大がかりな捜索活動があって、レジスタンスの重要なメンバーが逮捕されたの。ゲシュタポが今度はわたしに目をつけることは十分あり得るわ」彼女は煙草に火をつけ、煙を宙に吐きだした。「それに、近所の人たちは、わたしの言動を監視しているわ。あなたは危険なお客さまよ」

「でも、どこに……それじゃ、ぼくはどこに……？」

「〈フランケンの自由〉のまだ逮捕されていない少数のメンバーが、あなたの面倒を見ると申しでているの。みんな良い人たちよ。まっすぐで誠実で。コミュニスト、カトリック信者、社会民主主義者……彼らは最初の日から抵抗していて、しっかり組織され、ネットワーク化されているわ」

今まさに上半身を洗おうとしていたイザークは、そこで手を止めた。「アーロンの言ったとおりだ。きみはレジスタンスと繋がりがあるんだね」

クララは胸の前で腕を組んだ。「彼らはあなたを助ける代わりに、見返りを求めているわ」

イザークのほっとした表情が疑い深いものに変わった。彼は自分のトランクを指し示した。「ぼくの持ち物はこれがすべてだ。少しばかりの下着と本が二冊、それに数枚の写真」彼はズボンのポケットから何枚かの紙幣を引っぱりだした。「そして、五十ライヒスマルク」

「あなたの持ち物やお金を欲しがっているんじゃないわ。彼らのために、あなたにあることをしてもらいたいと思っているの」彼女は部屋に足を踏み入れ、イザークの前に立つと、彼の裸の胸に手を当てた。「彼らといっしょに働いてほしいの。くそいまいましいナチスに抵抗するために。ナチスがあなたや他のユダヤ人たちにしたこと、彼らがわたしたちにしたことを考えれば」彼女は瞬きをした。「立ち上がってブタどもに反抗すべき時じゃない？」彼女の大きな緑色の目がきらきらと輝いた。

イザークはしばらく彼女を見つめ、それから、かぶりを振った。「きみはぼくをよく知っている。他の誰よりもよく。ぼくは英雄じゃない。ただの平凡な古書店主だ」彼は力なくほほ笑んだ。「レジスタンスの人たちにとって、ぼくは役に立つどころかお荷物になるよ」

「あなたは若くて健康」クララは言い返した。「それに、わたしの知っている誰よりも教養と想像力がある。あなたにできることは、いくらでもあるわ」

「大胆な破壊工作？　秘密のスパイ活動？　ぼくには向かないよ。そういうことをする度胸がないから」イザークは身体を拭い、トランクから洗いたてのシャツを取りだした。

「善人が戦わなかったら、悪人が勝利をおさめるのよ」クララは咎めるような目で彼を見た。

「ああ、クララ」イザークはシャツのボタンをはめ、頭を垂れた。「ぼくは、きみや他のレジスタンスの闘士たちを尊敬している。きみたちの出動に感謝している。でも、ぼくの道はそれとは違うんだ」

「そう、それなら」どうやらクララは彼を説得できないことを悟ったようだ。あのころと同じだった。彼女は煙草をもみ消し、灰皿の横に置かれていた貝殻で飾られた小箱を開け、なかから櫛とハサミを取りだした。「じゃあ、あなたに旅支度をしてもらいましょう」クララは彼の髭と、耳まである濃い褐色の髪を指し示した。「髭を剃り、髪形を変えましょう。そうすれば、あなたは端正なアーリア人のように見えるわ。すわって」彼女は椅子を指さした。

　イザークは彼女の求めに従った。

「いつ誰と話す場合も、ぜったいにイディッシュ語（中世ドイツ語とヘブライ語の混成語。ドイツおよび東ヨーロッパのユダヤ人によって用いられる）を使ってはだめよ」クララはイザークの顔に髭剃りクリームを塗りながら説明した。そして、剃刀を引き抜き、顎と頬に走らせた。「なるべく口数は少なく。もし話すときはゆっくりと慎重に、混じり気なしの標準語で話すのがいちばんね。いつもヒトラー敬礼をおこなうこと。それも、大声でしっかりと」彼女は一歩退いて自分の仕事を観察した。そして、いくつかの箇所を修正し、最後には満足げにうなずき、つぎに髪のほうに取りかかった。大まかに後ろに撫でつけ、短く切り、横のほうを剃り落とした。「安息日（ユダヤ教では、金曜日の晩から土曜日の晩まで）は忘れて。お祈りや決まりも忘れること。そして、食事のときは、それがコーシャ（ユダヤ教の掟にかなっていること）であるかどうかを考えないこと。そして、何が起きようとも決して人前に裸体をさらさないこと。あなたが割礼を受けていることは誰にも見られてはならないから」クララはイザークの手にポマードの容器を押しつけ、彼の顔の前に鏡をかざした。

イザークはびくっとして顔をそむけた。今、彼が目の前にしている男は自分ではなかった。

ゆっくりと首を巡らせ、未知の男をしげしげと見つめた。用心深く指を顔にすべらせ、額、頬骨、眉毛をさわり、自分自身を把握しようと努めた。これは本当に自分なのだろうか？　イザーク・ルビンシュタインなのか？　目のふちの黒ずんだ隈とこけた頬をのぞくと、彼は風采よく見えた。ドイツ人的な魅力があった。厳しくて尊大で。恥ずかしさに襲われた。家族と、以前住んでいた家と、自分の古書店と、自分自身への郷愁をおぼえた。

クララは独特の目つきであらためて彼を眺めていた。その眼差しが告げているのは心配なのか？　同情なのか？　それとも、ひょっとして憧れだろうか？

その奇妙な表情は現れたときと同じくらい素早く消えていった。彼女は戸口まで行き、ハンガーに掛けてあった品のいい黒の背広に手を伸ばした。身体にぴったり合い、ウエストが心持ち絞られている。「これを着て」

クララはボタンをはめ、生地の上からブラシをかけた。「もし誰かに話しかけられたら目を見るのよ。けっして視線を逸らさないで」彼女はイザークが手をつけなかったポマードを取り、それで彼の髪に光沢を与えた。「強く、きっぱりとした態度をとるのよ。ぜったいに躊躇ったり、恐怖を表に出したりしないこと。ナチスは犬みたいに鼻が利いて、不安の匂いを嗅ぎつけるから」

イザークはうなずいた。「やってみる」

クララは地だんだを踏んだ。「これは遊びじゃないのよ。よく聴いて！　チャンスは一回きりよ。やってみるというのでは不十分よ。あなたは、わたしの言ったとおりに自分を改めなければならない。あなたの命はそれに懸かっているのだから」唾を飲み込もうにも、口のなかがからからだった。それから、彼女は銀色の小瓶を彼に渡した。

「これは何？」

クララの上唇がごくわずかに震えた。「彼らに捕まった万一の場合にそなえて」

「これは何？」イザークはもう一度、訊いた。

「青酸カリ。どうか分かって。これによる終わり方のほうが、彼らがルードヴィッヒ通りの地下拷問室でおこなうことより、まだしもましでしょうから」

イザークはかぶりを振り、小瓶を返そうと思った。「われわれユダヤ人に自殺は禁じられている。そんなことをすれば葬式もおこなわれず、カディーシュ（ユダヤ教で親族の喪に服する者が唱える）も……」

クララは額に手をやった。「葬儀のこと？　カディーシュ？　彼らがあなたを捕まえたら、相応の葬式どころかお祈りすらしてもらえないのよ。そして、あなたを何処（どこ）ともしれないゴミ捨ての穴に放り込むわ。人間のゴミ。彼らにとって、あなたはそれ以上のものではないのよ」クララは自分の時計を見た。「さあ、行かなくては。あなたはウィーン行きの列車に乗り、そこからベルグラードとプロヴディヴを経由してトルコに入るのよ」

イザークは深呼吸し、トランクを持ってクララのあとから朝靄（あさもや）の立ち込める外の道路に出ていった。「何から何までありがとう」彼はクララを抱擁したが、心はひどく重かった。前の日、家族に別れを告げたときと同じくらいに重かった。別れというものは何度おこなっても楽なものではない。彼は無理にほほ笑みを浮かべようとした。

「もしかしたら、いつか……」彼は言いかけた。

「さようならは後でも言えるわ。もう少しだけ一緒に行くから」

「いや、きみはもう充分にやってくれた。必要以上にきみを危険にさらしたくない。書類さえもらえば」彼は手を差しだした。

「今は、その時じゃないわ」

それ以上は言葉を無駄にせず、クララは向きを変えて最寄りの市電の駅へと歩いていった。

超現実的。公共の場に立っていて敵意のある目で見られない感じを、それ以外の言葉で言い表すことはできなかった。駅の周りの人々は新聞を読んだり、日常的なこと、たとえば天気や過ぎ去った戦没将兵慰霊日のことや、美人や金持ちの世界で起きたことなどについて喋(しゃべ)っている。誰も彼を見下したり敵対する声を上げたりしなかった。戦争も屈辱も強制収容所への抑留も——すべてが何マイルも遠く離れているように思われた。

けたたましいベルの音が市電の接近を告げた。イザークは反射的に音のするほうに首を向けた。そして、クララがふたたび、あの奇妙な目つきで彼を見ているのを捉(とら)えた——彼女の居間にいたときとまさに同じ目つきだった。彼はこの目つきに馴染(なじ)みがなかった。過去には見たことがなかった。

何が起きたのだろう？　彼がそれについて訊こうとするより早く、彼女は向きを変え、市電に乗り込んだ。

イザークは彼女を追っていった。そして、一挙に彼を襲った不快な気持ちを振り払おうとした。だが、気持ちは一向に消えようとしなかった。レベッカが正しかったのだろうか？　クララは実は信用できないのだろうか？

彼は落ちつかない気持ちのまま窓際の空いた席にすわり、クララがドアの脇に立っているのを見て、生気を取り戻した町に視線を移した。

忙しげに道を行く人々は戦時中であるにもかかわらず、まずまず普通に暮らしていた。笑うことも夢見ることも許されていた。それに反してユダヤ人は脅え、身を隠さねばならなかった。何が彼らと、いわゆる支配者側の人々を区別しているのだろう? 彼もその家族もリベラルで外の世界に広く心を開いた人間だ。シナゴーグに通っており、コーシャなものを食べているとは言え、宗教的な服装をしているわけでもなく、その他の点でもほかの住民と何ら変わりはなかった。

一人の若い女性がそばに座って彼をそっと盗み見たとき、彼の思いは急に断たれた。背中に冷や汗がにじみでてきた。彼は前の座席の背もたれをしっかり握りしめたので、指の中間関節が白く浮きでて見えた。

「戦地に戻られるのですか?」女性は遠慮がちに言うと、彼のトランクを指さした。

イザークは唾を飲み込み、クララの忠告を思い出した。「はい」彼は答え、しっかりと相手の目を見た。

「残念です」女性は顔を赤らめた。

彼は前方を指し示した。新バロック様式の駅の建物が現れた。その高く聳えたガラスの丸屋根のおかげで遠くからでも見えた。「ここで降りなければなりません」イザークは立ち上がった。

「がんばってください」

「ありがとう」彼は彼女のかたわらをすり抜けていった。「励みになります」外の駅前広場で、彼はクララを目で探した。そして、彼女が小柄な禿げ頭の男と話しているのを見つけた。二人に近づいていくと、クララはうなずき、先に行っているようにと、うながした。

そこでイザークは、できるだけ真っ直ぐに駅の中央入り口に向かって進んでいった。かつて、そこに立っていたルイートポルト公の堂々たる記念碑はナチスによって取り払われ、戦争に役立つ物資を作るために溶かされた。俗物どもにとって神聖なものは何一つなかった。

彼は時計を見た。七時四十五分だ。時間はわずかしかなかった。

乗客たちを迎え入れる天井の高い中央ホールは輝かしく、世界的大都市らしい姿を見せていた。垢抜けた駅の店舗では、旅行向きの読み物や法外に高い値段のついた携帯用の食品が売られていた。訪問客たちは壮麗な建築に目を見張っていた。だがイザークはその美麗な雰囲気には注意を払っていなかった。朝の早い時間にもかかわらず活気に溢れていたが、彼は大勢の人々のあいだですっかり途方に暮れていた。どこへ行くべきなのか？　どのプラットホームが正しいのか？　クララは彼に必要な書類を持って、どこにいるのだろう？

アナウンスの声が響いてくる。母親を求めて子どもが泣いている。女性がレース飾りのついたハンカチを頬にそっと押し当てて涙を拭っている。彼は汗をかいたあと氷のように冷たくなり、世界が回りだした。

「もっと先よ」突然、クララがそばに来た。そして、彼を引っぱってローストの匂いの漂う上品な駅のレストランのそばを通っていった。旅行客たちがひっきりなしに往来(おうらい)することによって幾分か匿名性(とくめいせい)が生まれていたため、美しいユーゲントシュティル（アールヌーボー）の大食堂は、ニュルンベルクにおいてユダヤ人たちが落ち合って公共の場で食事のできる唯一の場所だった。だが、それすらも、すでに過去のものとなってしまった。「プラットホームに行きましょう」彼女は右に向きを変えた。

「どのプラットホーム？　どこにもウィーンとは書かれていないけれど」イザークは見回した。ここは何かがおかしい。

「一番ホームよ、急いで！」

彼はできるかぎり目立たないようにクララの腕をつかみ、彼女を脇に連れていった。

「どこにもウィーンとは書かれていない」彼はくり返した。口がからからだった。

「何が何でも失敗したいの？」彼女はイザークの腕を振りほどき、斜め後ろにまわって彼を前に押しだした。

「ここにはスモレンスクのことしか書かれていない」イザークは通路の上に掲げられ

ている掲示板を指した。「何が起きているんだ？」彼は知ろうとした。「ここで何がおこなわれるんだ？」

クララは目を細く開けた。「つまり、それがあなたの感謝なの？」彼女は不満げな声で言った。「わたしは、あなたのために命を賭けているのよ。でも、あなたはわたしを信じないのね？」

「きみの話ではぼくはウィーンに向かい、そこからトルコを経てパレスティナに行くということだった。でも、ここにはスモレンスクと書かれている。ソ連だ。東部戦線だ。まるで方角が違うじゃないか」

「そんな態度をとるのは止めて。一番上に何と書かれているか読んでごらんなさい」

「到着。特別列車」イザークは訝しげに見上げた。

「そのとおり」クララは彼をプラットホームに連れていった。「スモレンスク行きの病院列車がすぐにここに到着するの。それが出発すると掲示板は取り替えられるのよ」

彼はどんなにかクララを信じたかったことだろう。だが、クララの表情に変化が現れたのだ。目が急に落ちつきを失い、口元に苛立たしげな表情が見え、ほとんど見えないほどの震えが身体を捉えていた。彼女の内部でゲシュタポに逮捕されるのではないかという不安が煮えたぎっているせいか？　それとも何か別のことだろうか？　もしそうだとすれば、それは何だろう？

イザークはかつて愛した女性を注意深く見つめた。そして、逃げだしたい衝動を抑えた。いったい、どこへ行けばいいのだろう？

「あなたが苛立っているのは理解できるわ。でも、だいじょうぶよ。わたしを信じて」クララはベンチを指し示した。「ここで待って。そんなに絶望したような目をしないで」彼女はコートのポケットからきらきら光る指輪を取りだした。銀製で、髑髏(どくろ)で飾られている。「これはナチス親衛隊(SS)の名誉の指輪よ。ナチスの高官だけが嵌(は)めることができるものなの」

イザークはその装身具を眺めた。そして、嵌めるべきかどうか迷いを吹っ切れずにいた。「どうしても嵌めなきゃならないのか？」

「ええ、どうしても。ゲシュタポがまもなく、あなたたちが逃亡したことを知るのは間違いないわ。彼らは哀れで不安におびえている人たちを捜索するでしょう。でも、直立不動の親衛隊の男たちを探しはしないわ。だから急いで。ぐずぐずしないで！」

イザークは重い心を抱いたまま、彼女の求めに応じた。

クララは彼に革の小型ファイルを渡した。「あなたに必要なものはすべてここに入っているわ」列車の接近を知らせる警笛が鳴り響くなかで、彼女はイザークの目を見つめていた。

イザークはベンチにすわってファイルを受けとり、それを開けようとしたが、クララは彼の肩をつかんだ。

「見ないで」言葉の激しさと顔つきの鋭さにイザークは身震いした。「勇気を出して。強く。わたしがいつもあなたの内に見ていた男であってほしいの」クララは彼の頬に軽くキスをした。「世界中の幸運に恵まれますように、イザーク。そのうち、また会えますように」

# 12

「彼は何も知らないとは、いったいどういうことだ？」

クララは済まなそうに肩をすくめた。「彼は自分の意思ではぜったいに引き受けなかったでしょうから。わたしはイザークをよく知っているの。わたしたちは……」

「きみたちは恋人同士だった。知っている。アルトゥールが話してくれたことがある。きみがユダヤ人と一緒にいたと」

彼女は黙って雲の垂れ込めた空を眺めた。「ずっと以前のことよ」

駅の前で面と向かって立っているその小柄な禿げ頭の男は彼女をじっと眺め、黙ってうなずいた。「きみたちは自分たちの意思で別れたわけじゃなかった」しまいに、彼はそう言った。「ナチスのせいだ」

「彼が決めたことよ」

男はクララをまじまじと見た。「どうして、彼に本当のことを話さなかったんだ？　そのためなのか？　きみは彼に復讐したいのか？」

「いいえ」彼女はかぶりを振った。「その反対よ。わたしが何も言わなかったのは、これが彼にとって唯一のチャンスだからよ。イザークはとても頭のいい人だけど、自分に自信がないの。自分は弱いと思っているのよ。知っていながらこの挑戦を受け入れるなんて、彼にはとうてい無理なことよ。自分の真の強さをまず自分で見出さなくては」

「いいことだとは思えんな」相手の男は呟いた。「とんでもないことだ」

「わたしを信じて。彼を冷たい水に投げ込むのは、それ以外の方法がないからよ」男は手のひらで禿げた頭を拭った。「まったく、きみはどういう考えで、そんなことをやったんだ?」

「小さなチャンスでも、ないよりはまし。それがわたしの考えよ。あなたはわたしがどうすれば良かったと思うの? ゲシュタポのブタどもはアルトゥールやその有能な仲間たちを逮捕していったわ。イザークは最上の解決策だった――それに、彼は問題のヴァイスマンに少し似ているのよ。おまけに頭がよくて博識。ヘラクレスではないけれど、でも、オデュッセウス(ギリシャのイタカの王。叙事詩オデュッセイアの主人公)だわ」

「何の準備もできていないオデュッセウスか」駅の真正面に、駐車禁止も無視して停まりつづけていた黒い車から、親衛隊の制服を着た男が降り立った。禿げ頭の男はクララと腕を組み、急ぎ足でオペラ劇場の方角に向かっていった。「きみは武器もなく装備もしていない一般市民を戦いに送りだしたんだ。もっと悪いことに、哀れな男は自分が戦いに巻き込まれているのを知らないというわけだ」

「わたしは、ほかに助ける方法を知らなかっただけよ」彼女は地面に目を落とした。「彼はきっと何か思いつくでしょう。いつも、何か思いつく人だから」

「それだけじゃ不十分だ。きみは……」

「わたしは自分にできることはやったわ。指輪、背広、髪形……そのほか、仕上げとして振る舞いのルールもいくつか教えた」

「もし化けの皮がはがれたら、どうなる？　その可能性は非常に高いと思われるが」

クララはため息をついた。「青酸カリの小瓶を渡したの」

「じゃあ、〈フランケンの自由〉や〈ラグナレク作戦〉はどうなるんだ？」

「イザークはそれについては何も知らないわ。われわれのことはもちろん、われわれの計画も。彼には暴露（ばくろ）できないわけよ」

「きみはどうする？　彼はきみのことを知っている。どこに住んでいるかも知っている」

「だから、取りあえず身を隠すつもり。住まいにいるのはどのみち危険すぎるから。管理人のブロイヤー、あの老いたユダから怪しいと睨まれているから」

「くそ告発野郎ども。この狂気の沙汰がすっかり終わるのはいつのことなんだ？」

クララは遠くを見つめた。「もしイザークががんばり抜いたら」彼女は声にかすかな笑みをにじませながら言った。「もし彼が、わたしがいつも思っていたような人だと証明されたら、思っていたより早く終わるかもしれないわ」

# 13

イザークはクララから渡された小型ファイルを開き、なかからパスポートを取りだした。羞恥心(しゅうち)と好奇心の入り交じった気持ちで、彼は表紙を飾っているドイツ国の鷲(わし)紋章と鉤十字(ハーケンクロイツ)を眺めた。ユダヤ人のパスポートが大きな赤いJの文字によって特徴づけられているのとは対照的に、こちらには特に注意を喚起するようなものはなかった。ためらいがちに薄い灰色のその証書をひねくりまわし、使い古された表面に指先を走らせた。この僅(わず)かな書類が一人の人間にとって何らかの意味を持ち得ること自体、まったく不可思議だった。

彼は最初のページを開き、じっくりと見た。

〈パスポート保持者の氏名・ヴァイスマン、アドルフ・リヒャルト
国籍・ドイツ国〉

《アドルフ・ヴァイスマン、ヴァイスマン、アドルフ》イザークはその名前に馴染もうとしたが、うまくいきそうもなかった。彼はイザーク・ルビンシュタイン、ユダヤ人であって――アドルフでもリヒャルトでもなく、親衛隊員でもナチスでもない。クララが彼のために用意してくれたアイデンティティーに自分を同一化させるのは至難のわざだった。小さすぎる靴をはいたような圧迫感と苦痛があった。

列車が入ってきた。ブレーキ音をきしませながら停止し、ドアが開いた。

車両から担架と、死体を入れた袋の運びだしが延々とつづいたが、イザークはそれではなく、もっぱら、掲示板をいじくりまわしている駅員に注意を向けていた。

列車のつぎの目的地が本当にウィーンなのかを見届けないうちに、軌道のはずれから、親衛隊の黒い制服を着た一人の男が現れ、イザークに向かって頭を下げた。

今は手が離せないと見せかけるために彼はパスポートの次のページを開いた。どこかで見たようでもあり、見たことがないようでもある顔が写真からこちらを凝視している。つまり、これがアドルフ・ヴァイスマンか？

その特徴のある顎とえくぼと、据わった目つき……写真の男とイザークは事実、どことなく似ていた。

彼は写真と向き合ったページにある人物記述を読んだ。

職業　犯罪捜査官
出生地　フランクフルト・アム・マイン
出生日　一九〇四年四月十二日
現住地　ベルリン
体格　痩せ型
顔形　楕円形
目の色　褐色
髪の色　褐色

親衛隊士官は近づいてきた。イザークは横目で、士官が居合わせている人々を仔細に観察しているのを見てとった。

イザークは胸がどきどきし、そのことが露見するのではないかと不安になった。まさに、エドガー・アラン・ポーの書いた物語にあるように。〈あのとき、わたしは途方もなく神経過敏になっていたし、今なおそうであるのは事実だ〉その小説の第一行目が思い浮かんだ。

自分を落ちつかせようと、彼はパスポートのスタンプと署名をじっと見つめた。確かに本物に見える。慎重に、その使い古された紙を指に挟んでこすった。

以前、古書店主だったころ、彼はしばしば書籍や原稿が本物であるかどうかを見極めねばならなかった。過去何ヵ月間かは家族を扶養するために食糧配給切符を作ろうとした。彼は偽造(ぎぞう)については知り尽くしていた。そして、このパスポートは原本だと断言できた。もし誰かが偽造したとすれば、それはプロ中のプロだろう。

それとも、これは偽造などではないのだろうか？

彼はわずか数メートルしか離れていないところに立って彼を見つめている親衛隊の男に気がついた。

列車のドアはその間に閉じられ、プラットホームからしだいに人がいなくなった。イザークだけが今なおベンチにすわって待っていた。そのことが疑わしく思われたのだろうか？　立ち上がって、もっと素早く人の群れに身を隠そうとするべきだったのだろうか？「救助を！」突然、彼の右のほうで誰かが叫んだ。「衛生兵！　この男はまだ生きている」

イザークは叫び声のするほうに目をやった。一人の負傷者が応急の死体袋から引きだされ、担架に寝かされているのが見えた。顔は青ざめ、血まみれだった。自分の居場所が分からない様子で、大きな目で周囲を見回していた。

男の視線とイザークの視線が合い、しばし、互いを見つめ合ったままだった。そこへ看護人が急いで近づいてきて、二人のあいだに進みでてきた。

イザークはこの騒ぎを利用してこっそり立ち去ろうとした。そこへ、例の親衛隊の男が歩み寄ってきて、彼をじっと見つめた。まじまじと物問いたげに、策を巡らすかのように。

イザークは口がからからで、舌が上顎にくっついたままだった。(わたしはアドルフ・ヴァイスマンだ)頭のなかで自分に言い聞かせた。(わたしはベルリンの犯罪捜査官。一九〇四年四月十二日、フランクフルト・アム・マインで生まれた。だから、三週間後には三十八歳になる)

旅行の理由をどう言おうかと考えながらパスポートを小型ファイルに戻し、切符を探した。

そこには入っていなかった。

咳払いが聞こえ、彼はぎくりとした。

「ヴァイスマン親衛隊少佐ですか?」

親衛隊の男は問いかけるように彼を見つめた。二十代の中ごろで、ナチスのプロパガンダ映画で主役を演じている男に似ているように見えた——背が高く、スポーツマンタイプで、豊かな唇と整った目鼻だちをしている。髪の色は白と言ってもいいほど明るいブロンド、目つきは真剣で、態度には軍隊的な厳しさがあった。

イザークの心臓は激しく動悸を打ち、今にも破裂するのではないかと思った。「はい」と言おうとしたが、口から出てきたのは嗄れ声でしかなかった。咳をし、心を落ちつけ、あらためて「はい？」と言おうとした。

身分を証明しろと荒っぽく要求されるものと予想していた。それだけに、男が靴のかかとを打ち合わせて直立不動の姿勢をとり、右手を伸ばし、声を振りしぼって「ハイル・ヒトラー」と叫んだのには仰天した。

「ハイル・ヒトラー」イザークは答えたが、その際に立ち上がるべきかどうか決心がつかずにいた。

厄介な沈黙がつづいた。

「自分は親衛隊伍長のルドルフ・シュミットです。あなたをお迎えに上がりました。旅は快適でしたか？」男はイザークの足元に置かれていたトランクに手を伸ばした。

「参りましょうか？」

むきだしのパニックがイザークを捉え、凍えた指で彼の内面に深く突き刺さった。このシュミットとやらは何を求めるつもりだろう？　彼は死に物狂いでこの状況を判断しようとした。ここで何が起きようとしているのか、ほんの僅かでも知っていればよかったのだが。

彼は見回したが、そのとき視線がようやく取り替えられた掲示板に止まった。〈八時四十五分　シュトゥットガルト〉、今はそう書かれており、イザークはひどくうさん臭く感じた。ウィーン行きの列車はない。パレスティナへ逃げる手段はないのだ。

何がここで起きたのだ？　クララの良き助言、指輪、服装、髪形……そのすべては、愛や人間味や協力の行為ではなく陰険な計画の一部だったのだ。だが、クララは正確には、彼を何に巻き込もうとしているのだろう？

「参りましょうか？」シュミットはくり返した。「本部ではすでにあなたをお待ちです」

催眠状態に陥ったようにイザークは立ち上がり、シュミットのあとからついていった。膝ががくがくし、一歩一歩が小さな奇跡に等しかった。レベッカの言うことさえ聞いていればよかったのに。家族への思いに気が狂いそうになった。みんなはどこにいるのだろう？　クララは彼らに何をしたのだろう？　彼は呼吸を整え、落ちつきを保とうとした。今、彼が冷静さを失ったら、誰一人救われないのだ。

「ハイル・ヒトラー」駅のホールでは見知らぬ人々が挨拶した。

彼らは脇にどけて道を作り、彼とその同伴者をうやうやしく、興味津々で眺めていた。全世界が彼をまじまじと見つめているかのようだった。

「あちらへ、どうぞ」

外に出ると、シュミットは駐車禁止を無視して駅前広場の真ん中に停まっている黒い車を指し示した。シュミットは車へと急ぎ、イザークのために後部ドアを押さえていた。

イザークは後部座席にへたへたと座り込み、黙って窓外を眺めた。落ちついて見えるように、また、ただ不安なだけで心が壊れたりしないように努めていた。

シュミットは助手席にすわり、運転手にうなずきかけて出発してもよいことを分からせた。運転手は車を発進させ、角を曲がってフラウエントールグラーベンに入り、西の方に向かっていった。

シュミットはイザークのほうを振り向いた。「メルテン准将から、あなたをゲシュタポ本部に直接、お連れするようにとのご指示を受けました。その間に、あなたのお泊まりになるホテルの部屋の準備をさせます。次に、そこへあなたをお連れします」

イザークは震える唇を嚙みしめた。つまり、ルードヴィッヒ通りに、フランケン地方におけるナチスのテロ組織の権力中枢に連れて行かれるわけだ。彼はズボンのポケットのなかを探り、青酸カリの小瓶の冷たい金属に触れた。一メートル進むごとに、それは恐怖を失い、敵ではなく味方になっていった。

「これまでにニュルンベルクに来られたことはありますか?」シュミットがバックミラー越しに彼に目をやった。

このヴァイスマンとやらはどんな話し方をするのだろう? より正確には、どのような方言で話すと思われているのだろう? アドルフ・ヴァイスマンはパスポートによればフランクフルト生まれだが、今はベルリンに住んでいる。イザークは苦しげに息をついた。（できるだけ口数を少なく。もし話すときはゆっくりと慎重に。標準語で話すのがいちばん）クララから教わったことの記憶を呼びもどした。「ずっと以前のことです」彼はできるだけ明確に言った。

「後ほどご案内しましょうか？　あなたに町をお見せできます」

それには興味がないと伝えるために、イザークは横を向いた。

シュミットは理解したと見えて、視線をもとに戻した。

沈黙のなかで、車は聖ヤコブ教会の方向に走っていった。運転手は一台の馬車に先を譲ったのち、最後にぎーっというブレーキ音をさせて、ゲシュタポ本部の前で停まった。

シュミットは車から飛び降り、ドアを開けた。「どうぞ、わたしのあとからついてきてください。メルテン准将はすでにお待ちになっています。あなたのお荷物はその間に、ホテルに届けておきます」

イザークは一瞬ためらったのち車から降りた。

一見したところ、四階建てのその建物は無害な印象を与えた。ゴシック様式で完全な左右対称形に建てられ、小塔らしきものがあり、ファサードの中央部分には、素晴らしく美しい装飾がほどこされている。屋根の上の装飾的な小尖塔のせいで古い英国風の城を想起させた。だが、窓という窓からたなびいているのはチュードル家やスチュアート家やヨーク家の紋章ではなく、鉤十字(ハーケンクロイツ)の旗だった。この町で、ここほど恐れられている場所は他にはなかった。ここは人食い家だった。過去何年かのあいだに何百人もがここに連行されたが、ふたたび姿を見せた人はほとんどいなかった。地下の拷問室や残酷な尋問方法、虐待、死刑執行をめぐる噂が流れていた。

(あそこに比べたら、地獄のほうがまだしも慈悲深いそうよ)妹の言葉を辛(つら)い気持ちで思い出した。恐怖のために背筋が寒くなったり、熱くなったりした。

シュミットが咳払いをした。イザークは不安に満ちた陰気な世界に向けて門を通り抜けていった——彼を大暴風の眼の真ん中へと導いていく門だ。

狼(おおかみ)たちの口のなかへ。

# 14

〈ここより入りし者は、ことごとく希望を失う〉イザークはそっと、ダンテの『神曲』からの引用を呟いたが、訝しげにそれを中断した。

ここには何も、いや、何一つ地獄を想起させるものはなかった。ごく普通の役所のなかに足を踏み入れたかのようだった。忙しげな活気があたりに漲り、私服姿の男女が広々とした入り口ホールをアリのように動き回っていた。

イザークは苦痛に満ちた叫び声や、腹立たしげに命令する声が聞こえてくるものと予想していた。だが、現実はそれよりもっと悪かった。ゲシュタポ本部には平凡そのものの空気が満ちあふれていたのだ。ここで働いているのはごく普通の人たちだった。多くは小ぎれいな服装を、それ以外は質素で実用的な服装をしていた。ハイヒールのこつこつという音が壁に当たって反響し、バラ香水のかおりが、麝香のかおりや煙草の煙の古びた臭いや、靴墨と除虫剤の臭いと入り混じっていた。

この建物は税務署や保険会社であってもおかしくなかった。

「こちらです」シュミットは手すり二本の幅広い階段に向かって進み、それを上っていった。

イザークはあとにつづきながら建物の見取り図を、さらには、窓の位置やそれ以外の考え得る逃げ道を頭に刻み込もうとした。もしその機会が生じたら、すぐにも姿を消すかもしれなかった。彼はストイックな表情を浮かべ、顎を伸ばし、誰も彼のほんとうの気持ちを見破りませんようにと願った。

その恐れは根拠のないものだったようだ。二人のほうにやってきた美しいブルネットの女性は彼にほほ笑みかけた。ハイネックのブラウスを着たその中年女性は、偶然、視線が合うと頬を赤らめた。沢山の勲章をつけた二人の士官は彼を盗み見るように注目した。どうやら彼を何者と捉えていいのか、正確なことは何も知らないようだった。彼自身と同じように。

シュミットはきびきびとした足取りで一度に二段上がり、歩くというより飛んでいくようだった。彼は二階で立ち止まった。イザークはこの階への通路がどっしりとした格子戸でさえぎられていることに気づいて驚いた。くぐり抜けられる狭い通路が一つあるだけで、そこには制服を着た保安警官が一人、自動小銃をかまえて見張っていた。「この建物の他の部分は一般の警察官が使っています。ここはゲシュタポ空間への入り口です」シュミットは説明し、保安警官のほうを向いた。「こちらはベルリンから来られたアドルフ・ヴァイスマン親衛隊少佐だ。メルテン准将が待っておられる」彼は一枚の紙を警官に差しだした。「これは入室許可書だ」

制服警官はその書類を詳しく調べた。「身分証明書を」彼はイザークに言った。

イザークは革の小型ファイルを開け、パスポートを出して提示した。

保安警官はそれを隅から隅まで読み、まず写真を、次にイザークを眺めた。永遠かと思われる数秒が過ぎたあと、警官はうなずいて道を開けた。

彼らが横切った通路は狭かった。半禿頭の痩せた男がこちらに向かってやって来たとき、イザークは避けて通ったが、シュミットは当惑したような目で彼を見た。

（決して避けないこと）イザークは心に銘記し、建物の細部をすべて頭に記録した。

わずかな窓は格子がはまっているために、乏しい光しか入ってこない。そのため、廊下全体にランプが灯されている。左右のドアにはアルファベットと数字が記されている。名前で探そうにも無駄だった。ようやく最後のドアに名前が――親衛隊准将ゲオルク・メルテンの名前が記されていた。警察本部長にしてニュルンベルクにおけるゲシュタポの長官だ。

シュミットはドアをノックした。その直後、一人の金髪の女性がドアを開けた。

髪にはウエーブがかけられ、かかとの高い靴をはいている。赤い麻のドレスを着て、それと同じ色の口紅をつけている。若くて、モード雑誌から抜けでてきたかのようだった。美しいが、どこか浅薄な感じがあった。

「ウルスラ・フォン・ラーンです」彼女は自己紹介した。「あなたは親衛隊のヴァイスマンさんでしょう。ようこそニュルンベルクへ」彼女は誘惑するようにイザークに向かって伏し目を上げ、部屋に入らせた。「旅はいかがでした?」

この女性の彼を見つめる様子がイザークには不快だった。彼は両手をズボンのポケットに突っ込み、視線をそらした。「意外なものでした」

ウルスラ・フォン・ラーンはほほ笑み、革張りの二重ドアを指し示した。「メルテンさんはすぐに来られます。それまでのあいだコーヒーはいかがですか?」

「ありがとう」イザークは何をすればいいのか分からず、隣の部屋に入っていった。

そもそも、執務室と呼んでいいのかどうか。そこはむしろ皇帝の居室に似ていた。すべての壁に淡い青の壁布が貼られ、床には分厚いペルシャ絨毯が敷かれている。心地よく、魅力的で、どっしりとした書き物机を除くと、仕事を示すものは皆無だった。

イザークは壁に掛かっているフリードリッヒ大王の等身大を超える肖像画をじっと見つめ、最後にガラスをはめた本棚のほうを向いた。ゲーテ、シラー、フィヒテ、ショペンハウワー、ニーチェ……彼ら全員がそこに入っていた。とくに興味深いのは、革装丁のシェークスピアの『ジュリアス・シーザー』だ。

「ドイツ語の初版だ」背後で声がした。

イザークはぱっと目を開けて振り向いた。「もしかして、ボルクが翻訳したのでは？」

顎に特徴のある活気に満ちた堂々たる男が、彼のほうにやってきてほほ笑んだ。

「そう思う者がいるとしたら、玄人(くろうと)だ」

好きでたまらない物にたいする興奮に溺(おぼ)れかけていたイザークは、唾を飲み込んだ。これがメルテンに違いない。ゲシュタポの長官その人だ。どうすればいいのだろう？　挨拶すべきか敬礼すべきか、お辞儀すべきか？

心を決めないうちにメルテンは彼のほうに歩み寄り、片手を差し伸べた。

イザークはその手をとって握手した。「ヴァイスマンです」彼は言った。相手から好ましい印象を受けたことに、うろたえながら。このような男が多くの苦しみと恐怖の責任者であるなんて本当に可能なのだろうか？　答えは簡単であると同時に、恐怖を覚えさせるものだった。

メルテンは本棚を開け、問題の本を取りだし、イザークに渡した。「感銘深い。そうだろう？」

イザークは分厚い褐色の革の表紙をそっと撫で、本の背の糸かがりと表紙の刻印に指を走らせた。古い紙の匂いが立ちのぼり、生活の記憶を目覚めさせた。一瞬、彼は立場を忘れ、そこはかとない幸福感をおぼえた。

「そのとおりです」

准将はイザークの顔の表情を見て喜んだ。「家にはもっとたくさんの初版本がある。そのうちのいくつかは金では買えないようなものだ」彼はふたたび本を受けとり、元の場所に並べた。

イザークはそれらの本がどのようにして准将の所有物になったのか、また、正確にはどの本なのかを訊きたいところだったが、思いとどまった。真相は残酷なものであるかもしれないのだ。とくに、このような社会では。

「どうぞ」メルテンは応接セットの一部をなしている革張りのひじ掛け椅子を指した。

イザークが腰を下ろしたまさにその瞬間、ドアが開き、ウルスラ・フォン・ラーンが入ってきた。手に持つ盆にはマイセン磁器のコーヒーセットが載っていた。

「さっき、あなたが、はいどうぞとおっしゃったのか、いいえ結構ですとおっしゃったのか、確かではなかったんですが」彼女はイザークの側の小さなテーブルにカップを置き、コーヒーポットと水を入れたグラス、そのそばにクッキーを乗せた皿を置いた。「どうぞ、お召し上がりください。お腹がすいていらっしゃるでしょう」

イザークは彼女にうなずきかけ、脚を組み、背後の隅に立っているバロック風の振り子時計がちくたくたく鳴る音に耳を澄ましていた。まるで、コーヒーの香りと快適さに満ちた奇怪な同時平行の世界に吹っ飛ばされたような心地がした。何を言えばいいのか分からないので、水をとって一口飲んだ。

「では」いまなお本棚の前に立っていたメルテンが発言した。「本題に入ろう」彼は書き物机まで行き、ファイルを取ってイザークに渡した。「これが事件の現況だ」

　イザークはファイルを開き慄然とした。積み重ねられた書類のいちばん上に、喉を掻き切られた女性の死体が血だまりのなかに横たわっている写真が載っていた。死体のうつろな目は空を凝視していた。彼には驚愕を隠すのは難しかった。できるものならどこかほかに目をやり、畏敬の念をこめて視線をそらしたかった。だが、メルテンは僅かな細部さえも詳しく調べることを彼に期待しているのだと何かが彼に告げた。それゆえ、彼はぞっとするようなその写真を見つめつづけた。そのとき突然、その女性を何で知ったのかが思い浮かんだ。これは女優のロッテ・ラナーだ――その顔は町の至るところの広告柱で人目を引いていた。

「ベルリンのことは分からないが、ここフランケン地方では、新聞にもそれに関連した記事が満載されている」

　イザークはユダヤ人であるために新聞を読むことを禁じられていたが、黙ってファイルの書類をめくっていった。死者のさらに多くの写真、建物の設計図、出入口のリスト……何がここで起きているのか彼はしだいに理解していった。このヴァイスマンとやらは……つまり彼は、パスポートによれば犯罪捜査官である。この男は実在の人物で、ロッテ・ラナー殺人事件を解明するためにニュルンベルクにやってきたのだ。

　理解につづき、錯綜（さくそう）した新たな疑問が湧いてきた。本物のヴァイスマンはどこにいるのだ？　なぜ、彼はここに来ていないのか？　そして何よりも、なぜクララはヴァイスマンの代わりに彼をここに送り込んだのか？

「きみは総統の本部から、すでに事件について詳細な情報を得ていると思うが」メルテンは彼の黙考を破った。

　イザークは書類から目を上げた。「じつは、そうではありません」

　メルテンは意外そうに首を傾（かし）げた。明らかに、イザークが話しつづけるのを待っている。だが、彼はそうはしなかった。

「なるほど」しまいにメルテンは言うと、イザークの真正面にすわって後ろにもたれかかり、両腕を組んだ。「きみは何の予断ももたずに捜査を始めたいということらしい」

「そういうことです」

「ラナー嬢は木曜日の夕方に殺害された」メルテンは説明した。「よりによって親衛隊中佐であるフリッツ・ノスケの住まいで。彼はわたしの職務代行者であり、ユダヤ人問題課の課長でもある。彼は激怒していることだろう……」メルテンはそこで短い間を置いた。「だが、ノスケの評判を落とそうとして殺人がおこなわれた可能性も十分あり得る。このパンフレットもその説に合致するかもしれない」彼は上着のポケットからビラを取りだした。「何者が、あるいは何がその背後に潜んでいるかは問題ではない。できるだけ早急に解決され、それによって、民衆のあいだに不満が拡がらないようにする必要がある。ゲッペルス大臣はゲシュタポの完璧さにたいするほんの僅かな疑念も、大事に至らないうちに芽を摘むべきだと主張しておられる。偏見への非難は一掃されなければならない。それゆえ外部の者に……きみにこの件を担当してもらいたい。話すまでもないことだが」

イザークはビラを受けとり、思いに沈みながら熟読した。これから何をなすべきか？

彼に期待されているのは何だろう――より正確にはヴァイスマンに？

背後で軽い咳払いがし、イザークは救われた。ルドルフ・シュミットが部屋に入ってきたのだ。

「ああ、シュミット伍長、きみたちはすでに知り合っているな」メルテンは言った。

「われわれの将来有望な若手士官であることはすでに何度も証明されている。彼はきみの滞在中、世話をすることになっている」

イザークは多少とも喜んでいる振りをしようと努めた。本当はその正反対だったが。あとをつけスパイするような保護者は自分には必要ない――それがナチスの秘蔵っ子であるなら、なおさらのことだ。

「大いなる名誉であり、喜びであります」シュミットは背筋をぴんと伸ばし、顎を上げて言った。「きっと、あなたから多くのことが学べるでしょう」

　イザークは卑下と過度の熱心さの入り混じった目で自分を見つめている若い男をじろじろ眺めた。「うーむ……」彼は呟いた。

「よし、これではっきりした」メルテンは立ち上がり、制服を撫でて皺をのばした。「シュミットはきみを執務室に案内し、そのあと、ホテルにお連れする。きみの滞在は名誉なことではあるが、恐らくそれほど長くはないだろう。きっと事件は解決する」メルテンは共謀者めかした口調で言った。

「今に分かるでしょう」イザークは立ち上がり、シュミットについて行こうとしたが、メルテンに引き止められた。

「資料を忘れないように」

　イザークは書類を取って別れを告げ、ようやくメルテンの執務室から出た。

「今、わたしたちのいるこの建物は、ドイツ邸宅営舎と呼ばれています」シュミットはふたたび大股の早足で廊下を急ぎながら説明した。「以前はドイツ騎士団の居所でした。世紀が変わった直後に、取り壊されたとのことです。裁判所が建てられるはずでしたが、その計画は断念されました」シュミットは左に折れ、角を曲がった。「ここに電話交換所があります、そのすぐ隣に古文書室があり、そして、ここが……」彼は大きな二重の両開きドアを開けた。「……ここが、われわれの執務室です」

ナチスの秘蔵っ子は今、〈われわれの〉と言わなかっただろうか？　イザークはそのことを考えながら部屋中をぐるっと見回した。メルテンの執務室ほど大きくもなく贅沢(ぜいたく)でもないが、彼と家族が過去何ヵ月間か住まなければならなかった、みすぼらしい部屋とは比べものにならないほど心地よく、広かった。

愛する家族への思いに心が痛んだ。今、彼らはどこにいるのだろう？　どのように過ごしているのだろう？

「あなたのために日程表をお作りしました」シュミットは彼の思いを破り、一枚の紙を渡した。「まず最初に犯行現場を視察します。つぎに、法医学者と会う約束があります。そのあと……」

シュミットが漠然と話しつづけているあいだ、イザークは窓辺に歩み寄り、外のヤコブ広場を見下ろした。ここからさほど離れていない一キロメートルほど西に、長年住んでいた家のある地区があった。彼の、そして他の千人以上のユダヤ人たちの地区だ。彼らのうち、そこに住んでいる者はもはや一人もいないと言ってもよかった。故郷とは彼ら全員にとって虚(むな)しい言葉でしかなかった。

「……ここでのわれわれの仕事は、なおさら、より重要なのです。あなたの、そして、わたしの仕事は。前線にいる戦友たちと違って、敵の顔を公然と見ることはできません。われわれはまず敵を捜しだし、その仮面を引き剝がさなければなりません。国内の敵はしばしば、より危険で……」

「わたしはホテルに行きたい」シュミットが何を話しているのかさっぱり分からないイザークは、その言葉をさえぎった。

シュミットは赤面した。「ごもっとも、もちろんです」彼はつっかえながら話した。「きっと、ご旅行はきつかったでしょう。配慮が足らず、お許しください」

イザークはうなずいた。

「あなたはデア・ドイッチェ・ホーフに泊まられることになっています。ヒトラー総統のお気に入りのホテルです」シュミットは急ぎ足でドアに向かい、それを開けて押さえ、イザークを廊下に出させた。

「ありがとう」

イザークは足を早めた。休息が必要だった。じっくり考え、計画を立てなければならない。考えが混乱し、不安のために集中しがたくなっている。何とかして頭をはっきりさせ、冷静な思考力を失わないようにしなければ。

「もちろん、ホテルまでお連れします」シュミットはイザークのそばを無理やりにすり抜け、前へと急いだ。「ここは公用自動車管理部の休憩室です」シュミットは一階に来ると、言った。「運転手と車を手配してきます」

イザークは手を振って拒否し、自分一人で行くと言い張りたかったが、公的には自分はデア・ドイッチェ・ホーフがどこにあるのか知るはずはないのだと、気づいた。

「分かった」だから、彼はそう答えた。

車の走行中、彼は外を眺めて過ごした。そして、シュミットが祖国、総統、ゲシュタポを褒(ほ)めたたえるのを、できるかぎり聞こえないようにしていた。彼はもう長いあいだ、この旧市街には来ていなかった。ここのすべてに一九三八年の十一月計画の恐ろしい記憶が付着していた。ガラスの砕ける音がまだ耳に残り、ひび割れた窓と荒されたショーウインドーの映像が目に焼きついていた（ユダヤ人大虐殺がおこなわれた水晶の夜と呼ばれる日々のこと）。多くの路地が砕けたガラスだらけで、本物の水晶でできた輝く絨毯を思わせた。どれほど多くの美しいものの裏に恐怖が隠されていることだろう。

「もう、いいから」車がホテルの前に停まり、シュミットが飛び下りようとしたとき、イザークは言った。「一人でもだいじょうぶだ」

シュミットはびっくりしたような顔をしたが、うなずいた。「一時間後にお迎えにあがります。それでよろしいでしょうか？」

「ああ」イザークは車から下り、車が視界から消えるのを待った。

デア・ドイッチェ・ホーフの建物は堂々たるものだった。ファサードには砂岩が用いられ、入り口の上方にはバルコニーが築かれており、アドルフ・ヒトラーが訪れた際にもここが使われた。

イザークは上を見た。つまり、あそこに偉大なる総統が立って、党中央大会の際にここを行進していく忠誠を誓った臣下の者たちの従順さを楽しんでいたのだ。褐色のシャツを着たヒトラー青少年団(ユーゲント)、ドイツ少女団、親衛隊、突撃隊、野蛮な集団の流れ。

彼はいやいやながら建物のなかに入っていき、ロビーを横切り、自分の到着を告げた。「いつでも、あなたのお役にたちます。当ホテルにあなたをお迎えできますのは大いなる喜びです」フロント係は鍵を渡しながら、お辞儀をした。

「ようこそ、おいでくださいました」イザークを部屋に案内するボーイは小声で言った。

前の日にはまだ、彼に唾をはきかけ、侮辱的な言葉を浴びせかけていた人々が、今日は彼に敬意を示している。いや、イザークは訂正した。彼らの丁重さは、髪形と親衛隊のしるしに向けられているのだ。彼らは、その奥に隠れているユダヤ人を、いまなお見下している。

ようやく自分のスイート・ルームのドアを後ろ手に閉めると、膝ががくがくし、壁にもたれかかるしかなかった。体験し、懸命に抑えつけてきた不安のすべてが、今になって遅れをとり戻し、彼から呼吸を奪った。彼は喘ぎながら滑るように床に倒れた。

誰かに偽装を見破られないうちに、この悪夢から逃れなければならない。

彼は立ち上がって浴室に行った。洗面台の上に身をかがめ、顔に水をはねかけながら、自分の思考を整理しようとした。

クララを捜しだし、このすべてはどういうことなのか、彼の家族をどこに連れていったのかを訊きださなければならない。シュミットが戻ってくるまで、あと一時間ある。

イザークはふたたび控室へと急ぎ、そこに置かれていた自分のトランクをさっとつかみ、ドアの球状のノブに手を伸ばそうとした。彼はつかのま、それを止め、心を落ちつけようとした。よく考えてみれば、彼は慌てふためいているように見えてはならず、どのような不測の事態にあっても泰然としていなければならないのだ。

ホテルの従業員たちにどう話せばいいのだろう？　シュミットに報告を残すべきか？　もっと時間を作ってくれるようにとメモを書いておくべきか？

彼は目を閉じ、気持ちを集中した。頭のなかで答えがゆっくりと形を取りはじめた。脈拍は正常にもどり、息づかいは静かになった。

ドアを開けようとしたまさにその瞬間、電気に打たれたようなショックが体内を駆け抜けた。イザークは身をすくませ、しりごみした。

手のなかのドアの把手が動いたのだ。

# 15

イザークはゆっくりと開いていくドアを、金縛りにあったように凝視した。ドアの隙間は一センチまた一センチと広くなり、それに伴って彼の恐怖も増していった。一瞬、自制したが、そのあと、パニックが襲いかかってきた。

「新しいタオルをお持ちしました」女性の声が言った。ドアはさらに拡げられた。

イザークの口はからからで、唇はくっついたままだった。「不要……いりません」彼は押しだすように言った。

だが、女性はそれにはお構いなく平気で部屋に入り込み、後ろ手にドアを閉めた。

「わたしには分かっていたわ」彼女は言った。

誰が入ってきたのかが分かったとき、イザークの顔は怒りのあまり真っ赤になった。目の前に立っているのは、ほかでもないクララだった。

「いったい、どうやってここに……？」

クララはドアに鍵をかけ、彼のそばを通って青い縞柄（しまがら）のビーダーマイヤー様式のソファにすわった。それは、セットになっている二脚のひじ掛け椅子とともに窓の前に置かれていた。「あなたなら、このヴァイスマンの役を演じられるだろうと思っていたわ」クララはほほ笑みを浮かべながら言った。

イザークは彼女を怒鳴りつけたかった。罵倒したかった。彼女への絶望的な感情を洗いざらいぶちまけたかった。だが、身体が言うことを聞かなかった。怒りのせいで気力が奪われ、根が生えたようにそこに立ち尽くしていた。喉からは一声も出てこなかった。

「イザーク、わたしに選択の余地はなかったのよ」クララは話しつづけた。「ナチスは〈フランケンの自由〉の主導的メンバーを全員、逮捕したのよ。そのために、重要な活動が消滅しかけているの。わたしは小さな歯車の一つでしかないけれど、でも、わたし以外には、ほとんど誰も残っていないの。わたしが行動に移さなければならなかった。そして、あなたが最良の選択肢だった、白状すると、この計画はとっさに決めた危険なものだったわ。でも、あなたとなら、どんなことでも可能よ」

「それで、ぼくの家族はどこにいるんだ？」ようやく、イザークはふたたび話せるようになった。

「無事よ」

「どこにいるんだ？」

「わたしの話したとおり、以前、闇商人が使っていた町外れにある倉庫。みんな元気よ。それは請け合うわ」

「きみの言葉には何の価値もない」

「ばかなことを言わないで、イザーク。じゃあ、わたしはどうすればよかったの？」

「どうすればよかっただって？　例えば、ぼくを使って何をするつもりなのか話すことはできたはずだ。駅で、きみはぼくを引かれていく羊のように導いていった。何も知らず、何の準備もできていないぼくを」彼は不機嫌そうに言った。「突然、この親衛隊の男が現れて、ぼくを連れていったとき、どんな気持ちになったか、おおよそのところは想像できたんじゃないのか？　ぼくは恐ろしくて死ぬ思いだった」

　クララは両手を上げた。「話したかったわ。でも、話そうとするたびに出鼻をくじかれてしまった。あなたは別人になると誓ったわ。もしほんとうのことを話していたら、あなたは逃げだすか、少なくとも神経過敏になってやり損なっていたかもしれない。わたしは、あなたを冷水に投げ込むしかなかったのよ」

「きみに、そんなことをする権利はない」

「命が危険にさらされているのよ。良い人々の運命が。それどころか国全体の運命、おそらく全世界の運命が」

「大げさなことを言わないでほしい」

クララは立ち上がり、イザークの上腕をつかんだ。「わたしの所属しているレジスタンス・グループ〈フランケンの自由〉には、ある計画があるの――もし、それを実行に移すことができれば、おそらく戦争はまもなく終わりを迎え、ナチスにやっと責任を取らせることができる」彼女はイザークの目をひたと見つめた。「わたしは選択する決心をしたの。あなたの命か何百人もの命か。だから、もう一度言って。わたしにそんな権利はないと」

「ぼくは、きみを信じていた」イザークの怒りは消えようとしなかった。「われわれユダヤ人はナチスから害虫のような扱いを受けてきた。どんなことをしても許される価値のない奴らだと。そして、きみは、まさにそれと同じことをやったんだ」

「犠牲を払うのは、あなただけじゃないわ」

「ああ、そう？　ぼくは、まったくそれとは違う印象を受けたが」

「落ちつきをとり戻してよ」クララは手を離し、両手を拡げた。「周りを見回してごらんなさい。あなたは、すべてが極上のものから成る豪華なホテルに滞在している。わたしがいなかったら、今、あなたは家族といっしょに何百人もの人たちとぎゅう詰めの列車にうずくまって、ネズミに汚染された強制労働収容所あるいは、もっと悪い所に向かっているところだったのよ。だから、あなたは怒鳴りつけたりしないで、わたしに感謝すべきだと思うわ」

イザークは黙って床を見つめていた。「ぼくは何をすればいいんだ?」しまいに、彼は言った。

クララはふたたび椅子にすわり、脚を組んだ。「何ヵ月も前から、〈フランケンの自由〉は重要な情報を連合国側に伝えているの。彼らが戦争に勝つのが早ければ早いほど、死ぬことはなくなるわ。前線でも収容所でも、刑務所でも……」

イザークは眉間に皺を寄せた。「ぼくに計画表を盗め、と?」

クララはかぶりを振った。「必要なものはすでに用意できているわ。でも、決定的な情報を持っていて連合国側と連絡をとっている者が、おととい、ゲシュタポに逮捕されたのよ」かすかな悲しみがクララの顔をかすめた。ほとんど目にとまらないほどの、一度瞬きするほどの長さでしかなかったが。「それ以来、彼の消息を聞いた者は一人もいないのよ」

「で、ぼくは……」

「彼を見つけてほしいの」クララは声を低くした。「彼の名前はアルトゥール・クラウス。たぶん、ゲシュタポ本部に捕らえられていると思うわ。彼が書類をどこに隠したのか、それを、いつどこでイギリスの密偵に渡すことになっているのかを見つけだしてほしいの。三日間の猶予があるけれど、そのあと、密偵はニュルンベルクを去ることになっている」

「三日か」イザークは両手で顔をこすった。「不可能だ」

「イザーク・ルビンシュタインにはね。でも、アドルフ・ヴァイスマンには不可能じゃないわ。あなたはたくさんの勲章を与えられ、ヒムラー（ゲシュタポ長官）の友人であり、ドイツ国でもっとも有名な犯罪捜査官の一人。ゲッペルス大臣が自らあなたをここに送り込んだのよ」

「そんなことまで、どうやって知ったんだ？」

「電話交換室にスパイをもぐらせていたから。でも、彼の正体はばれてしまった。危険を冒しているのは、あなただけじゃないわ」

「ほかに、書類を手に入れる方法はないのか？」

「もしあったら、ここであなたに会ってはいないわ。わたしを信じて。書類がどこに隠してあるのかアルトゥールだけが知っているのよ」

イザークはかぶりを振った。「ぼくには熱心すぎる男が差し向けられている。ルドルフ・シュミットだ。しかも、本部では厳格な安全対策が講じられている。きみがぼくに求めていることは実行不可能だ」彼はつかのま考えた。「いったい、本物のヴァイスマンはどうしたんだ？　もし、彼が突然、現れたらどうする？」

「それはないわ。ベルリンのレジスタンスが彼の面倒を見たから」

「つまり、彼を殺したというのか？」

「そんな風にわたしを見つめないで。聞き漏らしたのなら言っておくけど、今は戦争中よ」

「皮肉を言わなくてもいい、クララ。ぼくはその任務には不向きだ。うまくいかないだろう」

「いいかげんに泣き言を並べるのは止(や)めて、男らしく振る舞ってよ。ここ何年も、ナチスはあなたやあなたの周囲の人々を充分すぎるほど辱(はずかし)め、苦しめてきたわ。それに抵抗するためには、いったい、どうすればいいの？」

　イザークは窓辺に近づき、防護壁を見下ろした。その背後に旧市街の家々の屋根がくっきりと浮かび上がって見える。「現実的なチャンスがあるに違いない」

「あなたはもうすでに最大の危険を克服したのよ」クララはやや穏やかな口調で言った。「このあと、あなたがやるべきことは、アルトゥールを見つけて、その情報をわたしに伝えることよ。うまくいったら今夜のうちにすべてに決着がつくかもしれないわ」

「そして、それから？」

「今、手はずを整えているところよ。ゲルンスハイムに小さな船が停泊しているの。船長はわれわれの仲間よ。彼はあなたと家族をライン河を越えてヴァイルまで運んでいく。そのあとは連絡員があなたたちをフォアアルルベルク（オーストリア最西端の州）まで通過させる。そこから、あなたたちは父なるライン川を泳いで渡らなければならないわ。向こう岸はスイスで、誰かがあなたたちを待っている」

「素晴らしい話だ。ウィーン、トルコ、パレスティナの話と同じように素晴らしい」

「これは本当の話よ、イザーク。わたしを信じて」

「ぼくに選択肢があるのか?」

クララは黙って、かぶりを振った。

イザークは両手に顔を埋めた。彼のなかのすべてが、あの危険な場所にもう一度戻るという想像に逆らっていた。だが、他に何が残されているのだ? 代案はなかった。

「もし、やってのけたら? どうやって、きみに連絡すればいいんだ?」

「わたしはホテルから目を離さないわ。必要なものを手に入れたら、これをこの窓に置いてちょうだい」クララは輝かしい黄色の水仙でいっぱいの花瓶を指した。「そうしたら、あなたに連絡するから」彼女は立ち上がり、ドアに向かった。

イザークは彼女を目で追った。「きみは何もかも話したわけじゃないね。ぼくに何を隠している?」

クララは振り向いた。自分と懸命に戦っているのが見てとれた。「アルトゥールは」しまいに彼女は言った。「彼とわたしは……わたしたち婚約しているの」

「おめでとう」

イザークにそれ以上の言葉は浮かんでこなかった。つまりクララはこのアルトゥール・クラウスと一緒にいるのだ。なぜ驚く？　彼女は美人で賢くて勇気がある。おまけに、自分と一緒だったころからもう三年も経っている。にもかかわらず心が痛んだ。いまだに彼女への気持ちが残っているのだろうか？　それとも自尊心が傷つけられたのだろうか？

「もう行かなくては」クララは言った。「またすぐ、会いましょう」彼女はほほ笑み、花を指さし、そして、するりと廊下に出ていった。

# 16

「あれが聞こえるか？」ノスケは訊いた。

開いた戸口に立っていたオーバーハウズナーは首をかしげ、耳を傾けた。「何のことでしょう？」

ノスケは後ろにもたれかかり、両腕を組んで目を閉じた。「何もかもだ」彼はあいまいに答えた。

彼はゲシュタポ本部の雰囲気が好きだった。呟く声、足音、電話の音、タイプライターを叩く音。留まることなく、がたがたとひっきりなしに音をたてながら目的に向かっていく機関車の先頭に立っているのだ――ドイツ国の敵にたいする勝利、国民と国と総統の名声と名誉という目的に。

一月に、ノスケほか高位の職にある者たちは一大計画を立てた。まさに挑戦だった。ユダヤ人問題を一挙に解決するというもので、最初のうちは実行できるかどうか彼自身も疑念を抱いていたが、日々、企てた移送がおこなわれていくにつれて、彼らの目的は達成に近づきつつあった。彼は証拠をつきつけて、メルテンを打ち負かすことができるかもしれなかった。

オーバーハウズナーは注意を集中し、眉間に皺を寄せた。「何のことでしょう?」彼はあらためて訊いた。「何が聞こえると?」

「もういい」ノスケは手を振って拒否した。「仕事を始めさせてくれ。すべて滞りなくおこなわれるよう気を配りたいものだ。要は、われわれの力をメルテンに疑問視されたくないのだ」ノスケは皮肉っぽく、メルテン准将の言葉にたいするあてこすりを言った。

オーバーハウズナーは室内に入り、革張りのドアを後ろ手に閉めたので、忙しげに働きまわる物音は静寂にとって代わった。

「ラナー事件で進展はあるか?」

「わたくしの知るかぎりありません」オーバーハウズナーはノスケの書き物机の上の紙の山を片づけた。

「では、このヴァイスマンについては?」

「わたくし自身はまだ会っていませんが、すでに、ニュルンベルクに到着している模様です。どうやら、すでにこの本部にも来ていたようです」

ノスケの上機嫌は、真昼の陽光を浴びた氷のように消えてしまった。「それで?

どんな男なんだ？」

「秘書たちに聞いて回ったのですが、無口なようです。大口を叩く男ではなく、いわくありげなタイプらしいです。若いシュミットが助手として送り込まれました」

「シュミットね」ノスケは馬鹿にしたように鼻を鳴らした。「この卑屈な男は、メルテンに忠誠を誓っている。ほかに何か？」

「ヴァイスマンは風采のいい男だそうで、ウルスラ・フォン・ラーンはさっそく彼に目をつけたようです」

ノスケはあらためて鼻を鳴らした。「あの愚かなあばずれ女は、それが背の低い醜男であったとしても追い回すに違いない。彼女がヴァイスマンに接近するのは、彼をそそのかしてわたしに反抗させるのが目的なんだ。わたしが彼女ではなくロッテを選んだからだ」彼は白目をむきだした。「もしウルスラの父親がゲーリンクと親密な関係になかったら、今ごろ彼女はメルテンの控室で無為な時を過ごしたりせず、どこかふさわしい場所で炊事でもしているだろう」ノスケは髪を撫でつけ、深々と息を吸い、また、吐いた。それから、書類のほうに向かった。「これが抑留者名簿か？」

オーバーハウズナーはうなずいた。「すでに部下の者たちが一回目のユダヤ人たちを迎えに行っています」

ノスケはリストをじっくり読み、一人一人に割り当てられた通し番号に目を通した。

「間違いなく、これで全部なんだな？」

「そのとおりです。全部で四百二十六人です。ヴュルツブルクとバンベルクのユダヤ人たちを合わせると、予告されていた千人になります」

「四百二十六人」ノスケはくり返した。「わたしには、かなり少なく思える。確かに誰も忘れていないんだろうな？」

「ぜったいに間違いありません。住民票を集めて、すべて二度も三度も点検しました。全体として六十五人足らずがまだ居残っていると把握しています。唯一の例外は、輸送不可能な病人だけです」

「証明されているのだな？」

「もちろんです」

「ユダヤ教共同体の職員たちはどうなっている？」

「老人と病人の世話ができるように二、三人、残してあります。全員合わせて、次回に移送される者たちといっしょに送られます」オーバーハウズナーは自己満足げに、にんまり笑った。「やりましたね、上官。間もなくニュルンベルクにユダヤ人はいなくなります。おめでとうございます」彼はわずかに頭を下げた。

「一寸先は闇だ」ノスケは抑留者名簿を脇にやり、ドイツ国有鉄道の書類を手にとった。〈運輸　Ｄａ３６　イツビカ行き〉というタイトルがついていた。「すべてが支障なくおこなわれなければならない。分かったか、オーバーハウズナー？　メルテンは……きみは彼のことはよく知っているな。彼は強い男たちに取り巻かれているのを好まず、周囲をこのシュミットのような卑屈なおべっか使いだけで固めている。メルテンは以前から、わたしの勢力をくじくための理由を探している。ロッテ、中傷のビラ、ヴァイスマン――今のような状況で、わたしは失策をおかすわけにはいかない。移送は十一月と同じように円滑におこなわれなければならない」

「心配ご無用です、上官。すべて監視下に置いています」オーバーハウズナーはノスケをなだめようとした。彼は書き物机を回って上司の横に来ると、さらにページをめくっていった。「すべて、微細な点まで手はずは整っています。前回とまったく同じようにいたします。戦略が立派に機能していることは明らかです」

「人々は今回もまた、まずランクヴァッサーに連れていかれるのか？」

「そのとおりです。党大会の敷地のはずれにある五つのバラックのなかを片づけ、ユダヤ人たちをつぎつぎにそこに運び、しらみつぶしに調べ、出発準備を整えます。遅くとも火曜日の朝までには移送の準備は完了しています。国有鉄道は事情を承知しています。イツビカにある通過収容所にいるわれわれの部下たちには通知済みです」

「よし、彼ら全員を捕まえるよう心がけてくれたまえ。誰一人逃げたり、姿をくらましたりしないように。全員が列車に乗ったという報告が聞きたい」

# 17

イザークは窓辺に佇み、クララが彼の視界から消えた場所を今なおじっと見つめていた。自分はこのアルトゥール・クラウスを見つけだすために、何をすればいいのだ？

ドアをノックする音に彼の思いは破られた。

「ヴァイスマン親衛隊少佐？　わたしです。ルドルフ・シュミットです。ご用意はできましたか？」

（いいや、消えてくれ！）彼は面と向かってそう叫びたかったが、そうする代わりに、メルテンから受けとった書類を手にとり、ドアを開けた。

「勝利を！」シュミットは叫んだ。

一時間前と変わらず、シュミットは清潔感に溢れていた。身体にぴったりの制服には毛屑（けくず）ひとつ見あたらず、髪形も申し分なかった。彼は従順そのものだった。

「では、そろそろ」

イザークはふたたびシュミットを先に行かせた。彼らは廊下を横切り、ユーゲントシュティル様式の階段を下りていった。

受け付けロビーから、四ドアの黒いメルツェデス・ベンツ二三〇の公用車が、ドアのすぐ前に駐車し、歩道をさえぎっているのが見えた。

「これはいったい、どういうことだ？」あら毛のダックスフントを連れた老紳士が激昂して言った。彼は腹だたしげに車の窓を叩き、運転手に向かって、おまえの頭はどうかしているという仕草をしてみせた。「無造作にこんなところに停めなくても……」

ホテルからシュミットとイザークが出てくるのを見て、紳士の目は大きく見開かれ、シュミットの制服に釘付けになった。彼はすぐさま口をつぐみ、視線を落とした。それ以上は一言も発することなく道路に出て、ダックスフントと共に急ぎ足で歩み去っていった。イザークは目でそのあとを追った。つまり、恐れられているというのは、こういう感じなのだ。これが権力の味だ。いくらあっても満足しない人が多いのも不思議ではない。

シュミットはどうやら老紳士にはまったく気づいていないようだ。彼は気持ちの乱れもなく車にすわった。今回は助手席ではなく、後部座席のイザークの隣に。

イザークはできるだけシュミットを無視し、ドイツ国の宝石箱であるニュルンベルクが窓外を過ぎていくのを眺めていた。車は北に向かっていった。旧市街のロマンテイックな中世風の小路を通り抜け、絵のような木骨家屋やその他の名所のそばを走り過ぎていった。だが、とくにイザークの注意を引いたのは、亡霊のような、もはや存在していない公共施設であるホテル・プラウト、コーン銀行、シナゴーグ、あるいはユダヤ教区の本部の建物だ。それらすべてが町の風景から消し去られていた。存在していなかったかのように破壊されていたのだ。

「あなたのお仕事ぶりを肩ごしに拝見させていただくのが、どれほど名誉なことか、いくら強調してもし切れないほどです」しまいにシュミットが沈黙を破った。「おいでになる前から、あなたの名声は轟いています。あなたがどのような糸口をつかみ、仕事に着手されるのか今から興味津々です。わたしは間違いなく、たくさんのことを学ばせていただくことでしょう」

「ふむ」イザークは胃袋が縮みそうだった。この忌まわしい殺人事件。何度もそれを押しやろうとしたが、彼はうわべを取り繕わなければならなかった。バカな振る舞いをするわけにはいかず、国一番の捜査官である振りをしなければならない。それを成し遂げるには、事件についてなるべく多くの情報が必要だ。彼は書類を開き、その内容を詳細に検討した。鑑識は住居内で、ノスケ親衛隊中佐、ロッテ・ラナー、そして職人たちの指紋を発見していた。窓にもドアにも押し入った形跡はなかった。犯人は鍵を持っていたか、あるいは、ラナー嬢が自分の意思でその者をなかに入れたのか。

イザークはページをめくっていき、法医学者の報告を読み、自分の手があまり震えないようにと願った。

掻き切られた喉と血液が部屋に残した飛沫（ひまつ）について読んでいるうちに、車は高台に上っていき、かつてシオニスト（ユダヤ復興主義者）の地域グループの本拠が置かれていた建物のそばを通りすぎ、城の敷地のある場所へと左に曲がった。ジンヴェル塔とヒンメルス厩舎（きゅうしゃ）のあいだを通り抜けて、狭い通過門から城の外側の広場に着いた。そこで彼らは車から降りた。

彼らを取り巻いて、堂々たる難攻不落（なんこうふらく）の中世の城壁が高く聳えていた。どの塔にも鉤十字の旗がなびき、窓という窓から赤白黒の軍旗が垂らされていた。ナチスは演出の名人だ。威厳と崇高さを感じさせた。英雄の地、勝利の場だ。人は思うかもしれない。ここに居住するのは立派な人たちだろうと。高潔で非の打ちどころのない人たち。だがイザークはそれ以上のことを知っていた。

今回、彼は先に立って進んでいった。決然たる足どりで守衛小屋のそばを通り、内側の中庭に佇んで周囲を見回している振りをしていた。だが、じつは、自分の所有していた古書店、山のような書籍、文学のなかに登場する名探偵たちに思いを馳（は）せていたのだ。

エドガー・アラン・ポーのオーギュスト・デュパン、アガサ・クリスティーのエルキュール・ポワロ、そしてもちろん、サー・アーサー・コナン・ドイルのシャーロック・ホームズに。その誰もが冷静な分析と正確な観察によって事件を解決した。一見、とるに足りない細部を手がかりに出来事を再構築した。彼らは思考する機械で、感情に動かされず客観的で、純然たる論理にしか興味を抱いていなかった。

「なかに入るにはこの通過門を通るしかありません」シュミットは背後の門を指し示した。「ですから、守衛のヴェルナー・ヒルデブラントは誰が出入りしたかを正確に観察することができたわけです。もう一度、彼のリストをどうぞ」シュミットは彼に一枚の紙をわたしした。「やったのはヒルデブラント本人に違いありません。彼または彼の共犯者が」シュミットは期待をこめてイザークを見つめた。

「明白な事実ほど人を惑わすものはない……」イザークはシャーロック・ホームズの言葉を引用した。

シュミットはノートと鉛筆をさっと取りだした。「明白な事実ほど……」彼はその言葉を書きつけた。「覚えておかなければ」

「どこへ行けばいいのだ？」

「こちらへどうぞ」シュミットは文具を胸ポケットに突っ込み、建物を通ってノスケの住居部分まで案内していった。

住居の前に一人の見張り兵士が立っていた。「ハイル・ヒトラー！」兵士は敬礼し、ドアを開けた。

淀んだ空気が迫ってきた。潜んでいた血の臭い、死の甘ったるい気配が。

イザークは気分が悪くなった。むかつきを抑えるためにかなりの自制心が必要だった。

シュミットは何も気にならない様子で、ためらうことなく玄関の間を通り抜け、居間のなかを歩いていった。「ラナーはここで見つかりました」彼はソファの後ろの乾いた血の海を指した。「鑑識によれば、発見現場すなわち殺害現場だそうです。犯人は背後から彼女につかみかかり、一回で喉を切断したのです。頸動脈の一本がやられ、強く圧迫されて血が飛び散ったことによって、壁のひどい汚れの説明がつきます」

イザークは気をとり直さなければならなかった。わたしはアドルフ・ヴァイスマンだ。頭のなかで唱えた。わたしは非情で海千山千だ。わたしを駆り立てるのは論理である。精神状態や情緒は妨げでしかない。

「もう何かお分かりになりましたか?」シュミットは期待をこめて彼を見た。

「細部に集中するのだ」イザークは時間かせぎをするために、あらためてシャーロック・ホームズの言葉を引用した。彼は背筋を伸ばし、周囲を見回し、捜査官の振りをした。

つまり、かつてはここに皇帝や王が住んでいたのだ。ゆっくりと部屋を歩きまわりながら彼は考えた。家具調度品は新しかったが建物自体は古かった。シュタウフェン王朝やホーエンツォレルン王朝の人々が、すでにこの部屋のなかで動いていたのだ。ナチスには過小評価も劣等感も無縁だった。彼らは自分たち以外の世界から超越し、ハインリヒ高慢王やバルバロッサ皇帝（フリードリッヒ一世）のような偉大な支配者と同一の位に身を置いていた。

「あなたが捜査されたなかで、もっとも厄介な事件はどういうものでしたか？」イザークのすべての動きを細かく目で追っていたシュミットは訊いた。

「どれと言って特定はできない」

イザークは集中しきっているかのように窓台に指を走らせ、植木鉢の湿り具合を調べ、冷蔵庫の扉を開けた。

シュミットは彼のそばに来て一本の瓶の匂いを嗅ぎ、顔をしかめた。「ミルクが酸敗しています」彼は人さし指で軽くバターに触れた。「そして、これは柔らかくなっています」

イザークは片方の眉をつり上げ、訝しげにシュミットを見た。

「あなたは細部に集中しろとおっしゃいました」

「先に進もう」

イザークはうなずいて寝室に入っていった。ベッドはきちんと整えられており、簞笥のなかのシーツ類もきれいに洗濯され糊づけされていた。ほかのすべての部屋と同じように清潔で、個人的な特色はなかった。ロッテ・ラナーの血はこの住居で見つけられた唯一の私的な細部だった。

「いったい彼は、私的にはどんな人だったんですか？」シュミットは相変わらずのしつこさで訊いた。「よくご存じなんでしょう、ヒムラーを。彼はほんとうに天才なんですか？」

「きみはどう思っているのかね？」

イザークは質問の多さに辟易していた。そのうちいつか答えが尽きてしまう。彼のそっけない返答に、シュミットは引き下がらなくなるかもしれない。「わたしは、現場についてきみがどう判断するかに興味がある」彼はしめくくり、攻勢に転じた。

「わたしが？」シュミットはびっくりした顔をし、顔を真っ赤にし、せかせかと周囲を見回した。「つ……つまり……」彼はつっかえながら言った。「分かりません。でも、ここには何かしら、すっきりしないものがあります」

イザークはうなずいた。事実、どこか辻褄の合わないところがあった。どの細部かが気になった。とはいえ、それは何なのだろう？

彼は窓辺に歩み寄り、足元に拡がる町を眺めた。空を覆う雲の層が開き、真昼の太陽がオレンジ色の煉瓦の屋根を輝かせていた。子どものころ、母親からいつも言い聞かされていた。ある区域には行かないようにと。そこはユダヤ人にたいする敵意がとくに著しいところだった。アドルフ・ヴァイスマンである彼は、どこにでも出かけることができた。どの小路にも、町のどんな片隅にも。同一の人間であって名前が違うだけなのに。

　われわれの運命を決めているのは何なのだろう？　名前だろうか？　どうということもない言葉なのか？　罪のない文字なのか？　それとも行為だろうか？　われわれの言葉と行為なのだろうか？

　それを見出したかった。

　彼はもう一度、住居内をゆっくりと歩き、気になっているのは何かを突き止めようとした。血の海と、それが城内にあるという事実を除くと、すべてはいたって正常だった。

　それゆえ、彼は事件への興味を脇へ押しやった。彼にはまったく別の心配があった。例のアルトゥール・クラウスを見つけださなければならない。それも、できるだけ早く。目の隅から、シュミットが一歩一歩、熱心に調べているのが見えた。

　刑事は現場にどれくらいのあいだ留まっているものだろう？　どれくらい集中して、犯罪の痕跡と取り組むものなのだろう？

「ここはもう終わっていいと思う」イザークはそれ相当の時間が経ったと感じたので、

言った。

シュミットはうなずいた。「このあとすぐに法医学のほうへおいでになりますか、それともその前に何か食べましょうか？ 〈褐色の鹿〉はいかがですか？ あそこのオクスマズル（牛の上唇の塩漬け）・サラダはこの町一番ですよ」

事実、イザークは最後に何かを食べたのはいつだったか思い出せなかった。彼は時計を見た。時間が疾駆していく。目まぐるしい速さで。三日間とクララは言った。急がなければならない。だが、どうやってアルトゥール・クラウスと接触すればいいのか？

「まず、監獄に行きたい」彼は言った。「それ以外のことは、あとでまだ時間がある」

シュミットは怪訝そうに彼を見つめた。

「わたしは守衛のヒルデブラントと話がしたい」彼は説明し、戸口に向かった。「彼はこの事件を解決する鍵になる男だとわたしは考えている」

シュミットの目が輝きだした。「じつに興味深い」彼は呟いた。「もちろん、あなたのおっしゃるとおりです」

車で走行中、イザークは再度、書類を検討し、出入口の一覧表にも目を通した。もしもこのヴェルナー・ヒルデブラントがほんとうに犯行の背後に潜んでいるとして、殺人に政治的な動機があるとしたら、ヒルデブラントを助けることでクラウスに近づけるかもしれない。

「どうしたんだ?」シュミットは車が不意に速度をゆるめたので、問いかけた。

「ユダヤ人たちが連行されていくところです」運転手は数メートル前でその狭い小路を塞いでいるトラックを指し示した。「長くはかからないでしょう」それでも、彼はクラクションを鳴らした。

イザークは運転手越しに、フロントガラスの外に目をやった。

手入れの行き届いた木骨家屋から六十歳ぐらいの女性が二人姿を現わした。彼女たちのコートにはダビデの星が輝き、そばの円頭石舗装路には二個の大きなトランクと革のバッグと帽子箱が置かれていた。二人とも美しく盛装していた。髪は入念に整えられ、上品な仕立てのスーツを着て、高価そうな装身具をつけ、キッド革の手袋をはめていた。今まさに、休暇旅行に出かけようとしている人たちのように見えた。山へ、あるいは海へ。だが、その顔には待ち望む喜びではなく、不快感の影が刻まれ、頬には静かな涙が流れていた。

ドイツ赤十字の戦争救援機関への献金を募るために今も巡回しているヒトラー青年団（ユーゲント）の一グループが、反対側の歩道からこの出来事を眺めていた。一人の制服を着た親衛隊員が彼女たちの荷物をトラックの荷台に投げ込むや、青年団の者たちは拍手喝采した。

運転手は満足げにほほ笑んだ。一方、シュミットは考え深げな様子だった。彼は思案するように虚空を見つめていた。

イザークは平静を保つために努力しなければならなかった。もし彼がクララに相談していなかったら、今ごろ彼と家族の身にも同じようなことが起きていたかもしれない。彼らは家畜同然に積み込まれ、運ばれていったかもしれない。彼の呼吸回数は増え、顎の筋肉はこわばった。

「星がなかったら、分からなかったかもしれない」彼は呟いた。

思いに耽っていたシュミットはびくっとして飛び上がった。「何とおっしゃいましたか？」

「星がなかったら、ユダヤ人だとは分からなかったかもしれない」イザークはちょうど今、トラックの荷台に登りつつある二人の女性を指し示した。荷台には他の人たちもすわっていた。老いも若きも男も女も。「もしあそこにいる人たちが星を外していたら、どうなったと思う？」イザークは強い感情にかられて、思わず言った。「ユダヤ人だと分かっただろうか？」

シュミットは考え込んだ。「もっともな疑問です」彼は答えるまでに間をおいた。

目の前のトラックはやっと動きだした。ユダヤ人たちの衣服に付けられた荷札が風にひるがえっていた。

「おそらく、外見では気づかなかったかもしれませんが」しまいにシュミットは言った。「でも、その代わりに、彼らの流儀から分かったのではないでしょうか。遅かれ早かれ、正体は露見するでしょう。犬は犬のままです。たとえライオンに変装していても。偽装したユダヤ人はその特質によって注意を引くかもしれません。その吝嗇さ、強欲さ、臆病さによって。わたしなら、その狡そうな盗み見るような目つきから気づくだろうと思います。あの目の背後には魂というものがありません」

　イザークは振り向き、シュミットの顔をまじまじと見つめた。「きみはこれまでに、ユダヤ人の目をまともに見たことがあるのか？」

　シュミットの顔にあらためて考え深げな表情が浮かんだ。彼はうなずき、急に憂鬱そうな目つきになった。「わたしは二、三人のユダヤ人といっしょに学校に通っていました。友だち付き合いもしていました」彼はしょんぼりと言った。後ろめたそうに、ばつが悪そうに。「でも、それはあれより前です」

「あれより前？」

「シュトライヒャーと総統がユダヤ人の本質を教えてくれる前です。当時のわたしはまだ知りませんでした。第一次大戦で、彼らがわたしたちの敗北の原因になったことも、彼らが世界制覇をもくろみ、北ゲルマン族の人種に害を与え、長期的な視野に立って抹殺しようとしていることも。シュトライヒャーと総統はわたしの目を開いてくれました。そのことを大変ありがたく思っております」

　イザークはナチスのジャーナリストであるユリウス・シュトライヒャーが長年かけて、週刊新聞〈デア・シュトゥルマー〉紙上で拡げてきたありとあらゆる嘘のことを思った。ユダヤ人は儀式殺人をおこなうとシュトライヒャーは主張していた。ユダヤ人は世界的陰謀を企てており、子どもたちを凌辱し、獣的な衝動と病的な誘惑癖があると。シュトライヒャーの言葉は、なぜフランケン地方における反ユダヤ主義が度を越して猛威をふるったかの原因の一つであった。

「シュトライヒャーね」イザークはふたたび視線を前に向けた。「もしシュトライヒャーと総統がいなかったら、われわれはどうなっていただろう？」彼は自分の声に含まれる皮肉があからさまにすぎないようにと願った。

　どうやら、そうではなかったらしい。シュミットは微笑を浮かべたのだ。「われわれは大恥をさらしていたかもしれません」

「そうかもしれない」イザークはそっけなく笑った。「そうに違いない」

# 18

二日と二晩、アルトゥール・クラウスは監獄ですわっていた。そもそも、それを監獄と名づけられるとするならば。むしろ、そこは中世の地下牢と呼んでもよかった。モラルも良心もない場所だった。

彼がぶちこまれた囚人房は十平方メートルほどの広さだった。二台の板張りベッドが蝶番（ちょうつがい）で壁に取りつけられていた。ベッドの頭部と足部には太い鎖があり、ぶらぶら浮かんでいるベッドの架台を水平に保つ役目を果たしていた。各ベッドには木毛（もくめん）の大袋と灰色の毛布が置かれていたが、汚れている上に南京虫（ナンキンむし）とシラミだらけだった。洗面のための設備はなく、便器として使われているバケツは惨めなほどの悪臭がした。四メートルほど上方の壁に設けられた小さな格子窓は、開けられたことがなかった。

房は二人か、多くても三人用と決められていたが、八人が収容されていた。夜になると、各ベッドを二人で使い、残った四人は冷たい床に寝た。隣の男の頭部に足を当て、薪（まき）のように横たわり、希望と不安で繋がっていた。日中は、ベッドをばたんと上に上げなければならないので、肩を接し合って裸の床にすわっていた。ドアには覗き穴があり、そこから看守が監視していた。

動いた者は殴られた。

話をした者は殴られた。

目を閉じた者は殴られた。

クラウスは壁にもたれて上を睨みつけていた。そこにはドイツ文字で記されていた。〈わたしはこの上なく下劣なブタである。それゆえ、正義をもって、ここに閉じ込められている〉正義ゆえに。正義は政治の娼婦(しょうふ)となったのだ。一九三六年のいわゆるゲシュタポ法には、こう書かれている。〈秘密国家警察の命令と指示は行政裁判所による再調査を必要としない〉これによって、突然、何もかもが可能となった。脅迫も拷問もそして殺人も。「いったい、なぜ、あんたはここにいるんだ?」彼の前にいる男が訊いた。他の囚人と会話することは禁じられているのだが。

「〈フランケンの自由〉に属していると思われているからだ」クラウスは応じた。

彼は尋問を、殴打を、脅迫を思った。彼らはクラウスを蹴飛(けと)ばし、突き飛ばし、切りつけた。身体中いたるところを。そのため、彼はどこで痛みが終わり、どこで、つぎの痛みが始まるのか、もはや判断することができなかった。しかし、肉体的な責め苦よりも悪いのは尋問と尋問のあいだの時間だった。このなかにすわり、不安や絶望と闘っている時間だ。三日が限度だ。ラグナレク活動を実行に移さなければならない。だが、文書がどこにあり、イギリスの密偵がどこで待っているのか知っているのは自分だけだ。三日間……多くの男たちが何週間も何ヵ月間もここに収容されている。二度とふたたび出られない者も多かった。

彼は自らの耳で暗闇のなかでの叫び声を聞いた。それよりもっと悪いのは、それが急に聞こえなくなったことだ。静寂がこれほど苦痛に満ちたものだと感じたのは初めてだった。

「今現在、あんたの仲間は大勢、収容されている」ドアのすぐ前にすわっていた男は囁いた。「今朝、バケツをからにしていたとき、二人の看守の話を盗み聞きしたんだ。あんたの仲間は少なくとも二十人逮捕された」

どんという音に彼らは身をすくませた。看守の一人が棒でドアを叩いたらしい。

少なくとも二十人。アルトゥールは怒りと憎悪で息が止まりそうだった。では〈フランケンの自由〉のなかに内通者がいるに違いない。だが、誰なのだろう？

三日間……時計がちくたく鳴っている。涙がこみ上げてきた。だが、自分のために泣いているのではなかった。ナチスの支配をなるべく早く終わらせたいという夢のために泣いていた。夢は彼とともに消えてしまうかもしれない。

# 19

　ゲシュタポ本部は、イザークの二度目の訪問となる今回もその恐怖を少しも失っていなかった。そして、今なお蟻塚（ありづか）のような状態だった。それは、見事に機能を果たしている企業の典型的な例だった——ただ、ここでは物が生産されたり、商売がおこなわれたりするのではない。ここでは人の命が売られていた。存在が疑われ、生存すべきか生存すべきでないかが決定された。

　イザークはあらためて身の毛がよだった。無味乾燥な官僚主義、冷たい効率主義——それらには、ことのほか嫌悪の情を抱かされた。そして、そこで働いている職員たちの振る舞いには驚かされた。愛想よく挨拶したり、控えめなほほ笑みを浮かべたり、彼に敬礼したり、その人々が彼や彼と同じような者たちからすべてを奪ったのだ。所有物、自由、尊厳を。もし彼が、今ここで自分の正体を明かしたら、この人々はどんな反応を示すのだろう？

「囚人房はこちらです」シュミットは左のほうを指した。だが、イザークはそれには応じなかった。

彼は階段に注目していた。よく知った顔を見つけたからだ。ベニヤミン・ゲルプ、ユダヤ教共同体の事務長。彼はどうやら再度、本部に呼びだされたようだ。

ゲルプはイザークから見つめられていることに気づいていた。そして、その視線を受け止めた。彼は眉間に皺を寄せ、首をかしげた。その直後、訝しげな表情はまじり気なしの驚きに変わった。最後に老人はほほ笑みを浮かべた。外面の奥を覗き込み、服装と髪形が違っていてもイザークだと見破ったのだ。イザークはゲルプが彼を裏切りませんようにと秘かに祈った。

「おい！」ゲルプの横に立っていた男が呼んだ。「何で、にやにやしているのだ？」彼はゲルプの視線を辿り、イザークに気づいた。

「あれはフリッツ・ノスケ親衛隊中佐です」この場の光景を見逃さなかったシュミットが説明した。「あなたをご紹介してもいいでしょうか、ヴァイスマン少佐？」

イザークは答えなかった。つまり、これがフリッツ・ノスケ、ユダヤ人問題課の課長なのだ。反ユダヤ主義の措置を押し通し、移送を計画した男だ。彼らのすべての不幸の裏に潜んでいる男だ。

目に見えない手が彼の胃袋をつかんで押さえつけたが、イザークは立ち去ろうとしなかった。（避けないこと）彼は記憶を呼び覚ました。彼はノスケの表情と態度を観察した。厳しく、自信に満ちている。頭を上げ、肩を後ろに引き、背筋をまっすぐに伸ばしている。自分が何者であるかを知っている男の身構えだった。

「お二人を……」シュミットはもう一度、言いかけたが、イザークはそれをさえぎった。

「万事、潮時が大事だ。今はまず囚人に会いたい」

「お望みのように。どうぞ、こちらへ」シュミットは先に立ち、イザークは彼のあとから中庭と長い通路を通っていった。最後に、地下室へ下りていく階段まで来た。一段下りるごとに冷気が増し、イザークは震えた。

「尋問を専門とする者が、すでにヒルデブラントに関わっています」シュミットは説明した。「彼はいまなお自分は無実だと主張しています。でも、きっと間もなく真実を述べることでしょう」

遅かれ早かれ人はすべてを白状する。イザークはスペインの異端審問と魔女裁判のことを考えた。ここでも、おそらく同様のことが起きているのだろう。

重い鉄の扉の前で二人は立ち止まった。「勝利を！」扉の前の小さな机に向かっていた制服警官が挨拶した。

「囚人のヴェルナー・ヒルデブラントと話がしたい」シュミットが言った。

「許可書をお持ちですか？」

イザークは身分証明書を提示した。

警官はそれを見たが、拒否するような目をした。「これは許可書ではありません」

「きみは、どなたを相手にしているのか分かっていないのか?」シュミットは不機嫌そうに言った。「この方は総統本部のアドルフ・ヴァイスマン親衛隊少佐だ。ゲッペルス大臣御自ら、ニュルンベルクに差し向けられたのだ」彼の話しぶりがあまりにも激越で確信に満ちていたので、警官は頭を引っ込めた。

「失礼しました」彼はイザークに向かって言った。「存じませんで……」

「いいんだ」イザークは鷹揚な振りをした。

彼はあらためて、権力がいかに心地よく感じられるか、いかに人を興奮させるか、どれほどの自己満足を呼び起こすかを知った。麻薬のようなもので、ますます多く、ますます間隔を短くしたいと欲するようになる。イザークは、なぜ多くの人々が権力の甘い美酒を味わうためなら、どんなことでもするようになるかを理解しはじめた。たとえば、近所の人たちがその前に出ると身震いする小柄な隣組長は、やっと、彼が長年、尊敬してきた人々よりも、重要で、価値のある存在になったのだ。

警官は立ち上がり、重い鉄の扉を開けた。その奥に監獄の通路が見えてきた。高い壁、瞬く蛍光灯。

「どうぞ、第三尋問室をお使いください」

イザークとシュミットのほうへ不快な臭いが流れてきた。糞尿、吐瀉物、冷や汗。加えて、壁越しに呻き声とめそめそ泣く声が洩れてきた。痛々しいそれらの声のする場所をはっきり突き止めることはできなかった。右か左か上か下か――どこからでも聞こえ、どこからも聞こえなかった。

彼の前にあったのは地獄への入り口だった。

尋問室はちっぽけな窓のない部屋だった。床と壁には白いタイルが貼られ、天井から侘しげな裸電球がぶら下がっていた。

イザークは椅子にすわった。

シュミットはそばに立っていた。

どうにかして彼を追い払わなければならない。イザークは考え、しまいには腹をおさえた。「きみがさっき言ったとおりだ」彼は言った。「何か食べておくべきだった」

「尋問を終えたら、お話ししました〈褐色の鹿〉に行けますよ。あそこには……」

「町一番のオクスマズル・サラダがある。きみはそう言っていた。だが、わたしはそんなに長くは待ちたくない。合間に食べられるものを何か買ってきてもらいたい」

見当外れの言葉のように聞こえた。ドイツ士官は本来、空腹のようなものを認めてはならないことはイザークも知っていた。彼は前線にいる兵士たちのこと、彼らが不自由を忍ばなければならないことを思った。また、トラックの荷台にいた人たちのことをふたたび思い浮かべた。荷札がはためいていたこと、絶望的な表情を。空腹は彼らにとっても、些細(ささい)な問題でしかなかった。

「もちろんです」シュミットは言った。「おっしゃられなくても、考えるべきでした」彼は部屋を出ていった。「すぐに戻ります」言葉は廊下にこだました。

イザークの頭のなかの時計がちくたくと音をたてていた。看守はヒルデブラントとどこにいるのだろう？　シュミットが戻って来る前に処理しなければならない。望んでいるより進行が早まる可能性があった。何といってもシュミットはドイツ的能率の輝かしい実例だからだ。

永遠かと思われる瞬間が過ぎ、ようやくドアが開いて二人の看守が現れた。彼らに挟まれて、影のような男がゆっくりと歩みでた。ヴェルナー・ヒルデブラント。不自然なまでに青白く、目の下に真っ黒の影ができていた。右腕はなく、左腕には包帯を巻いていた。唇の傷がぱっくりと開き、一足あゆむごとに痛みが強まるさまが見て取れた。

看守の一人がイザークの真正面で、机の下から騒々しく椅子を引きだした。二人目の看守はヒルデブラントを乱暴にその椅子にすわらせた。つづいて彼らは、囚人の背後で左右に立ちはだかり、腕を組んだ。

ヒルデブラントは頭を垂れ、机の板を見つめていた。無感動で放心しきっていた。

昏睡（こんすい）状態に陥った患者さながら、その心は肉体から解き放たれて飛び去っていったかのようだった。

彼らはユダヤ人以外の者も非人間的に扱うのだとイザークは突然、気づいた。彼らは自分たちと同類の人々にたいしても残酷なのだ——彼らの世界像に合わない場合は誰にでも。

「ありがとう。彼とわたしだけにしてくれて構わない」

「そういう訳にはいきません。調書には、少なくとも一人の看守が常にその場にいなければならないと規定されています」

「まあこの男を見るといい。わたしに危害を加えるようには見えないだろう」

「しかし……」

ちく、たく。イザークの頭のなかで時計が音をたてている。彼は汗をかきはじめた。

「きみたちは親衛隊員の言葉に異議をとなえるのか?」彼は拳で力一杯、叩いたので、机が震動した。

二人の看守は目を見交わした。「どうぞお好きなように」一人がぼそぼそと言い、二人とも部屋から出ていった。「何かご用がありましたら……われわれは外で待機しています」

自分の荒っぽい言動に愕然としていたイザークは、ドアががちゃりと閉まるまで待っていた。それから、机ごしに身を乗りだした。「わたしの名前はアドルフ・ヴァイスマンだ」彼はできるかぎり優しい口調で言った。「ベルリンから、中立的な立場の捜査官としてニュルンベルクに送り込まれた。ロッテ・ラナー殺害事件を解明するために」

ヒルデブラントはゆっくりと頭を上げた。目は熱っぽく輝き、額には冷や汗がにじみでている。「わたしはすべて話しました」彼は呟いた。

ヒルデブラントの言葉はあいまいだった。発音するのが辛そうだった。糸を切られた操り人形のようにへなへなになり、顎はふたたび胸に落ちた。

「もちろん分かっている」イザークは励ますように言った。「わたしは、きみを痛めつけるためではなく、助けるために来たのだ」

「わたしは何もかも話しました」ヒルデブラントはくり返したが、あまりにも小声だったので、ほとんど聞きとれないほどだった。「どうか、何もしないでください」

イザークは何が起きているのか理解するまで一瞬かかった。ヒルデブラントは彼を信じていなかった。信じるわけがないではないか？「よく聞いてほしい」彼は言った。「そもそも、犯人として疑わしいのは親衛隊中佐のノスケだけのように見える。だからゲシュタポ内部の空気はきわめて張り詰めたものになっている。そして、早まって、きみが逮捕されることになったわけだ」

ようやくヒルデブラントは、少なくとも相手を信じてもいいかもしれないと考えるようになった。彼は顔を上げた。その目に生気が戻ってきた。「家に帰っても……？」

「いや、まだだ。きみの助けがあれば、おそらく、きみのために何かできるだろうと思う」

「わたしは何をすればいいのですか？」

「アルトゥール・クラウスに知らせを届けてほしい。彼に……」

「わたしはアルトゥール・クラウスなんて知りません」ヒルデブラントの目に、あらためて涙が溢れた。

「彼はここに収容されている。彼を見つけて伝言するよう、がんばってみてくれないか？」

「でも、もし彼がここに収容されているのなら、なぜご自分でなさらないのですか？」

「今、それを説明するには及ばないだろう。要するに、きみは彼に伝言できるのか？」

ヒルデブラントは考え、かぶりを振った。「無理です。ほかの囚人と話をすることは厳しく禁じられています。おまけに、わたしに見えるのは、同じ房にいる男たちだけです。ゲシュタポの警官たちは何もかも緻密に考え抜いています。互いに何の関係もない者たちを集めて閉じ込めているのです。それによって、自白の申し合わせをすることがないように、そして、囚人たちが互いに反目し合うようにしているのです」

イザークは考えた。クラウスと話をしなければならない。それも、できれば今日のうちに。実現させる可能性は一つある。だが、それはヒルデブラントをひどい目に合わせることになる。反面、彼はどのみち、すでにそういう目に遭っている。イザークは向かい合った男を見つめた。この若い男にとっても時計はかちかち音をたてている。

「奇妙に聞こえるかもしれないが」イザークは重い心で切りだした。そして、ヒルデブラントがなすべきことを説明した。

「すっかり理解したとまでは言えません」ヒルデブラントは不審に思っていた。

「そんな必要はない。ただ、わたしが言ったとおりにしてほしい。そうすれば、たぶん、間もなく、きみを出してあげられるだろう」

「どうか、どうか、そうしてください」ヒルデブラントは言った。「彼らがこれ以上、わたしを痛めつけないようにしてください」ドアの辺りで物音がし、彼は沈黙した。

「そうするように配慮しよう」イザークは約束した。

彼は事件を解決するために、自分の権力によってすべてを〈停止〉にすることを企てた。そうすることによってのみ、この哀れな男を救うことができる。そして、それによってのみ、人生の最後の日まで罪を抱いたまま生きつづけなくてもすむ。ヒルデブラントを裏切って窮地に陥れた罪を。

# 20

ノスケはシャツの腕についた黒いインクの染みをじっと見つめていた。「何てこった」彼は小声で言い、その上をこすったが、それによって染みは拡がるばかりだった。

玄関ホールにいた、あの刺すような目つきをした冷えきった魚のような男が、つまり、アドルフ・ヴァイスマンだ——ベルリンから来た特別捜査官。その目つきを見て、彼を襲ったいやな気持ちは消えていきそうもなかった。あの男は彼にろくなことを望んでいないようだ。あの目は嫌悪と憎悪に溢れていた——これまで、まだ一度も会ったことがないのに。その責任はメルテン准将にあるのか、それとも、ウルスラ・フォン・ラーンにあるのだろうか？　二人は早くも、彼についてのヴァイスマンの考えを毒したのだろうか？　まだ面と向かって話をする機会もないうちに？

「酢を」向かい側にすわっていたオーバーハウズナーが言った。

ノスケは目を上げ、訝しげな顔をした。

オーバーハウズナーはインクの染みを指した。「酢を使うと染みは取れます。塩やサワーミルクもびっくりするような効果を発揮します」

「わたしが、自分の着ているものを自分で洗うように見えるか?」ノスケは書き物机のいちばん下の引出しを開け、洗いたてのシャツを取りだした。「どこまで話し合ったかな?」

「残されたユダヤ人たちの宿舎について話し合っているところでした――火曜日にイツビカに移送されない者たちのことです。三百五十人足らずで、ほとんど例外なく高齢者と病人です。移送されるまでのあいだ、彼らを適切な施設に集結させることをお勧めします。それで仕事がいくらか軽減されます。ここに可能な不動産をリストにまとめたものがあります」オーバーハウズナーはノスケに一枚の紙を渡した。「ヨハニス通りのラザロス及びベルタ・シュヴァルツ高齢者施設が適切だと、わたしは判断しています。同様に、ヴィーラント通りの老人ホームも」

ノスケは汚れたシャツを脱ぎながら、あらためてヴァイスマンに思いをさまよわせていた。ロッテ殺害の背後にメルテンかフォン・ラーンが潜んでいるのだろうか?二人のうちのどちらかが彼を厄介払いするために、極端な行為に出たのではないだろうか?

「これらの人々も夏には移送させます。あなたのご意向に添うようでしたら、ただちに国有鉄道に申請書をしたためます」オーバーハウズナーは説明を終えた。「どうお考えですか?」

ノスケは洗いたてのシャツを着て、ズボンに押し込み、ネクタイを結んだ。「良さそうに聞こえる」彼は言い、ふたたび椅子にすわった。

本質的な問題に集中するのはいまなお気が重かった。ヴァイスマン、殺人、自分の出世……最後には決定を下した。メルテンは彼に捜査に口出しするのを禁じていた。だが、ただ待っているだけではすまなかった。なぜなら、正しくないことが進行しているからだ。何者かが彼に狙いをつけたのだ。彼はこのヴァイスマンと話をしなければならない。それも、なるべく早く——何と言っても、彼の職業上の経歴が危険にさらされているのだから。

ドアをノックする音がした。

「はい?」

書類ファイルを小脇に挟んだ若い士官が入ってきた。打ちひしがれた様子だ。

「ここに何の用だ?」オーバーハウズナーが大声で言った。「連行を監視するはずではなかったのか?」

若い士官は唾を飲み込んだ。「予期しない出来事が二件ありました。それをご報告しなければなりません」彼はオーバーハウズナーとノスケに交互に目をやった。

ノスケは後ろに寄りかかって唸(うな)った。「今日はもうどん底に落ちたと言ってもいいくらいだ。始めろ。何を待っている？　さあ、話せ！」

　士官はファイルを開いて咳払いした。「十七番のユダヤ人は自殺することで立ち退きを逃れた」彼は読み上げた。

　ノスケは肩をすくめた。「いまいましい。だが、どうすることもできない」若い士官はさらに書類をめくり、黙り込んだ。「何だ？」ノスケは不機嫌を隠そうともしなかった。「はっきり言え」

「四百二十一番から四百二十六番までのユダヤ人が消えました。どうやら、どこかに身を隠したようです」

「消えた？」ノスケは手を伸ばした。「六人が一度にか？」

　若い士官はノスケに書類を渡した。

「ルビンシュタイン家」ノスケは読み上げた。「イグナツ、ルート、イザーク、レベッカ、エリアス、エステル」彼は机の上に書類を叩きつけた。「きみは彼らの誕生日を見たのか？　年寄りが二人と幼い子どもが二人いる」ノスケは怒鳴った。「そう簡単に姿を消すことはできない！」

「同じユダヤ人住宅に住んでいる目撃者の女性が証言しました。家族が真夜中に一人の若い女性に連れていかれたと。彼らはどうやら黒い車に乗って走り去ったようです」

ノスケの顔が赤くなった。「消えたユダヤ人などあってたまるか。まずラナー嬢の件、つぎにヴァイスマン。そして今また、これだ」彼はオーバーハウズナーを指し示した。「バーデに知らせろ。彼にこのネズミどもを見つけさせるのだ。彼らに隠れ場を与えた者も一緒にだ。それから、彼らを連れてこさせろ」

ノスケはオーバーハウズナーがいなくなるまで待ち、立ち上がって自分の執務室内を行きつ戻りつした。彼が移送を制御できていないことをメルテンが知ったら、また、彼がメルテンのせいにしていることをヴァイスマンが知ったら、そのときは、彼の高空飛行にブレーキがかかりかねない。そんなことがあってはならないのだ！

それを阻止するためなら、すべてを捧げようと彼は思った。どんな犠牲を払っても。

# 21

尋問室のドアが開いて、看守の一人が入ってきた。あとにシュミットがつづいた。

ヒルデブラントは身をすくませた。

「気を散らさないで、ヒルデブラントさん」イザークは言った。

「すみません」ヒルデブラントは呟いた。

「わたしに何か言おうとしていたね」イザークは促すように相手を見つめた。

ヴェルナー・ヒルデブラントはほとんど気づかないほど、うなずいた。「はい」しまいに彼は震え声で言った。「ロッテ・ラナー殺害について情報を持っています」

イザークは彼を励ますようにほほ笑んだ。「よかったら、その情報をわれわれと分かち合わないか？」

ヒルデブラントは気を落ちつけようとした。「アルトゥール・クラウスに聞いてください」彼は言った。

「アルトゥール・クラウス」イザークはその名前をくり返した。まるで生まれてはじめて聞いたかのように。彼はシュミットのほうを向いた。「この男を見つけられるか?」

「それはもちろん」シュミットの目は輝いていた。彼はパラフィン紙に包まれ、紐で閉じたものをイザークに渡した。「いったい、どうやって、やってのけたのですか……?」

「アルトゥール・クラウス」イザークはもう一度くり返した。このときはもう問いかけるようではなく、要求するような口調だった。

「すぐ、仕事に取りかかります」

「そういう名前の男を収監しています」看守が言葉をさし挟んだ。

「これは驚きだ」イザークはびっくりしたような振りをした。「彼をここに連れてきてくれ」

「今すぐ」看守はヒルデブラントをぐいとつかみ、引っぱり上げた。

「この男は協力的で、わたしを助けて先に進ませてくれた」イザークは厳しく言った。「彼をきちんと扱い、特別食を与え、医者に診せるようにしてくれ。分かったか?」

看守はうんざりしたように、うなずいた。

「分かったのか?」シュミットはがみがみ言った。「いいかげんに敬意を表したらどうだ。高位の士官が話をしているんだ」

看守は直立不動の姿勢をとった。「分かりました」彼はイザークに向かって言い、ヒルデブラントを連れだした。

イザークは後ろにもたれかかり、シュミットが持ってきてくれた包みに気持ちを向けた。パラフィン紙を開くと、香ばしい匂いが立ちのぼってきた。今になって、信じられないほど空腹だったことに気づいた。

肉、バター、ミルクは、チーズ、砂糖、パン、玉子と同様、配給制だった。すべての住民は栄養の摂取を控えめにしなければならなかった。とりわけユダヤ人は。彼らにはほかの住民たちより低カロリーのものが与えられ、すべての特別配給から除外された。それに加えて、三時以後しか買い物に行くことが許されず、もう何も手に入らないことがしばしばだった。

イザークは焼きたての二枚の白パンをじっくり眺めた。口に唾がたまってきた。興味をそそられ、二枚を開いてみた。

「尋問に同席したかったです」シュミットは言った。「あなたは特別の技術をお持ちなのでしょう。ゲシュタポの専門職の者が二日かけても、ヒルデブラントから何も訊きだせませんでした。それなのに、あなたは十五分も必要としなかった」

イザークはうわの空でパンに挟まれているものを見つめた。ハムだった。よりによって。ユダヤ人の食事規則によれば、哺乳(ほにゅう)動物では偶蹄類(ぐうているい)と反芻(はんすう)動物だけが食用として許されている。それ以外のもの、たとえばブタは厳しく禁じられていた。

シュミットはイザークのためらいを見てとった。「そのハムは〈マイヤー肉店〉のものです。豚は自家畜殺され、塩漬けされています。これ以上のものは国中探しても見つからないでしょう」

コーシャではない。彼は家族のことを思い――そして嚙んだ。バターと塩の入り交じった香りが口いっぱいに拡がり、舌を這い、口蓋（こうがい）を優しく包んだ。このように美味なものを、もう長いあいだ食べたことがなかったように感じられた。

「美味しいですか？」シュミットは訊いた。

イザークはうなずき、嚙んでは、また、ほほ笑んだ。

シュミットは頰を赤らめ、ほほ笑み返した。

イザークは突然、思った。別の人生であれば、彼とシュミットは良き友人同士になり得たかもしれないと。

打ちとけた瞬間は、ドアが開けられることで終わった。二人の看守が長身瘦軀（そうく）の男を連れて入ってきたのだ。褐色の豊かな髪、顎のえくぼ。虐待を受けた顔だが、きわめて魅力的な男であることは意外ではなかった。

ヒルデブラントとは反対に誇らしげな様子だ。昂然（こうぜん）と頭を上げ、目は怒りに輝いていた。口もとには軽蔑（けいべつ）するような表情が浮かんでいた。つまり、これがアルトゥール・クラウス。クララの婚約者だ。

「挨拶したらどうだ！」看守が彼の腰を叩いた。

「こんにちは」クラウスは反抗的に言った。

看守はふたたび殴りかかった。「ハイル・ヒトラーだろう。このろくでなしのブタ」彼は椅子を引きだし、クラウスを押してすわらせた。

殴打されていたにしても、クラウスはそんな素振りは見せなかった。彼はびくともせず、反抗的にイザークを睨みつけた。

イザークは彼をじろじろ眺め、クララが彼をどう思ったかが理解できた。クラウスは反逆者だ。道徳を尊重する自尊心のある男だ。「もう行ってもいい」イザークは看守に言った。

看守は眉をひそめた。「この男はヒルデブラントよりかなり危険です。背もずっと高く、胸幅も広く、そして、まだ両腕があります」

「彼は手足を縛られている上に、武器も持っていない。おまけにシュミット伍長もここにいる」

「こいつは反吐(へど)の出そうな奴です。すれっからしの売国奴です」

「言っただろう。きみは行ってもいいと」イザークはすんでのことで〈どうぞ〉とつけ加えそうになったが、どうにかこうにか堪(こら)えることができた。ゲシュタポ本部のここでは丁寧な態度はとらないこと。このあともアドルフ・ヴァイスマンでありつづけたいのであれば。「それとも、わたしがこの男に太刀打ちできないとでも言いたいのか？」彼はできるだけ突っけんどんに言った。

看守は身をすくませた。「いいえ、もちろん、そんなことは思っておりません」

「それなら、もう消えろ」

看守は言われたとおりにした。

イザークはこのあと、どうすべきか分からなかったので、ハムを挟んだパンを少しずつ嚙みつづけた。シュミットをもう一度、立ち去らせる口実を思いつかなければならなかった。彼は自分の両手を見た。「ナプキンが要る」

「これを」シュミットはハンカチを渡してよこした。「洗いたてです。ぜんぜん使われていません」彼はつけ加えた。

この男は用意周到だ。「ありがとう」イザークは指を拭き、咳払いをした。「喉が渇いた」

シュミットは何も聞かなかった振りをした。彼はすでにヒルデブラントの尋問を聞き損なっていたので、クラウスの時は断じて聞き損ないたくないと思っているようだった。

「水が一杯ほしい」イザークはあからさまに言った。

シュミットはほとんど聞こえないほどのため息をつき、さっと出ていった。

最後にはうまくいった。彼はアルトゥール・クラウスと二人だけになった。「急いで」彼は言った。「あまり時間がない。クララがわたしを差し向けたんだ。きみはどこに文書があり、いつどこで密偵に手渡しするかを知っているはずだ」

クラウスは困惑したように見えた。「何の話をしているのか分からない」

「公的には、ここでわたしはアドルフ・ヴァイスマンだが、じつはイザークだ。わたしはイザーク・ルビンシュタインだ」

「ルビンシュタイン……」クラウスは首をかしげ、目を細くした。「やっぱり」

「クララとわたしは……」

「きみが誰なのかぼくは知っている。きみは彼女のかつての恋人だ。きみはユダヤ人だ。家族への連帯感から、彼女といっしょに海外に逃亡する代わりにニュルンベルクに留まった。きみのことは彼女から聞いた」

「彼女から？」

「道できみを見かけた。一年ほど前に。きみはちょうど工場から出てくるところだった。ぼくは彼女の見せた反応から、きみが単純な強制労働者ではないと見抜いた。そのあと、彼女は何もかも話してくれた」

「情報を。急いでほしい」

クラウスは後ろにもたれかかり、イザークをじろじろと眺めた。「知っているべきだった」彼は呟いた。「工場の前にいたあのときに。彼女がきみを見る様子。彼女がその場からいち早く立ち去ろうとした様子」彼はさげすむように息をはずませた。

「きみたち、いつから、また？」

「何もない」イザークはドアのほうを見た。「やきもち話をしている時間などない。わたしはクララに助けを求めた。二日前だ。ナチスはわたしと家族をポーランドに連れていこうとしたんだ。その結果、クララは提案をした。わたしを助ける代わりに彼女を助けるというものだ」彼は細部をはぶき、代わりに指で机を叩いた。「時間がないんだ。急がなければならない」

「では、彼女は逮捕されなかったんだ」クラウスは下唇を噛み、虚空を凝視した。

「何を待っている？ シュミットが帰ってきたら手遅れだ。もう一度、彼を送りだせるかどうかは分からない」

「〈フランケンの自由〉には内通者が一人いる」クラウスは言った。「身柄を拘束されていない者は誰でもその可能性がある。多くはないにしても」

イザークが理解するまで少し間があった。「クララが？ 金輪際ない」だが彼は思わず、彼女が彼を欺いたことを考えた。

「ぼくも信じたくはない。だが、可能性を排除することはできない。文書が間違った者の手に渡らないと絶対的に確信したときにのみ渡すと、誓ってほしい」

　イザークはうなずいた。

「文書は十五ページから成っていて、タイプライターで打たれている。ぼくはそれをトイレットペーパーの間に差し込んでおいた」クラウスは自分の住所を教えた。「紙には番号が打ってある——だから、ぜんぶ揃っているか確かめてくれ。密偵は火曜日の午後三時に、ヘンカー橋の真ん中で待っている」

「トイレットペーパーのあいだに十五ページ。火曜日、三時、ヘンカー橋の真ん中」イザークは辛うじて間に合った。

　廊下に足音がし、つぎの瞬間、誰かが錠に鍵を差し込んだ。

「読んでくれ」クラウスは囁いた。「文書を取りだして、クララかそれ以外の誰かに渡す前に読んでくれ」

「なぜ……？」

「そうすれば、正しい者の手に渡るよう、きみは全力を尽くすだろうから」

「よく分からな……」

「読めば分かる」

　ドアが開いてシュミットが入ってきた。彼はグラスに入った水をイザークの前の机に置き、イザークとクラウスを交互に興味深げに見た。

「この男の尋問は終わった」イザークは言った。

「本当ですか?」シュミットの顔が崩れた。「残念です。あなたの尋問技術をぜひとも学びたかったのに」

イザークは一時間前よりも気が楽になっていた。ほんとうに、やってのけた――アルトゥールから情報を得たのだ。「きみに教えるのに、やぶさかではない」彼は言った。「明日か明後日に、きっと時間を作れるだろう」

シュミットは心から喜んでいた。そのころイザークはすでにここから去っているようにと願った。ゲルンズハイムに、ライン川上に、フォアアルルベルクに、さらにはスイスに。どこでも構わない――肝心なのは、もうニュルンベルクにはいないということだった。

アルトゥールは連行されていった。イザークはシュミットとともに執務室に向かった。「では、ロッテ・ラナーを殺害したのはアルトゥール・クラウスだったのですか?」階段を上りながらシュミットは訊いた。「そして、ヒルデブラントは共犯者だったのですか?　本当はノスケ中佐を狙った襲撃だったのでしょうか?　それとも、中佐に何かの罪を着せるか、あるいは評判を悪くする計画があったのでしょうか?」

「いくつか、まだはっきりしないところがある。だが、もう少し分かったら、まず最初にきみにすべて話す。一つ二つ考えなければならないのだ」そうだ。そうしなければならない。捕らえられている二人のために何ができるか、また、クラウスが打ち明けた疑念とどう関わり合うかについてだ。もし、クララが実は裏切っていたとしたらどうするのだ？

　イザークはそれ以上、思い煩うわけにはいかなかった。メルテンの秘書であるウルスラ・フォン・ラーンが廊下の突きあたりに姿を現し、急いで彼のほうにやってきたのだ。彼女はドレスの皺を伸ばし、彼に向かってほほ笑みかけた。

「ヴァイスマンさん、ヴァイスマンさん」彼女は言い、イザークをうっとりと見上げた。「あなたの勇ましい行為は、早くも本部中に広まっていますよ」彼は不審そうな顔をした。「あなたは例のヒルデブラントから、自白を引きだされました」

「あれは自白ではありません。彼はただ……」

「実際の価格よりも低い値で売らないことですわ」彼女は口を挟んだ。「〈謙譲は誉れであるが、人はそれなしで出世する〉」彼女は笑い、彼らのあとから執務室に入ってこようとした。

「では、これで失礼します」イザークはお辞儀らしきものをして、部屋に逃げ込もうとした。

　だが、ウルスラ・フォン・ラーンはそれには惑わされず、彼についてきた。「会計課の依頼を受けてまいりましたの。あなたの領収書が必要だそうです。それがあれば、あなたの旅費が清算されますので」

「領収書……それはホテルにあります」

フォン・ラーンはふたたび揃った歯をきらめかせた。「今夜、ホテルのあなたのところにお寄りして、領収書を頂いてもいいですわ」

「いや、その必要はありません」

彼女はありもしない髪房を顔から払いのけ、口をへの字に曲げた。「必要なものはすべてお持ちですか？」

「シュミット伍長が立派に面倒を見てくれています」

「では、事件以外のことは？　自由時間は？　パーティーに出席なさりたいか、誰かに町を案内……」

「申し訳ありませんが、わたしは楽しみのためにここに来ているのではありません」

イザークは彼女に背を向け、書き物机の前にすわった。

彼女はこのような拒否的な扱いには慣れていなかったらしい。反抗的に顎を上げ、ドアに向かった。「ああ、それから」彼女は肩ごしに大声で言った。「エリック・ガウガー氏からよろしくとのことです」その口調はもはや、それほど温和ではなかった。

「仕事が終わりしだい、ちょっと立ち寄るとのことです」

イザークには何の話か分からなかった。「ガウガー?」

彼女は立ち止まって振り向いた。「エリック・ガウガー。大学で一緒に学んだ仲でしょう」

熱い稲妻が体内を駆け抜けた。「ああ……ああ、そうか」彼はつかえながら言った。「もう随分前のことだ」

「では、彼がニュルンベルクに転勤になったことを、まったくご存じないのですか?」

「今はじめてだ」

「いずれにしても」ウルスラ・フォン・ラーンは彼をぐっと見つめた。「いずれにしても、彼はとても楽しみにしておられます。あなたに再会するのを」

# 22

立ち去らなければならない。このガウガーとやらが突然現れて、彼の正体を暴かないうちに。

彼はいなくなる口実を必死で探した。仕事じまいにするには時間が早すぎる。何かこの事件に関わりのあることを思いつかなければならない。彼は急いで書類をめくり、守衛の書いたものである出入口の一覧表をじっくり眺めて思案した。ヒルデブラントもノスケも事件の背後に潜んでいないとすれば、犯人はどうやって城に入ったのだろう?

「どうも気になって仕方がないことがある」しまいに彼は言った。「どんな城にも、たいていは秘密の通路というものがあるはずだ。ヴェネチア総督の邸宅にも、ポツダムのサンスーシー離宮にも、ローマの聖天使城にも——これらの建物のすべてに秘密の逃げ道があり、いつでも使えるようになっていた。数多の有力な君主の居城であったニュルンベルクの城に、それがないとしたら驚くべきことだ」

シュミットはうなずいた。「はい、ええ、もちろんです。わたしもその点に気づいてもよかったのですが」

「改築を計画した建築家はいったい誰なのだ？」

「上席参事官のホルスト・ヴェスティンガーです。彼は国立の城、庭園、湖沼を管理する建設部局の担当者です」

「彼と話がしたい」彼は上着を手にしてドアに向かった。

「今すぐにですか？」

「今すぐに」

「ガウガーさんを待たなくてもよろしいのですか？　きっと間もなく来られるでしょう」

イザークが恐れていたのは、まさにそのことだった。彼はドアに目をやった。その向こうでは忙しげに人々が駆けずりまわり、ひっきりなしに足音が聞こえてくる。ガウガーの足音かもしれず、それはいつ彼の執務室の前で止まるかも分からない。「正直言って……」イザークは声を低めた。「わたしは大学のころから、あまりガウガーが好きではなかった」彼は共謀者めかした口調で言った。「とても厄介な同期生だ」

「なるほど」シュミットはほほ笑んだ。アドルフ・ヴァイスマンと個人的な問題を分かち合えて悪い気はしなかったようだ。「それでは、彼が来る前にここから消えたほうがいいでしょう」

「ヴェスティンガーがどこにいるのか見つけてくれたまえ。わたしはその間に車を用意し、外で待っている」イザークは素早く執務室から出て、伏目で廊下を急いだ。道路に向かって一歩進むごとに気持ちが楽になっていった。

数分と経たぬうちにシュミットは駐車場に現れ、彼のいる車に乗り込んだ。「かなり手を尽くしました」シュミットは誇らしげと受け取れなくもない口調で告げた。

「その結果、ヴェスティンガー氏がどこにいるのか見つけることができました。そして、彼と話をしました」

イザークはぞっとした。ゲシュタポは彼が好ましく感じる以上に能率的だった。

「あなたのおっしゃるとおりです」シュミットは頰を紅潮させながら言った。「どうやら、ほんとうに秘密の通路があるようです。ヴェスティンガーは直ちにこちらに向かうとのことです。城内で会うことになっています。そこですべてをご説明したいそうです」

「素晴らしい」イザークは、一人の小柄で肩幅の広い男が本部から出てきて、探すように見回しているのを目の隅から見た。ガウガーだろうか？「何を待っているのだ？」彼は訊き、素早く顔をそむけた。

シュミットの合図を受けて、運転手はアクセルを踏んだ。

車の走行中、広告柱や家々の壁にけばけばしいポスターが貼られているのがイザークの目についた。それらは死刑宣告や死刑執行を知らせるもので、おそらく警告と威嚇の役目を担っているのだろう。週を追うごとに増えていった。国防軍の前進が停滞を来たして以降、ナチスは国内戦線においてモラルを内部から破壊する行為をすべて容赦なく罰した。外国の放送を聴くこと、究極の勝利に疑念を抱くこと、または、総統について他愛もない冗談を言うことは恐ろしい結果を招きかねなかった。裁判官はますます冷酷になり、死刑執行人は到底こなせないほど仕事の量が増えた。

「あのアルトゥール・クラウスは……」突然、シュミットが言った。「正確には、いったい何をあなたに話したのですか?」

「クラウス?」イザークは時間かせぎをしようとした。「彼はひどくあいまいで、人目につかない出入口か何かのことを話した。そのお蔭でわたしも秘密の通路という考えに行きついたのだ」

シュミットは高揚したようにうなずいた。「ほかには何を? 彼はほかには何を言ったのですか?」

「それ以上はあまり。彼は……」

「もうすぐです」運転手にその場を救われた。車は城の敷地を通り抜け、背の低い、頭が半ば禿げた男が立っている守衛室の前で停まった。「お待ちしていましょうか、それとも、決まった時間にお迎えにまいりましょうか？」

「待っていてほしい」シュミットは運転手に指示を与え、二人は車から降りた。

彼らが車のドアをばたんと閉じると、大鴉(おおがらす)の群が空中に舞い上がり、大声でがあがあと啼(な)きながら塔の上に止まった。

ホルスト・ヴェスティンガーと思われる背の低い男は、左腕で書類ファイルを抱え、右腕をぱっと高く上げた。「ハイル・ヒトラー」

「ハイル・ヒトラー」シュミットは応じた。

「ヒトラー」イザークは呟いた。ドイツ式の敬礼を唱えるのは、いまだに難しかった。それから背筋を伸ばした。

建築家はイザークの手をとって固く握手し、自己紹介した。「大女優ロッテ・ラナー……」しまいに、彼は言った。「何という恐ろしい事件でしょう。それを聞いたとき、わたしがどれほど衝撃を受けたか、あなたには想像もつかないでしょう。あなたの捜査のお役にたてるよう願っています」

「われわれも願っています」シュミットは言った。「すでに電話でお話ししたように、逃走用の地下道のことを、もっと聞かせてほしいのです」彼は状況を説明し、ヒルデブラントの一覧表を見せた。

「われわれの抱える問題も、あなたなら理解されるでしょう——われわれは閉鎖された仕組みとかかわり合うことになります」イザークは説明した。「殺人は理論的には不可能です。今現在、思いつく唯一の説明は、犯人が秘密の入り口から城に入ったということです」

ヴェスティンガーは頭を掻いた。「確かに逃走用地下道はあります。しかし、残念ながら、捜査には役立たないのではないかと思います」

「どうしてですか?」

「一緒にいらしてください。そして、ご自分の目で見てください」ヴェスティンガーは城の中庭を通って住居部分まで来ると、しゃがんでドアの敷居を手でさわった。「ここを開けるメカニズムは、いったいどこにあるのか?」彼は呟きながら、枠と床のあいだの隙間に指を一本差し込んだ。「ああ、ここだ」かちっというかすかな音がし、ヴェスティンガーは勝ち誇った顔で木製の上げ蓋を引っぱり上げた。「第一級のドイツの仕事です」彼は説明した。「肉眼では見分けがつきません」

イザークとシュミットは彼のそばまで行き、目の前の床にぽっかり開いた暗い真四角の穴を凝視した。湿った土の匂いのするひんやりとした空気が、どっと吹きでてきた。

「秘密の通路は、大工が木の床を磨いているときに見つけました」ヴェスティンガーは書類カバンから懐中電灯を取りだし、スイッチを入れて穴のなかを照らした。狭くて急な階段が見えた。段は石を切りだしたものだった。「逃走路は十五世紀か十六世紀に作られたものだと思います。山を通り抜けて、たぶん町の下の岩石の多い通路で終わっているのでしょう」

「ニュルンベルクの人々は、その岩石の多い通路に何百年もかけて二階建て以上の建物と通路を作ったのでしょうね。ビールの醸造と貯蔵をするために」シュミットが説明した。

イザークは考え深げにうなずいた。「あなたは、たぶんと言われましたね？」彼はヴェスティンガーのほうを向いた。

「われわれは最初、この発見に有頂天になりました」建築家は言った。「もちろん、すぐに、地下道がどこに向かっているのかを見つけようとしました。でも……」彼はため息をついた。「ご自分でご覧になってください」ヴェスティンガーはイザークに懐中電灯を渡した。「並の大きさの男では、反対側に到達するのは不可能です。そうするには狭すぎます。われわれの誰一人として通り抜けできませんでした。お二人とも閉所恐怖症でなければいいですが」

「それは分からない」

イザークは用心深く階段を下りていった。通路はあまりにも天井が低いため、頭を引っ込めなければならず、肩は両側のむきだしの石壁に触れた。段はつるつるしていたが、どこにも、しがみつく場所はなかった。

「ずいぶん急ですね」イザークについて来たシュミットは言った。「それに、ひどく狭いです」

「もっと狭くなる」イザークは上体を四十五度曲げて、さらに下へとおりていったが、岩屑が堆積していて行く手をさえぎられた。彼は地面の石に円錐形の光をすべらせた。

「止まって」イザークの後ろから肩ごしに見ていたシュミットは叫んだ。「もう一度、後ろを照らしてください。何かあります」

　イザークは言われたとおりにした。

「あそこに見えるでしょう？」

「布切れだ」イザークは振り向き、緑色の布地をじっくり見た。それは二ないし三平方センチほどの大きさで、端のほうがほぐれかけていた。「誰かが無理やりに通り抜けようとして、そのとき服が引きちぎれたように見える」

「小柄でほっそりした誰かです」

　イザークは岩屑の前の地面を照らした。薄い埃の層でおおわれていた。「ここに足跡がある。比較的新しいものらしい。もっと深く山のなかへと続いているな」

「誰かが反対側から来たというヒントにはなりませんか？」

「いや、まさにその逆だ」イザークは眉をひそめ、壁を点検した。「すべては、犯人が城からこの地下道を通って逃げたことを暗示している。しかし、犯人はどうやって城に入ったのだろう？」

「事件はますます謎めいてきました」

イザークとシュミットはヒントとなるものをすべて見尽くしたと確信したので、住居部分の入り口ホールまで階段を上っていった。そこではヴェスティンガーが彼らを待っていた。

「最近、あなたか、あなたの配下の誰かが、なかに入ったことがありますか？」イザークは訊いた。

「いいえ、とんでもない。誰がこんな汚くて狭い穴から入っていきたがるものですか」

「たとえば、岩屑を取り除いて通路を拡げ、居住者のために逃走路を設けるためにとか？　空襲はますます頻繁になってくるでしょうから」

「そういう措置を講じようかとも考えましたが、その時間がないのです。わたしのもっとも優秀な部下たちが出兵を命じられたために計画に遅れが出ていまして。居住者の方々はすでに何週間も前に引っ越ししてこられるはずでしたが、これまでのところ、唯一、ノスケ親衛隊中佐のお住まいしか完成していません」

「あなた以外に、この地下道について知っているのは誰ですか？」

ヴェスティンガーは考えた。「建設局の者」彼は数え上げた。「都市建設局の者、史跡保護局の者、そして、もちろん職人たちも」

イザークはもう一度、ヒルデブラントの作ったリストを引っぱりだした。「城に入った者は全員、ふたたび正門から出ていった。では、誰が地下道を通って出ていったのか?」彼はヴェスティンガーのほうを向いた。「ここに誰かが隠れていたということはないでしょうか?」

ヴェスティンガーはかぶりを振った。「ヒルデブラントだけでなく守衛は全員、人の出入りを詳細に記録するよう明確な指示を受けています。職人たちの作業時間を把握することも重要ですが、レジスタンスの者が誰も暗殺計画を準備したりできないように確認する必要があるからです。いずれにしても、ここには党の高位の幹部の方々が住まわれるほか、身分の高い国賓のための住居もあるのです」

「つまり、気づかれずに、誰かを秘かに出入りさせるのは不可能なんですね?」

「ぜったいにできません」ヴェスティンガーはかぶりを振った。「作業に必要な資材はすでに何ヵ月も前に運び込まれました。わたし自身も荷ほどきの際、その場にいました」

「事件はほんとうに、ますます謎めいてきた」イザークはシュミットに言った。「急いで職人たちと話をする必要がある」

シュミットは時計を見た。「職人たちを明朝、九時に本部に呼びだしましょう。それでよろしいですか？」

イザークはエリック・ガウガーのことを考えた。「むしろここへ来させてほしい。詳細について直接、現場で明らかにしたい」

「もちろんです」シュミットはイザークの胃がごろごろいうのを聞いてほほ笑んだ。「今から〈褐色の鹿〉へ行きませんか、ヴァイスマン少佐？」

イザークはうなずいた。「喜んで」

彼らはヴェスティンガーに礼を述べ、車の待つ城の外側の広場に戻り、聖レオンハルトの方角に向かった。

そうこうするうちに日が暮れはじめ、天空には一番星が現れた。イザークは車の窓からそれを見て、自分もまた星のようにナチスから遠く遠く離れていたいものだと願った。〈星は利口だ。当然、われわれの大地から遠ざかっている〉彼はハインリッヒ・ハイネの詩の一行を思い出した。

ハインリッヒ通りで、車は店の少し前で停まった。イザークとシュミットは降りて、レストランまでの残りの数メートルを歩いていった。ドアの前に四人の若い女性が一台の乳母車とともに立っていた。

「パパって言ってごらん」なかの一人である褐色の髪をした美しい女性が、頬を真っ赤にしたたちっちゃな男の子に促した。水兵服を着たその子は大きな青い目で彼女を見つめていた。

「ダダ」男の子は含み笑いをしながら言った。

「じゃあ、今度はママって言って」

「ママ」

ほかの女性たちは手を叩き、うっとりしたように、ああ、とか、おお、とか、声を上げた。

「これからが最高なの」母親であるその女性は大声で言い、ふたたび友人たちの注目を集めるまで待った。彼女は右腕を伸ばし「ハイル・ヒトラー」と叫んだ。

「ハイタ」男の子は叫び、小さな腕を振り回した。

「誇らしいことですね」この情景を見守っていたシュミットは言った。「たくましい男の子。それに賢い。結構なことです」

イザークはかすかにため息をつき、その子をじっと見つめた。赤いほっぺた、絹のような巻き毛、長いまつげ。生まれたときから愛情豊かな母親によって憎悪を植えつけられてきた。ユダヤ人、ロマ、ロシア人、フランス人への……。自分たちと異なる考えの人々への憎悪。ほぼ全世界への憎悪。

女性たちはくすくす笑いながら、そこから去っていった。シュミットはイザークのためにレストランのドアを支えていたが、そこには大きな札が取りつけられていた。〈ユダヤ人の入店禁止〉

「まもなく全員、いなくなりますよ」シュミットは言った。「わたしの得た情報が正しければ、遅くとも夏には、ニュルンベルクからユダヤ人はいなくなります」

「なるほど」ほかにイザークの思いつく言葉はなかった。彼はシュミットのあとについて店に入っていった。

温められたアルコールの匂いと煙草の煙が押し寄せてきた。ほかにも、炙(あぶ)り肉や、焼きたての菓子の匂いもした。長いテーブルに一群の男たちが姿を見せていた。どうやら、前線から休暇をとって戻ってきた兵士たちのようだった。多くの者は暗い顔でビールを見つめていたが、それ以外の者たちは熱心に話し込み、ニュルンベルク交響楽団を指揮している最中であるかのように激しく手を振っていた。今にも喧嘩(けんか)が起きそうな雰囲気だった。

イザークは背筋を伸ばし、頭を上げ、思わず指にはめた指輪を回したので、髑髏がよく見えるようになった。

「もっと優雅なところを期待なさっていたのでなければいいのですが」シュミットは言った。「でも食べ物はほんとうに、町一番です」

彼らはいちばん奥の、より静かな席につき、メニューをじっくり調べた。

「ショエイフェレは豚肩肉の骨皮つき燻製です」シュミットはベルリン人だと思い込んでいる相手に説明した。「ニュルンベルガー・グヴェルチはチーズ、トマト、キュウリ、玉子とともに和えたオクスマズル・サラダです。ザウワー・チプフェルはタマネギと酢とワインの煮出し汁で煮たソーセージで、ナッケルテ……」

「わたしは鯉にする」イザークは決めた。ハムを挟んだパンは信じられないほど美味だったが、それでも彼にはコーシャな食べ物のほうが好ましかった。

「それにビールですか？」ウエイターは訊いた。

「バンベルクのラオホビール（燻製の麦芽ビール）をお飲みになってみてください」シュミットは言った。「国一番のビールです」

イザークはうなずいた。ウエイトレスは注文を書きつけて、立ち去った。

「あなたがこの短い時間内にすべてを成し遂げられたことに、ほんとうに感銘を受けています」シュミットはつづけた。「何か教訓を頂けますか？」

ウエイターはビールを運んできた。イザークはよく考えてから、ぐいっと一口飲んだ。

「ほかの人々が何を言おうと、どうでもよい——つねに自分自身の考えを生みだすことだ」彼は上唇から泡を拭いとった。ビールはきわめて美味だった。アルコールに慣れていなかったので、彼はたちまち麻痺(まひ)とくつろぎの心地よいマントに包まれた。「上から教え込まれたことも、すべてが真実だとは言えない」

シュミットは真顔でうなずいた。

「二つのことが、絶えず新たな、絶えず増していく賛嘆と畏敬によって心を満たす」イザークはカントの『実践理性批判』から引用した。「自分のなかの星空と、自分のなかの道徳律である。つまり、正しいことと正しくないことがあり、健全な人間は誰でも、その違いを見極める能力を持っているということだ」彼は相手を観察した。

シュミットは熱心に聞いており、こだわりなく、興味津々であるように見えた。その顔の表情にはどこか子どもっぽいところがあった。

イザークはつづけてビールを飲み、乳母車の男の子のことを思った。ハイタ。「現行の法律と、正、不正を識別する感覚が同じでないことは、しばしばある」

アルコールが頭に上り、つい軽率なことを言ってしまいそうで、抑えるのが急につらくなってきた。シュミットに向かって、ユダヤ人の本性をどれほど明らかにしたかったことだろう。世界を制覇しようとも、いずれかの民族を滅ぼそうとも思っていないごく普通の人間なのだと。ユダヤ人が医学、文学、あるいは音楽の分野で成し遂げた素晴らしい業績について語りたい衝動にかられた。彼らの神と家族にたいする愛について、彼らがほかの人々と同じように感じる苦悩についても明らかにしたかった。

「鯉一人前と、グヴェルチ一人前」ウエイターが元気よく料理をテーブルに並べた。皿から熱い蒸気が立ちのぼり、素晴らしい匂いが鼻を満たした。一瞬、彼はふたたび自宅にいて、愛する者たちに囲まれ、祝祭用の食卓についていた。「バルフ……」彼はユダヤ教の食前の祈りを唱えかけた。

「何ですか?」

イザークは稲妻に打たれたようにびくっとし、熱くなったり寒くなったりした。

「ああ……つまり……」身体中にアドレナリンが充満し、脳はフル回転した。「ベルリンではそう言うのだ。いただきます」

「いただきます」シュミットは快活に応じた。「あなたが美味しいと思ってくださるといいのですが」

「おお、ほんとうに美味しい」イザークは最初の一口を味わったあと、再度、何とか無事に切り抜けたことに計り知れない喜びを感じた。

食事中、彼は気を散らさないようにし、ウエイターが運んできたビールには手をつけなかった。「長い一日だった」しまいに彼は言った。「そろそろホテルに戻ろうかと思う。快く付き合ってくれて、どうもありがとう」

シュミットは真っ赤になった。「わたしの方こそ、お礼申し上げます」

彼らは支払いを済ませ、道路に出ていった。

「わたしは徒歩で帰る」イザークはこれ以上シュミットの相手をして過ごしたくなかったので、そう言った。「すまないが、道を教えてもらいたい」

シュミットは求めに応じ、その間ずっと彼らを待っていた車に乗り込んだ。車は走り去っていった。

イザークはきびきびした足取りで歩きだした。ローテンブルガー通りをとおり、ロクス墓地のそばを通りすぎていった。ひんやりとした空気が心地よかった。ついにプレルラーまで来たころには、失言に愕然としたことなど跡形もなく消え失せ、心臓はふたたび規則正しく打っていた。彼はクラウスから情報を得た。それをクララに渡せば、彼と家族の逃亡は可能になるのだ。クラウスは彼女の潔白さにたいする疑いの種を蒔いたが、イザークはそれを押しやった。彼は知り合ったころのクララのことを思った。人は変わるものだ。しかし、その基本的な価値をすっかり振り捨てはすまい。

不意に新たな考えが浮かんだ。もしかしたら、これがニュルンベルクにいる最後の時になるかもしれない。すべてがうまく運べば、彼と家族はまもなく外国に向かうことになる。果たしてふたたび帰ってくることがあるだろうか？　帰れない可能性は大いにあった。ホテルの前まで来ると、何かがなかに入らせまいとした。それゆえ彼は歩きつづけた。左に曲がり、市の中央部に通じるグラザーズ小路に入った。最後に自分の故郷の町をさまよい、もう一度、追憶に耽りたかった。ふたたび除け者になる前に人間でありたかった。彼はあてどなく小路から小路へとぶらついた。古い教会は何と崇高なのだろう。市の堡塁は何と堂々としているのだろう。彼は税関や聖霊病院のそばを通り、中央市場のそばまで来た――これらの建物がこの夜ほど素晴らしく思えたことはなかった。

〈寂しいときは歌をうたえ。女の子が誰もキスしてくれないときは歌をうたえ。そうすればすぐに忘れられる。トラララ、ラ、ラ、ラ〉レストランから聞こえてきた。イザークは物思いに沈みながら窓から覗いた。

まさにその瞬間、一群の若い人々が笑いながら道に出てきた。もう少しでイザークにぶつかりそうになった。

「すみません」一人の若い兵士がドアを支えた。

「ありがとう。だが、じつは、わたしは入るつもりは全然なくて……」

彼はレストランのなかに目をやった。人で溢れ、大はしゃぎしている雰囲気だった。

奥の方でバンドが演奏し、何組もの男女がその前で踊っていた。右手には長いカウンターがあり、その前にすわっている人もいれば、立っている人もいた。お喋りしながら酒を飲み、大いに楽しんでいた。これほどの陽気さと喜びを、イザークはもう長いあいだ経験していなかった。彼は魔法にかかったようにそれに引きつけられた。〈なぜ、いけないんだ?〉彼は心のなかで思った。苦難が追いつかないうちに、もう一度、陽気な思いに身を委ねたい。

　彼はレストランに入り、バーに向かってすわり、ビールを注文し、音楽に耳を傾け、その夜の雰囲気にうっとりしていた。そうだ、これこそ別れにふさわしい。

「まさか、お楽しみのために、いらしているんじゃないですわね」不意に、誰かが耳元で囁いた。

　イザークは振り向き、ウルスラ・フォン・ラーンの顔を目にした。

「先に行っててちょうだい。すぐに追いつくから」彼女は後ろに立っていて、彼を詮索するようにじろじろ眺めている二人の若い女性に向かって言った。二人はくすくす笑いながら、ハイヒールを響かせて立ち去っていった。ウルスラ・フォン・ラーンは彼のほうに向きなおり、口をへの字に曲げた。「今日の午後、わたしに嘘をつきましたわね。あまりいい感じを受けませんでした」

「ホテルに戻る途中、偶然、ここを通りかかったのです。とっさのことです」彼は説明して立ち上がった。

「シャンパンを一杯」フォン・ラーンはバーテンダーに呼びかけた。「こちらはビールをもう一杯ご所望です」

「わたしは……」イザークは言いかけたが、ウルスラ・フォン・ラーンは断るのを許さなかった。

「一杯だけ」

バンドはポピュラーなフォックストロットを演奏し始めた。それにたいして大きな喝采が起きた。

ウルスラ・フォン・ラーンは彼の手を握ろうとした。そして、イザークがどうしていいのか分からずにいるあいだに、彼をダンスフロアに引っぱっていった。「飲みもの一杯とダンス一回。そのあとはご自由にお帰りください」彼女は大声で笑い、音楽の拍子に合わせて身体を揺り動かした。

イザークは彼女の上機嫌に巻き込まれ、彼女の腰に手を当て、寄木張りのフロアに導いていった。

彼女は満面に笑みを浮かべ、音楽に合わせて小声で歌った。「〈ねえ、あなた、わたしたちこれから、どうなるの？　幸せになるの、それとも悲しむの？　わたしたちの道は分かれるの、それとも、わたしたちは愛の国に入っていくの？〉」

イザークは自分たちが見られていることに気づいた。ペアを組んでいる他の人たちも彼らのほうに視線を投げ、バーにいる人たちも二人に気づいた様子だ。美しくエレガントなウルスラ・フォン・ラーンが堂々たる男性と踊っている。

彼はクララのことを思った。

「あなたはダンスがお上手ね、ヴァイスマンさん」メルテンの秘書であるウルスラは、音楽が鳴りやむと、指摘した。身体を動かしたせいで頬がバラ色に染まっている。

「喉が渇きましたわ」彼女はイザークをバーに連れ戻した。「ご健康を祈って」彼女はグラスを上げ、彼と乾杯した。「ご自分のことを少し話してください」ウルスラは促した。「ベルリンの話をしてください。奥様はおいでになるのですか?」

いるのだろうか? ヴァイスマンは既婚者なのか? イザークは何も知らなかった。彼は薄氷を踏んでいる。失敗しないように気をつけなければならない。「別の機会にお話しします」彼はできるかぎり愛想よく言った。「残念ですが、おいとまする時間です」

彼女は時計を見た。「真夜中の一分前。まるでシンデレラのようね。時計が最後の時を打ったら、あなたは何に変身なさるのかしら?」

「無法者に」イザークは彼女の耳元で囁き、自分自身の大胆さに驚いていた。

ウルスラ・フォン・ラーンは目を大きく見開いて彼をまじまじと見つめ、けたたましい声で笑いだした。「あなたがこんなにユーモアのある方だとは、思ってもみませんでした」彼女はイザークの腕に手を置いた。「ほかには何があなたの内に潜んでいるのか、見つけだしたいものですわ。明日、オペラのマチネーにお供させてください。ヴァーグナーものが上演されます。重要な方々が出席なさいますのよ」

「時間がないと思います」

「きっとお気に入るでしょう。演出が素晴らしいそうです」彼女はイザークの行く手をさえぎった。「明日の午前十一時に」

「残念です」イザークは彼女の手を自分の唇に運び、キスするかのような振りをした。「ダンスをありがとう。これほど楽しんだのは久しぶりです」彼は急ぎ足で外に出た。彼女にまた引き止められないうちに。

ホテルの部屋に帰り着くと、彼は花瓶を窓辺に置き、身体を洗い、ベッドに横になった。疲労困憊（こんぱい）していたが寝つけなかった。天井をじっと見つめ、待っていた。クララが来るのを。そして、万事うまくいくようにと願っていた。

ヴェルナー・ヒルデブラントとアルトゥール・クラウスのことも心に浮かんだ。両人をロッテ・ラナー殺害事件と結びつけたのは彼の責任だ。良心の呵責（かしゃく）にさいなまれた。この事件を解決しなければならない。

彼は考え込んだ。込み入った謎はふつうは彼の性に合っている――だが、今抱えている謎は彼にも解けそうになかった。ヒルデブラントのリスト、難攻不落の城、逃走路にあった布切れ、動機の欠如……職人たちへの質問によって多少なりと解明されればいいのだが。

彼は目を閉じ、うつらうつらし始めた。

一九四二年三月二十二日　日曜日

# 23

アドルフ・ヴァイスマンは見通しのきかない黒い海のなかを漂っていた。身体が痺(しび)れているように感じられ、こめかみは鈍く脈打ち、そして、頭にはかすかな痛みが充満しているようだった。心の目の前でいくつものイメージがきらめいていた。

血まみれの繃帯。

若い兵士と汚れた身なり。

衛生兵の顔。

「頭蓋がひどく傷ついているようだ」男の声が聞こえた。それは近くもあり、同時に、果てしなく遠くもあった。「脳が損傷を受けた可能性は充分にある」

誰のことを言っているのだろう？

誰かが彼の上に身をかがめた。石鹸と消毒剤と冷えた煙草の煙の匂いがした。目蓋が上げられ、ぎらぎらした光が眼球を貫き、暗闇を切り裂き、新たなイメージが次から次へと呼び覚まされた。

たこのできた両手、すり傷のある指の関節。

痘痕（あばた）。

彼の上に飛んできたテーブルの甲板（かんぱん）。

栓から水が漏れるように、記憶がアドルフ・ヴァイスマンの意識のなかに滴り落ちてきた。彼はワルシャワにいて、ドイツ士官の殺人を捜査していた。ゲッペルスからの電話がふたたび思い出された。死んだ女優、病院列車。

「水分代謝と塩分代謝を安定させるために点滴をおこない、観察をつづけるように」

「承知しました、ドクトル」女性が言った。

指が彼の額を撫でた。前腕が優しく叩かれ、つづいて、ちくりと軽く刺された。イメージは明瞭さを増し、記憶ははっきりしてきた。彼は食堂車にいた男に殴り倒された。不潔なそいつとその仲間は彼を運び去り、服を脱がせ、持ち物を奪っていったのだ。

彼は死んだと思われていた——だが、彼の抵抗力を彼らは計算に入れていなかった。彼は全身これ戦士だった。革のように強靭（きょうじん）で、クルップ（一八一一年に創設された製鋼と兵器生産の大企業）の鋼（はがね）のように硬かった。誰も彼をそう簡単に片づけることはできないのだ。

「家族にはもう知らせたのか?」ふたたび、男の声が聞こえた。

「今、ご家族を見つけだそうとしているところです。彼の両親は田舎で、どこかの労働部隊にいます」

いったいどういうことだ？　彼の両親はとっくに死んでいるのに。

「すべて、よくなりますよ、エクスナーさん」

ヴァイスマンは耳元に温かい呼吸を感じた。湿った手が彼の手を包んだ。見知らぬ人間にこうも近づかれるのは我慢ならなかった。まして、触れられるなど、耐えられないことだ。彼は叫びたかった。わたしはエクスナーなんかではない、頼むからさわらないでくれ！

「指が動きました」女性の声は興奮しているように聞こえた。

「よろしい」男は答えた。「さっき言ったように、エクスナー氏から目を離さないこと。そして、容体に変化があったときは、わたしに知らせるように」

自分はどこにいるのだ？　エクスナーとやらは何者だろう？　ここで何が起きているのだ？　この悪夢から目覚めなければならない。それも、早く。

# 24



戸口で物音がし、クララはぎょっとした。彼女はそばの床に置かれているナイフを手さぐりし、そして、身を起こした。「誰ですか？」

「ぼくだ」聞きなれた声が聞こえた。

「ヴィリー？」クララは安堵の息をつき、すり減った薄いマットレスから立ち上がった。痛む背筋を伸ばし、上からセーターを着てドアを開けた。「ここで何をしているの？」

弱々しい朝の光が狭い小屋に射し込んできた。「つまり、ここに身を隠しているのだな。方々、探しまわったよ」五十がらみの痩せぎすのヴィリーは小屋に入り、ぐるりと見まわした。「このなかは寒いな」彼は今脱いだばかりの縁なし帽をふたたびかぶった。

「夜のうちに火が消えてしまったらしいわ」クララは小型ストーブのそばに膝をつき、木屑を足した。「どうやって、ここを見つけたの？」

「アルトゥールの話では、叔母さんがここに家庭菜園の小屋を所有していたが、夫が死んでからはもう世話をしなくなったという。それで、試しに行ってみようと思った」彼は両手を上着のポケットに突っ込み、詮索するような目でクララをじろじろ眺めた。

クララはマッチを擦って木屑の上に投げた。「すべてうまくいっているの？」ある考えが浮かんだ。「ルビンシュタイン家のことで何かあったの？」

「彼らはうまくいっている。安全な場所に泊まらせた」

「かつての闇商人の倉庫ね？」

ヴィリーはためらった。「そうだ」しまいに彼は言った。「できるだけ居心地よくさせている」

クララはストーブのそばに立ち、両方の拳を温めた。「じゃあ、なぜここに来たの？」

「ここ何日も気がかりになっていることがあるんだ」彼の目は床に落ちているナイフを捉えた。彼はかがんで、それを拾い上げた。「ほかの者たちが全員、逮捕されたり連行されたりしているのに、なぜ、よりによってきみがこの騒ぎに持ちこたえているのだろう？」

クララは目を細くした。「あなたにも同じことが言えるわね」

「それは明白だろう？　ぼくは〈フランケンの自由〉の中心的なメンバーではなく、運転手に過ぎないからだ。おそらくゲシュタポはぼくには狙いを定めていない。おまけに、ぼくは木曜日の夜には町にいなかった。カッター（一本マストの帆船）に乗ってライン河にいた。金曜日に帰ってみるとレジスタンスの大半が逮捕されていた」

「まさか、あなたは……」

「なぜ、きみは逮捕されなかったんだ？」彼の言葉は鋭さを増し、一語一語が非難に満ちていた。たこだらけの彼の手はナイフの柄を包み込んでいた。きつく握っていたので、中間関節が白く浮きでていた。「言えよ、なぜなんだ？」

「この件全体に一切関わっていないも同然だからよ。アルトゥールはいつも、わたしの名前が一切関わりを持たないように配慮してくれたわ。二人の関係が、わたしに危険をもたらさないようにと願っていたのよ」

「何も言うな！　もしきみが〈フランケンの自由〉とほとんど関わりがないというなら、なぜ、たとえば、ぼくのことを知っていたんだ？　あるいは、ベルリンの同志のことを？」彼は一歩、クララのほうに歩み寄り、ナイフの刃があと数センチで彼女の心臓に届きそうになるほど腕を伸ばした。

　彼女は退き、防御するように両手を上げた。「もちろん、偶然知ってしまったことも沢山あったわ。あちこちで盗み聞きしたり、小耳にはさんだことも。でも、それって、ごく当たり前のことよ」

「ということは、きみはラグナレク計画についても知っていたんだな?」

「部分的にね。その背後に何があるのか正確なことは知らないわ。知っているのはただ、何かの文書があり、それがナチスの支配を終わらせるのに役立つということだけ。それが火曜日にイギリスの密偵に手渡されるということも」

「そのあとは?」

「あとは何も。どこにその怪しげな文書があるのかも、いつどこで密偵が待っているのかも知らないわ。それが重要なんだけど。でも、わたしは〈フランケンの自由〉の努力と犠牲が無駄にならないように、できることはすべてやるつもりでいることは、信じてほしいの」

「そのこととルビンシュタインとはどういう関係があるんだ?」

「何も。一切ないわ。ただの古い知り合いで、身を隠すのを助けただけよ」

「ぼくが金曜日の夜に彼らを迎えに行ったとき、きみはある男といっしょに立ち去った。あれは誰なんだ?」

「イザークよ。あの家族の息子」

「で、彼は今、どこにいる?」

「どうしてそう質問責めにするのよ、ヴィリー?」クララはさらに一歩、退こうとして、壁にぶつかった。

ヴィリーは彼女の手首をつかんだ。「きみについて何て言われているか、知っているはずだ」

「いいえ、何のこと?」彼女は手を引っ込めようとしたが、ヴィリーの握る力はますます強くなるばかりだ。

「きみがアルトゥールに取り入って情報を得ようとしているという噂が流れている。きみが〈フランケンの自由〉に潜入する目的で、その緑色の目で彼に魔法をかけたんだと」

「わたしが? 内通者だというの?」

「きみが最初ではないかもしれない」彼はクララを離すと同時に、ナイフを彼女の喉の高さまで上げた。

クララは手首をさすりながら敵意のこもった目でヴィリーを見すえた。「そして、このみすぼらしい小屋に身を隠しているのだ、と?」

「優秀な内通者なら、まさにそうするだろう。そうすることによってのみ卑劣な計画を完成させられる上に、グループの残りのメンバー、ベルリンの同志、そして密偵をもゲシュタポの手に売り渡すことになるわけだ」

「ここで誰かを売り渡すとすれば、まさに、あなたよ」

クララは手を伸ばし、注意深くナイフの刃を脇に押しやった。「わたしは裏切り者じゃないわ。それどころかレグナレク計画にとって、持ちこたえている唯一の命綱よ。わたしがいなければ、もはや希望はないわ。わたしなしでは、すべてが無駄に終わってしまう」

ヴィリーはためらっているようだった。唇を固く結び、彼女をじっと見つめた。

「わたしはその文書を手に入れて、火曜日に密偵に手渡すことになっているわ」

「でも、どうやって？」

「わたしに任せてちょうだい」彼女は言った。「あなたにも分かるわ。万事、うまくいくから」クララはほほ笑み、自分の言葉を信じようとしていた。

ヴィリーはナイフを下ろした。「きみを見張っているからな」彼は言った。「もし、きみがナチスのブタどもと結託していることが分かったら、きみはひどい目に遇うことになる」

「わたしはやるべきことを、やるだけ」クララは息をはずませ、外に出ていくようにと指し示した。「さあ、もう消えてちょうだい。わたしは身体を清めなければならないから」

ヴィリーは躊躇したが、けっきょく戸口に向かった。

「わたしのナイフを」クララは手を伸ばした。

ヴィリーはナイフを渡し、家庭菜園小屋から出ていった。「ただではすまないぞ、もし……」彼は呟きながら去っていった。「そのときは、きみを見つける。そして、きみはそれ相応の仕打ちを受けるだろう」

# 25

イザークは転々と寝返りを打っていた。シーツは汗で湿り、枕には陰気な思いがしみ込んでいた。

「やめろ」と呟いたが、暗い夢は終わりそうもなかった。彼はニュルンベルク城の秘密の通路にいて、山のなかへ深くまた深く下りていった。岩屑はなく、狭い地下道は通行自由で、濃い霧と茨の森を貫き、燃えるように熱い砂を越えて、冷えきった川へとつづいていた。

「イザーク」耳のなかで声が囁いた。悪魔だ。三つの顔を持っている。醜く、恐怖を抱かせる顔。「イザーク！」今度は彼の名を叫んだ。すると、地面が震えはじめた。イザークはバランスを失い、両腕を泳ぐように振って支えを探そうと空しい努力をし、ついには底なしの深淵に転落しそうになった。「もう、いい加減に目を覚ましなさいったら」

イザークは目を開けた。朦朧としたなかでクララの顔がまともに見えた。眠けのせいで、まだ意識はぼんやりしていた。だが、ベッドの縁には間違いなくクララがすわっていた。素晴らしく美しかった。

「鍵をかけておかなかったのね」彼女はドアを指し示し、匂いを嗅ぎつけた。「酔っぱらっていたの？」

「ビールを三杯」彼は呟き、身を起こした。頭痛がし、舌は舌苔で覆われている。

「今、何時？」

「八時半」クララは窓辺の水仙を指さした。「アルトゥールと話したの？」

「ああ、話した」

クララはほほ笑み、彼の顔にかかる髪を掻き上げ、手を取った。「分かっていたわ」彼女は言った。「あなたなら、やってのけると思っていた」

イザークはほほ笑み返した。ほんの一瞬、快感が腹に拡がり、心臓に向けて噴出したが、前夜のことを思い出すとすぐさま消えてしまった。

〈褐色の鹿〉でのしくじり。

ニュルンベルクとの別れ、夜の酩酊。ウルスラ・フォン・ラーンにたいする図々しい態度。

彼は個人的な大仕事をうまく処理し、そのあとで軽率な行為に身をまかせ、アルコールに酔って最後にもう一度人生に関わりを持ってもいいだろうと思った。彼は不注意になり、調子にのり、目立ちすぎた。過度に目立っていなければいいが。「ぼくは注意を怠ったかもしれない」彼は言った。「できるだけ早く、ここから消えなければならない」

「すでにカッターが待機しているわ」クララは彼を見つめた。「どうしたの？　何を待っているの？　わたしに情報を聞かせてちょうだい」

イザークは彼女に何もかも話したかった。だが、舌がそれを拒否していた。アルトゥール・クラウスの言葉が耳のなかで鳴り響いていた。〈〈フランケンの自由〉のなかに内通者がいる……逮捕されていない者は誰でもその可能性がある……多くはないにしても……その可能性は無視できない……文書を取ってきてくれ。そして、クララまたは他の誰かに渡す前に読んでくれ……そうすれば、文書が正しい者の手に渡らなければならないわけがすべて分かるだろう〉

クラウスは素性の知れない男ではない。クラウスは彼女の婚約者だ。たとえクララを信用していないとしても……。

「どうしたの？」クララはあらためて訊いた。

「文書は……」イザークははじめた。「十五ページあり、そして……」彼は悪魔の顔の奇妙な夢のことを思った。「ぼくも一緒に行く」

「一緒にどこへ？　わけが分からないわ」

「文書はアルトゥールの住まいにある。彼はそこに文書を隠した」

「どこにあるのか言って。わたしが取ってくるから」

答える代わりにイザークは立ち上がり、黙って浴室に行った。

クララはあとからついてきた。「どうしたの？」彼女は訊いた。「どうして、突然、おかしな態度をとるの？」

「ぼくが？　おかしな態度？」イザークは水道の栓をひねって、冷たい水を顔にはねかけた。

クララはドア枠に立って、彼を見守っていた。「ここで何が起きているの、イザーク？」

彼は顔を洗い、拭ってから、彼女のそばをすり抜けて寝室まで戻っていった。「よりによって、きみがそんな質問をするとは、ある種の皮肉が感じられなくもない」彼はトランクをベッドに上げ、服を着た。

「ぼくはすべて説明した」

「初めからずっと説明してくれないと」イザークは髪にポマードをつけ、両手を洗ったあと無言で戸口まで行った。「ぼくも一緒にアルトゥールの住まいまで行く。文書を自分の目で見たいんだ」

「それはあまりにも危険よ」クララは囁き、行く手をさえぎった。「一体どうしたの？　わけが分からないわ」彼女は言葉を切った。「わたしを信じていない。そうなのね？」

イザークは妹レベッカを、アルトゥールを思った。絶望したヴェルナー・ヒルデブラントを思った。「信じたり、信じなかったり。ぼくは玩具(おもちゃ)にされることに飽きた。もう、あれこれ命令されたくないんだ。これからは、ぼくにも、このすべての狂気の沙汰に一言、口をさし挟む権利がある」

「でも……」

「ぼくは一緒に行く、でなければ何も話さない。どちらかに決めてほしい」

「好きなようにすればいいわ。でも、あなたは関係者全員を危険にさらすことを、はっきり自覚することね。あなたの家族も含めて全員を」クララは反抗的な顔でドアを開けた。「離れてちょうだい。わたしたちが一緒のところを誰かに見られてはいけないから」

イザークは少し待ったあと、彼女を追って外に出た。

ホテルの多数ある客室のドアの一つから急ぎ足で出ていくとき、湿った絨毯は彼らの足音を弱めてくれた。背後には何の物音もせず、他の客がいる気配もなかった。日曜日だった――たぶん全員がまだ眠っているか、あるいはすでに大サロンで朝食をとっているかのいずれかだ。

大理石張りの入り口ホールまで来ると、クララは目を伏せ、さらに足を早めた。

「お早うございます、ヴァイスマン様」ドアマンが呼びかけた。「すべてにご満足なさっておられますでしょうか？」

イザークは彼を無視して大急ぎで外に出ると、クララを見失わないように努めた。

彼女の二、三メートルあとから朝のなかを歩いていった。小鳥がさえずり、空気は澄んでひんやりとしていた。夜の帳（とばり）が開けて、町はよく晴れた寒い一日に向けてゆったりと準備を整えていた。

「世界戦争を引き起こしたルーズベルトが、敢えて防衛について話す」アレクサンダー通りの新聞売りが叫んでいる。「ロッテ・ラナーはユダヤ人の犠牲になったのか？」彼はイザークに〈デア・フェルキッシェ・ベオバハター〉新聞の日曜版を鼻先に突きつけた。

「いや、けっこう」イザークは手を振ってことわった。

「戦場で新たに起きたことを知りたくないのですか？」

「自分自身の戦いで手一杯だ」

イザークは新聞売りを押しのけて行った。ぜったいにクララから目を離してはならなかった。

彼は無言でマファイ広場まで彼女のあとを追い、そこからさらに南のフンメルシュタインの方角に向かっていった。古いアパートの前でようやくクララは立ち止まった。

「四階。ごく自然に振る舞うのよ」彼女は囁き、ドアを開けた。

「自然に」イザークは呟いた。「それはぼくの知らない贅沢だ」

ぎいぎい軋む木の階段を上り、煮えたカブラの匂いの漂うアパートのなかに入っていった。はげ落ちた壁に沿って多くのドアの前を通りすぎるたびに、イザークは息をつめ、足音を弱めようとした。ここは人をパラノイアにする。どの住まいにも密告者が、どの片隅にも敵の協力者が潜んでいる可能性があった。

なぜ多くの人々がナチスに協力し、隣人たちや友人たちを引き渡すのかをイザークは理解した。強欲や悪意、または他人を見下したいという欲望が問題なのではない。裏切りはしばしば恐怖から、まじり気なしのパニックからおこなわれる。自分が警察の手に引き渡されないうちに相手を中傷する。自分が不興をこうむらないうちに相手に取り入ろうとする。自分たちに協調しない者は敵である。それが支配者のスローガンだ。名目上、至るところにいて、すべてを知っているというゲシュタポは、ただ存在しているというだけで住民たちに計り知れない恐怖を吹き込んでいる――そして、不安は人々に、正常な状態では考えられないようなことをおこなわせる。

クララもまた、神経を尖らせている様子だった。ドアを開けようとしても手が震えていた。落ちつきなく廊下を見まわし、ごく僅かな音にも身をすくませた。

「ぼくに、やらせて」イザークは囁き、彼女の手から鍵束を取った。
「ああ、何てひどい」イザークがようやく、ドアの閂（かんぬき）をはずすのに成功したとき、クララは小声で言った。彼女は目を大きく見開いて、彼らの前に拡がるカオスをじっと見た。

　クラウスの住まいは戦場に等しかった。まるでハンニバルが象を引き連れて、玄関からその後ろにあるリビングキッチンまで踏み荒らしたような有り様だった。床は木の裂片、砕けたガラス、引き裂かれた布などで覆われていた。壁紙は下まで裂かれていた。寝室ではマットレスが切り裂かれ、その横にある枕は中身が飛びだしていた。おそらくナチスは何を探すべきか、あるいは、そもそも何か見つけるべきものがあるのかどうかさえ、分からなかったのだろう。

「いったい、今、文書はどこにあるの？」クララは花模様のある磁器の破片を拾い上げながら、涙をこらえた。「ゲシュタポが見つけていなければいいんだけど」

　イザークは彼女を無視して見まわした。「トイレに行きたい」

「ずいぶん、大胆なのね」彼女は右手のドアを指さした。

　イザークは彼女を押しのけ、トイレに入って鍵を閉め、まだ文書がそこにありますようにと願った。便器横の壁の、腰の高さのところに長い釘が打たれており、それに新聞紙の束が突き刺してあった。〈デア・フェルキッシェ・ベオバハター〉と〈デア・シュトュルマー〉がきちんと切り整えられ、正しい用途が与えられていた。

イザークは壁から釘を抜きとり、紙を外して床に投げ、その紙の山をかき回した。折り畳まれた一枚の紙を見つけたとき、彼は「ああ、よかった」と呟いた。それはタイプライターで記され、いちばん上に五という数字がメモされていた。「十五」彼は文書が十五ページから成っているという記憶を呼び覚ました。彼は全部のページを探しだし、整え、文書を読んだ。

**秘密国家事項**

発行部数　三十通

第十六通目、オストバフ・フリッツ・ノスケ

**討議議事録**

一、一九四二年一月二十日、ベルリン。グロース・ヴァンゼー（ベルリン郊外の大ヴァン湖。ほかに小ヴァン湖もある）においておこなわれたユダヤ問題の最終的解決策に関する討議、第五六／五八

つづいて名前が列記されていた。ライプブラント、シュトゥッカルト、ノイマン、フライスラー、アイヒマン、ノスケ……だが、イザークはそれ以上、集中することができなかった。

〈最終的解決策〉。その言葉が彼のなかに奇妙な感情を抱かせた。不快感と不信感がひとつになった感情。もしやその意味するところは、いや、まさかそんな意味であるはずがない。

彼は床にすわって壁にもたれ、さらに次のページを読んだ。

二、公安警察および秘密護衛警察の長官にして、親衛隊上級グループ隊長であるハイドリッヒは、冒頭で、ヨーロッパにおけるユダヤ問題の最終的解決を準備するための伝達を元帥（げんすい）を通しておこない、それに基づき、基本的問題の解明のためにこの討議を召喚することを命じた。

「イザーク、まだ、どれくらいかかるの？」クララはドアを叩いた。「ここを出ていかなくては。文書がどこにあるのか言ってよ。そして、ここから消えましょう」

彼はわざとクララを無視しているのではなかった。討議議事録が彼の心を完全に虜（とりこ）にしていたのだ。目をそらすことができなかった。そこに記されていることが、あまりにも恐ろしく、周囲のすべてを忘れさせた。トイレもクララも全世界も。

彼はさらにページをめくり、ざっと目を通した。ユダヤ人を意味する〈敵〉との、これまでの戦いが短く回顧されていた。その目的は〈合法的な方法で、ドイツ人の生活圏からユダヤ人を排除する〉ことだった。

そして、今後は？　彼の目はますます速度を早めて、行から行へと動いていった。

〈三、移住に代わり、今やさらなる解決の可能性として、総統による事前の承認によって、ユダヤ人の東方への立ち退きが明らかになった。〉

…………

〈ヨーロッパにおけるユダヤ人問題の最終的解決の動きのなかで、問題となるユダヤ人は約千百万人。彼らは次のように各地に割り当てられる。〉

〈最終的解決の動きのなかで、ユダヤ人はしかるべき指導の下、適切な方法により東方で労働に投入される。大労働集団のなかで、労働能力を有するユダヤ人は男女別に地域の道路建設工事に導かれる。その際、大部分が、自然に減少する結果となるであろう。

最後まで留まるかもしれない残りの者は、疑いもなく抵抗力のある者たちであるため、それ相応に取り扱われなければならない。なぜなら、これらの者は自然に選り抜かれた者たちであるため、解放すれば、新たなユダヤ人を構成する芽になると見なされるからだ。〈歴史の経験に学べ〉〉

「イザーク！」クララがドアを揺すった。「そこで何をしているの？」

イザークは立ち上がろうとしたが、脚がいうことを聞かず痺れているかのようだった。この大量殺人を計画したテクノクラシーの冷酷さ、ナチスが千百万人の死を純然たる記号論理学的な問題だと見なしている事実。それは彼には荷が重すぎた。彼は身をかがめ、鍵を開けた。

クララはドアをさっと開け、イザークを睨みつけた。目は怒りに燃え、頬は紅潮していた。「どうしたの？」

「彼らは、われわれを、殺す、つもりだ」彼は言った。

四つの言葉。この絶対的な恐怖を説明するには、それ以上は不要だった。人間の歴史における最大の犯罪になるかもしれないのだ。

彼女は無言で彼を見下ろした。

「彼らはわれわれを殺すつもりだ。千百万人のユダヤ人を。彼らはわれわれを東に連行し、そこで、死ぬまで働かせる気でいる。生き残った者は……」彼は宙に引用符を描いた。「それ相応に取り扱われる。ポーランドでぼくと家族を待ち受けているのはそういうことだ。もし一緒に行っていたら。分かった？」

「いいえ」クララはかぶりを振り、手を伸ばした。彼女の声は前よりも柔らかくなり、眼差しも穏やかになった。「〈フランケンの自由〉のなかで、わたしは小さな歯車に過ぎないわ。アルトゥールはわたしを危険な目に遇わせまいとしていた。だから、いつも、わたしを過度に引き込まないように気をつけていた。逮捕の波が押し寄せてきたとき、わたしはラグナレク計画を救うために、自発的に自分にできることをやった」

彼女はイザークの横にすわり、彼の手のなかの書類をじっと見た。

「文書はイギリスの密偵に手渡すことになっている。彼はそれを公表するだろう」イザークは説明した。「世界は、どういう人間と関わっているかを知ることになるんだ」

「人間の姿をした悪魔と」

「千百万人……」イザークはあの老婦人たちと、風にひるがえっていた荷札を思い出した。涙がこみ上げてきた。彼は瞬きをした。「アルトゥールはどこから、この議事録を手に入れたのだろう?」

「分からないわ。でも、本物だと思う」クララは彼の手をとり、彼の肩に頭をのせた。「ときどき、自分がドイツ人であることが恥ずかしくなるの」

「ドイツ人であることは罪ではない。ナチスであることは、それだけで十分、罪だ」

彼は彼女を見つめ、その顔をしげしげと眺めた。そこに狡猾さや嘘を見つけることはできなかった。「これを」彼は議事録を彼女に渡した。「イギリスの密偵は火曜日の午後三時に、ヘンカー橋の真ん中で待っている」

クララは書類を受け取り、それを畳んでブラウスのなかに差し込んだ。「カッターの準備はすでにできているわ。今日の午後一時にヨハニス通りの、墓地の入り口の前で待っていて。車があなたを迎えにきて、ゲルンズハイムまで連れていくから」

「ぼくの家族は？」

「車に乗っているでしょう」クララは悲しげにほほ笑んだ。

イザークはその目を見、その顎をさわり、彼女を引き寄せてキスをした。心をこめて、長く。

「いつかまた会うことがあるかしら？」彼の抱擁からふたたび自由になったあと、彼女は訊いた。

「そうなるように、可能なことはすべてやる」

# 26

ホテルに帰る途中、イザークは自分の動転ぶりを、ほとんど隠すことができなかった。（最終的解決……労働集団……それ相応の扱い……）

忙しげに道を行く通行人たちに向かって叫びかけ、衿（えり）をつかんで揺さぶることができたら、どんなに良かっただろう。一番高い教会の塔に上り、世界に向かって叫びたかった。千百万人！　彼らは千百万人の人間を殺そうとしている。それがユダヤ人だから。

彼は小さな前庭で天気に抗してきたスノードロップを眺めた。厳しい冬が去り、公式には前の日に春が始まったとされているが、まだ、それはあまり感じられなかった。でも、春はやってくる。遅かれ早かれ自然は目覚め、新たな命が勝利をおさめ、新たな季節が始まるのだ。〈おお、重い夢と長い冬の静寂を払いのけよ〉テオドール・フォンターネ（十九世紀のドイツの作家）の言葉が頭に浮かんだ。

過ぎ去っていくだろう。彼は心のなかで言った。ナチスの支配は終わるだろう。今日、明日というわけにはいかないかもしれないが、でも、いつかは。あの文書がそれを引き起こすかもしれない。そのために自分が応分の貢献をしたことを、彼は嬉しく思った。

「やっと来られましたね。いったい、どこにおられたのですか？」

イザークはホテルの前で彼を待っていたルドルフ・シュミットの顔を目の前にして、ぎくりとした。彼はためらい、心を落ちつけようとした。

「どこに行っていたかって？」彼はすべての感情を腹のなかにおさめた。心のなかはずたずたになる寸前だったが、どうにか当たりさわりのない顔つきになれた。

「あなたが急ぎ足でホテルから出ていかれたと、受け付けの人が言っていました」

イザークは相手をじっと観察し、最後に会話を交わしたときのちょっとした失言のことを考えた。シュミットは何かがおかしいと感づいていたのだろうか？ ひょっとして、逮捕するために来たのではあるまいか？

だが、シュミットは手の内を見せず、感情の動きを何一つ示さなかった。

「眠れなかったんだ」イザークは説明した。「事件のせいで心が休まらなかったので散歩しようと外に出た。脳の働きを活発にするには、新鮮な空気のなかで身体を動かすのが一番だからな。で、きみは？ ここで何をしている？」

シュミットは顔をこわばらせた。イザークは彼から答えが聞きたいのかどうか、自分でも分からなかった。

「職人たちが待っています。まさかお忘れではないでしょうね?」

事実、忘れていたかもしれない。イザークは胸のつかえが下りた。「ああ、もうそんな時刻か?」彼はわざと見せつけるように時計を見た。「考え込んでいるだけで、どうやら時間を見失ってしまったらしい」

シュミットは黙ってうなずき、そばの歩道に停まっていた車を指さした。

イザークは乗り込み、後ろにもたれかかった。(千百万人)……

シュミットに目をやることができなかったので外を見た。木々には新しい緑の葉がおずおずと芽生えていた。通りの角で老人が一人目を閉じて、弱々しい日光に顔を向けていた。そのそばでは一人の女性が車道を渡ろうと待っていた。首から下げた青白のリボンに吊るされた銀色の勲章を誇らしげにさわっている――二等母十字章。彼女は子どもを六、七人生んだのだ。総統のために砲火の餌食(えじき)となる子どもたちを。

道はこの前の二回よりも短く、城はより堅牢に、空はより遠く感じられた。イザークは車から降りたが、地面の重力が増したような気がした。動くのにも呼吸するのにも、いつもより努力が要った。

「いったい、アルトゥール・クラウスのことはどうなっているのですか?」シュミットは訊いた。「彼は事件全体にどんな役割を演じているのですか?」

「確かではない。関わりはまったくないかもしれない」

「まったくない？」シュミットは混乱している様子だった。「でも、彼は……」

「明確な自白がないかぎり、どんな可能性にも偏見を持つべきではない」イザークは城の中庭で待っている四人の男たちを指し示した。彼らはイザークたちの遅刻に腹をたてているように見えたが、一言も口には出さなかった。「今日、ここに来てくれてありがとう」イザークは挨拶した。

男たちは自己紹介した。タイル工のエリック・イルクとマックス・ヴィーザー、そして、塗装工のロベルト・ヴァルナーとジークフリート・ナウバーだ。

イザークは彼らをじろじろ眺めた。四人とも熟練工で、たこだらけの手をしていることから、厳しい肉体労働に従事してきたことが分かる。大きさも体つきもそれぞれ異なっていたが、共通しているのは四人のうち誰一人としてあの岩屑のそばをすり抜けていけるほど細くはないということだ。

「フーベルト・バウアーはどこだ？」シュミットが訊いた。「電気工の」

「知りません」ビール腹をしたやや小柄なヴァルナーが言った。「今のところ、まだ来ていません」

「個人的に話をしたのか？」イザークはシュミットのほうを向いた。

「いいえ、でも、〈エレクトロ・マイヤー〉の事務所に通知書を残してきました」

「もしかしたら受け取っていないのかもしれない。何といっても週末だから」

「かもしれません」シュミットは言い、労働モラルが低いというようなことを呟いた。

イザークは職人たちのほうを向いた。「このフーベルト・バウアーを知ってるかね？　長期間、彼といっしょに仕事をしてきたのか？」

彼らはかぶりを振った。

「彼は新人です」ヴァルナーが言った。「元来、電気工事はもう終了しているのです。彼がここでまだ何をするつもりなのかは知りません」

「興味深いことだ。どんな外見をしている？　小柄で細身か？」

「いいえ」ヴィーザーがシュミットを指した。「どちらかと言えば彼くらいです。とにかく、髪は褐色で、それほどごつごつしてはいません」

「地下道には大きすぎるな」イザークは呟いた。「大体何歳くらいだ？　目立った特徴はあるか？」

「あなたと同じくらいの歳です。ごく普通に見えます」

イザークは考えた。「よく考えてほしい」彼はあらためて職人たちのほうを向いた。「木曜日に、きみたちとこのバウアーのほかに、誰か城にいた可能性はあるだろうか？」

「いいえ」ヴィーザーが言った。「絶対にありません」

「守衛はきわめて厳しいです」ヴァルナーが説明した。「彼に記帳されずに、ここに出入りすることはできません」

「つまり、誰もこっそり侵入したり、または夜の内に外壁を這いのぼったりすることはできないのだね？」

男たちはじっと考えたあと、あらためてかぶりを振った。

「お城は難攻不落です。かりに誰かがうまく忍び込んだとしても、どこに身を隠せるでしょうか？　いたるところで作業がおこなわれているのです」イルクが言った。

「ノスケ親衛隊中佐の住居でも？」

「はい。このバウアーはあそこに関わっていました」ナウバーが答えた。

イザークはよく考えた。「ありがとう」イザークは最後にそう言い、職人たちと握手した。「こちらが指令を出すまで待機していてほしい」

「それだけですか？」ヴィーザーが訊いた。「そのために、われわれを日曜日に呼びだされたのですか？」

シュミットは厳しい目で彼を見た。ヴィーザーは床に目を落とし、それ以上は何も言わなかった。

イザークは職人たちが姿を消すまで待っていた。「もう一度、すべてを点検しよう」彼はシュミットに言った。

　二人は一緒に城のなかに入っていった。ヴェスティンガーと職人たちの言葉どおりだった――大きな空っぽの部屋部屋に身を隠せる可能性はなかった。ノスケの住居でも隠れるのは不可能のように見えた。

　イザークは冷蔵庫に目を留めた。それを開け、柔らかいバターをじっと見つめた。前回来たとき何に苛立ったのか、やっと分かった。

「わたしの思い違いでなければ、このバウアーとやらは電気工ではないな。きみもさわってみるといい」

　シュミットは手を冷蔵庫に差し入れた。「温かい」彼は言い、コードに視線を走らせた。「どうやらコンセントが機能していないようです。電気工ならそれに気づくはずですが」

「そういうことだ。すでに昨日、おかしいと感じてもよかったのだが」

「つねに細部に注意すること」シュミットは心得顔で言った。

「このバウアーを見つければ」イザークは言った。「ロッテ・ラナーの殺人犯も見つけることになるだろう」

　シュミットの目が輝きはじめた。熱意と高揚状態がもどってきた。「城に入る許可を得るには、どの職人もホルスト・ヴェスティンガー参事官から許可書をもらう必要があります。すぐに彼のところに行くのが一番でしょう」

イザークは時計を見た。十時四十分。もし今、シュミットといっしょに捜査を続行すれば、定刻にヨハニス墓地の待ち合わせ場所に行くことはできそうもない。「悪いが、きみ一人で行ってくれ。わたしは会う約束があるのだ」

「どこで？　誰と？」

幸いにもイザークはあることを思い出した。「ラーン嬢からオペラのマチネーに招待されている」

シュミットはまごついたような表情を浮かべた。

「こうでないほうがよかったのだが、ウルスラ・フォン・ラーンのような女性を撥ねつけるのはとうてい無理なんだ。何と言ったらいいか、とても強情でね」イザークはシュミットの肩に手をやった。彼女は、「きみは優れた捜査官にとって必要なものをすべて備えている。間もなく輝かしい出世をとげるだろう。だから、わたしの考えに添って捜査してくれるよう全面的に当てにしている」

シュミットは頬を赤らめた。「では、オペラが終わったあとで、またお会いします」

イザークはうなずき、そうならないことを願った。

# 27

「強情というのは図星のようですね」車がホテルの前に駐車すると、シュミットは言った。「彼女はすでに待っていますよ」

確かに、ウルスラ・フォン・ラーンは〈デア・ドイッチェ・ホーフ〉の玄関のドアの前に立っていた——より正確には待ちかまえていた。めかし込み、ヒールの高いパンプスをはき、絹のロングドレスの上から毛皮のコートを着ていた。ウエーブのかかった髪に小さな帽子をかぶり、真紅の口紅をつけている。

イザークは呻きを抑えた。「彼女は一旦こうと決めたら、ぜったいに逃さない」

「女性はみんな、そうじゃないですか?」

「粘り強い女性のほうが、そうでない女性よりも多い」イザークはシュミットと別れて、車から降りた。

ウルスラ・フォン・ラーンは彼に気づき、何歩か近づいてきた。「おや、どうやら、よく眠れなかった人がいるようですわね」彼女には不機嫌な顔つきを隠しとおすことはできそうもなかった。「とくべつ早く床につかれたにもかかわらず。違いまして？」

「ここで何をしておられるのですか？」イザークは不機嫌そうに小声で言った。

彼が意図していたよりも言葉は無愛想に響いた。だが、彼はウルスラ・フォン・ラーンがホテルに現れるとは予想していなかっただけのことだ。それに、オペラに行く時間もまったくなかった。

彼女はイザークをじろじろと眺めた。「あなたは分身？　それとも、ジキルとハイド？　あるときは魅力的なプレーボーイ、別のときは厳しい軍曹」

「ここで何をしておられるのですか？」イザークはくり返した。このときはやや穏やかに。「あなたをお迎えに来たのですわ。マチネーに。きのう、あなたはこんなに楽しんだことは滅多にないとおっしゃいました——その楽しみを、もう一度味わわれてもいいんじゃありませんか。行きましょう、オペラ劇場はすぐそばです」

ナチスの高官たちのあいだにすわり、彼らの笑いやその高慢ちきな顔に耐えなければならず、一方では同じ瞬間に、千万以上の無実の人々の殺害が計画されていることを想像するだけでも彼には到底できそうもなかった。

「どうも、風邪を引いたようです。人が大勢いるところへは行かないほうがいいでしょう」

彼女はけたたましく笑いだした。「男性にありがちね。悪魔が聖なる水をよけて通るようにオペラを避けるわけね。いらっしゃい。きっとオペラが好きになりますわよ」

「どうでしょうか……」

「もう、そんなに気取らないで」彼女はわざとらしくため息をついた。

イザークは車がまだ走り去らず、シュミットがこちらを盗み見ていることに気づいた。「見破られましたか、ラーン嬢、あなたにとって、わたしはごく分かりやすい本のようですね」

「そういうこと。わたしはそう易々(やすやす)と騙されませんわよ、ヴァイスマンさん」彼女は共謀者めかした口調で言った。

「では、参りましょう」イザークは彼女に腕を差しだした。「このあと、何が上演されるのですか?」

「ヴァーグナーの『ジークフリート』です」彼女はイザークと腕を組み、彼を見上げて満足げにほほ笑んだ。

彼らはいっしょにレッシング通りを横切り、フラウエントールグラーベンをゆっくり歩いて、リヒャルト・ヴァーグナー広場まで来た。二羽のツグミが競い合ってさえずっている。身を切るように冷たい突風に、ウルスラ・フォン・ラーンの帽子が吹き飛ばされそうになった。

「あらら」彼女は言うと、帽子をしっかり抑えた。「わたしたち到着していて、ほんとうに良かったですわ」

ニュルンベルク・オペラ劇場を描写するには、堂々としているというひと言で足りた。ヨーロッパ有数の高価な劇場建築だとされている。石灰岩と砂岩で建てられたルネッサンス様式で、正真正銘のミューズの殿堂だ。

オペラ劇場は国家社会主義者（ナチ党員）にとって教会に等しいとイザークは思った。そして、ヴァーグナーは彼らの崇拝する神だ。

「急がないと、遅刻してしまいます」ラーン嬢はせかした。

まさに、それをイザークは望んでいた。彼は誰とも会いたくなかった。できるものならすでに上演が開始されてから暗いなかに入っていきたかった。恐らく来ているであろうエリック・ガウガーに出会ってはならないのだ。

どうやら運が良かったようだ。ロビーには誰もいなかった。会場へのドアはちょうど閉じられたところだった。

「ぎりぎりです」ウルスラ・フォン・ラーンはイザークの手をとり、いっしょに、すし詰めの広いホールに早足で入っていった。「あそこです」彼女は三列目の空席を指した。

イザークは見回した。元々、ここはどこもかしこも夥しい装飾がほどこされていたが、デア・ドイッチェ・ホーフやニュルンベルク城と同じく、ナチスがありとあらゆる装飾を剝ぎとらせた。ナチスは部屋という部屋から、彼らの言うところの退廃的なユーゲントシュティルを除去した——威張りくさったボスどもが目立とうと競い合い、男性は礼服を、女性は豪華な夜会服を身にまとっているとは何という皮肉だろう。イザーク以外は誰もが装身具か勲章を身につけていた。

群集の半分が困窮し死亡しているときに、この場所では、世界は何の問題もなく順調であるかのようだった。

二人は身をくねらせながら三列目の自分たちの席にすわった。まさに指揮者が手を上げて、指揮棒を振ろうとしているところだった。

オーケストラが前奏曲を演奏しはじめ、カーテンが上がり、感嘆の囁きが階上席を満たした。

確かに、舞台装置は息を飲むような出来ばえだった。森が表現されており、前景には岩窟があり、なかに鍛造用の大きなかまどが築かれ、炎がめらめらと燃え上がっている。巨大な鉄床のかたわらに小柄ながら筋肉隆々たる男が立っていて、剣を槌で打ちながら歌っている。

〈やりたくもない厄介な仕事！　役に立たない苦労！

おれが汗をかいて造った最高の剣は
巨人の拳に握られた。
だが、今、おれが鍛えているのは、
恥知らずの若者のため、
やつはそれを二つに折って、捨てる、
まるで、おれの造ったものが子どもの玩具であるかのように！〉

ナチスはあたかも泥遊びするイノシシかシカのように楽の音を浴びていた。イザークがどこを見ても、誇らしげに胸をふくらませたり、賛意を表するようにうなずいたり、自信たっぷりの顔つきをしたりするのが見えた。恐怖だった。そうこうするうちに、舞台上では鍛冶屋が鉄床に剣を投げ、両手を腰にあててひじを張った。

イザークは後ろにもたれかかり、長い第一幕にそなえて心を落ちつけた。

やっとジークフリートが解放の言葉を歌うまで、一時間半つづいた。

〈さあ、盗賊たちに、おまえの光を見せてやれ！
偽者をたたきのめし、悪党を倒せ。
見ろ、鍛冶屋のミーメ。

ジークフリートの剣はこんなによく切れるのだ！〉

ジークフリートは鉄床を真っ二つに打ち壊した。カーテンが下り、万雷の拍手が轟いた。

「何という英雄でしょう」ウルスラ・フォン・ラーンはイザークの目を見つめた。「飲むものを何か持ってきてくださらないこと？」

イザークは時計を見た。「申し訳ありませんが、急いで出かけなければなりません。もう一つ大事な会合の約束があるのです」イザークは立ち上がった。「あなたとのお付き合いがどれほど楽しくても――仕事が優先です」

彼女は顔をこわばらせた。「会合の約束？　今、初めて聞きましたわ」

「フォン・ラーン嬢」一人の若い男が彼女目がけて急いでやってくると、彼女の手にキスをした。「あなたは相変わらず目の保養だ。このホール一番の美人……いや、ぼくとしたことが……国一番の美人です」

彼女はイザークを意味ありげな目つきで見た。

「飲み物をお持ちしましょうか？」若い男はイザークの存在を完全に無視して訊いた。

「シャンパンを一杯？」

イザークはそれとなくお辞儀をし、このチャンスを利用した。ウルスラ・フォン・

ラーンから引き止められる可能性のないうちに姿を消した。頭を垂れ、急ぎ足でホールを通り抜けてロビーまで来た。大声が入り乱れて騒がしく、グラスを打ち合わせる音、シャンパンのコルク栓をぽんと抜く音がした。彼はできるだけ無頓着な様子で、大勢の観客たちのあいだをすり抜け、みんなの視線を避け、今なおヴァーグナーの音響にうっとりしている振りをしていた。

「総統はまさに、ジークフリートにまで成長された」誰かが言っているのが聞こえた。

「今や、彼はお手本に倣いさえすればよい」もう一人が応じた。「そして、世界の悪魔を殺すことだ」

イザークは怒りをぐっとこらえて出口まで歩いていった。

「ルビンシュタイン」そのとき不意に誰かが言っているのが聞こえ、彼は立ち止まった。

まさか、あり得ない。不安で息が止まりそうになり、アドレナリンが身体中を突っ走っていった。

急いで先に進み、この恐ろしい場所から逃げ出そうと思った。だが、溢れんばかりのご馳走を載せた盆を巧みに操っているウエイターにぶつかりそうになり、立ち止まるしかなかった。

「ハムと玉子を」豊かな胸をした婦人が彼の前に立ちふさがり、自分で取り分けた。

イザークは彼女がようやく立ち去るまで、辛抱強く待っていた。

「ルビンシュタイン」ふたたび聞こえた。このときは、誰が彼の名を口に出したのかも見えた。ほかでもない親衛隊中佐のフリッツ・ノスケが数メートル先に立っていて、彼の部下を大声で説得しているところだった。イザークは危険を承知で、ノスケが何を言っているのかを知らなければならなかった。彼はウエイターの背後に立ち、その蔭で二、三歩近づいた。

「おい、バーデ、いったい彼らはどうなっているんだ?」ノスケが言っているのが聞こえた。

「心配無用です」バーデという名の男が言った。「彼らは全員、火曜日にイツビカに向かうでしょう。お約束します」

彼らはイザークの家族を追っているのだ。彼はリヒャルト・ヴァーグナー広場に歩みでたときも、心臓が激しく鼓動していた。時計を見ると十二時四十五分になっていた——ヨハニス墓地のそばの待ち合わせ場所まで、あと十五分しかない。

彼はコルンマルクトを越えてカッペン小路を通り抜け、ヴェスト塔に向かい、溝に沿っていった。今、重要なのは家族のことだけだった。みんなで一緒にここから消えるのだ。ニュルンベルクからも、ナチスとそのテロ政権からも遠く離れて。

決然たる大股(おおまた)でペグニッツ川沿いにハラー野原を越え、ようやくヨハニス墓地の東側の入り口に辿りついた。墓地に足を踏み入れたとき、目の前に現れた眺めは比べるものがないほど感動的だったので、イザークは足をとめ、しばし、この光景が与える感銘を味わっていた。

地所には何百もの砂岩でできた角石が長い列をなして並び、同じ形であることから、全き調和を生み出していた。それらは正確に同じ寸法で、まったく同一の距離を保って、東から西に向かってまっすぐに並べられていた。相等しい鉛の兵隊から成る軍隊のようにそこに立っていた。差異があるとすれば、それは墓石の表側に刻まれたブロンズの墓碑銘だった。それらは写真と言葉によって一人一人の歴史を物語り、その最後の憩いの場を際立たせていた。

イザークはこの世界に合わせて歩調をゆるめた。なるべく真剣に威厳をもって、この墓地に〈バラ墓地〉という別名を与えている夥しいバラの茂みを通り抜けながら、多数の喪服の人々のそばを通りすぎた。戦争が始まってから墓地を訪れる人が多くなったので、彼の存在はまったく注目されなかった。黙りこくった子どもたちや地面にまで届く長い黒服を着た女性たちが雑草をむしったり、碑文を洗い清めたり、あるいは祈ったりしていた。ここに葬られているのだ。父親たち、息子たち、夫たち、いとしい我が家の静かな幸福への望みが。深い悲しみは感じられるが、雰囲気に苛立ちや興奮はなかった。空気を満たしているストイックな静寂はところどころで、すすり泣きによって破られるのみだった。

イザークはゴシック様式の教会のそばを通り、狭い道で右に曲がった。「今日の午後一時にヨハネス通りの墓地の入り口の前で」とクララは言っていた。彼はまさにその場所に立ち、時計を見た。一時五分前。うまくいった。もうすぐその時刻になる。すぐに、みんなに会えるのだ。

彼のなかで沈んだ思いと期待感が入り交じっていた。千百万人。千百万人引く六人。じじつ、長くはかからなかった。そこへボルドー赤の車が近づいてきた。イザークの心は踊った。彼は一歩、前に足を踏みだした。歩道に。そしてほほ笑んだ。車は警笛を鳴らし、運転手はかぶりを振って走り去った。

間違った警笛だった。

つぎの車も、そのつぎの車と同様、僅かしか停車しなかった。

たぶん遅れて来るのだろう。

時は過ぎていく。十分経ち、二十分、四十分、そして、いつしか教会の鐘が一時四十五分を打った。

「いったい、彼らはどこにいるのだろう?」彼は呟き、百回かと思われるほどたびたび、自分の居場所を確認した。「午後一時にヨハネス通りの墓地の入り口の前で」まさに、その場所に彼はいた。

二時になり、たぶんもう誰も来ないだろうと認めた。弱気が彼を襲い、黒いブヨの群のように彼を包み、窒息させようとした。いったいぜんたい、これから、どうすればいいのだろう？

彼はあてどなくアルブレヒト・デューラー（ドイツ・ルネサンス絵画の完成者）、ハンス・ザックス（一四九四・一五七六、ニュルンベルクの靴屋の親方で詩人）、ヨハン・ファーバー（ファーバー・カステル社の創業者）の墓のそばを通りすぎながら考えた。

ノスケの部下の者たちが彼の家族をすでに見つけ、逮捕したのだろうか？　それとも、

クララがぺてんにかけたのだろうか？　何が起きたにせよ――彼は家族がどこに潜んでいるのかを見つけだし、彼らを安全な場所に連れていく方法を案出しなければならない。だが、どうやって？　自分はどうしたらよいのだろう？

彼の考えは四方八方に飛び、様々なシナリオを通しで演じた。どうひねくってみても、同じだった。最後にはくり返し同じ答えに辿りついた。彼は戻らなければならない。狼たちの下に戻らなければ。

# 28

アドルフ・ヴァイスマンは目を開けて瞬きした。重い毛布の下に横たわり、誰のものとも分からぬ見慣れぬパジャマを着ている。頭痛がし、舌には苔（こけ）が生えたような感覚があり、口には嫌な味がする。

彼はゆっくりと顔を横に向けた。薄くて白いカーテンの向こうにシルエットが浮かび上がり、隙間から洩れてくる光が容赦なく彼の瞳（ひとみ）に射し込んでくる。彼はかすかに呻いた。程なく、頬の赤い看護師がベッドの裾（すそ）のほうから現れた。「そこにいらっしゃるのは、どなたでしたっけ？」

その声ですぐに分かった。朝、彼の手を握っていた女、慎みのない女だ。「エクスナーさん、またお会いできて本当に良かった。随分、心配していたんですよ」

看護師は幼い子どもに話しかけるような甘ったるい口調で言った。彼女はそばに来て、彼の上に身をかがめた。

ヴァイスマンは上を凝視していた。彼女はがっしりした体格をしており、上腕はレスラーのそれのように太かった。

「ヴァイ……」彼は言いかけたが、口が乾いていて言葉を発することができなかった。

「ヴァイ……」彼はまたも嗄れ声で言い、立ち上がろうとした。

看護師は片手を彼の胸に当て、柔らかく、だが、しっかりと彼をマットレスに押し戻した。「重傷を負っておられるのですよ。休養が必要です」

「ヴァイ……」

「しーっ、しーっ……」生徒をたしなめる女教師のように、彼女は人さし指を立てた。「どうか静かにして。大丈夫ですよ。あなたはニュルンベルクにおられるのです。安全です。ご家族にはお知らせしましたので、すぐ、こちらに向かっておいでになりますよ」

彼は咳払いをした。「家族？」

「ご両親はゲーリンク元師の召喚に従って、田舎で春の農作業を手伝っておられます。できるだけ早くこちらに来られるそうです――ご存じでしょう。食料の確保がいかに大切かを」看護師はその手を彼の手に重ね、やんわりと押した。「水をお持ちしましょうね」彼女は部屋から出ていった。

ヴァイスマンは今はじめて、肘関節の内側に針が刺さり、それに管が固定されていることに気づき、さらに視線を上げていくと、長い金属棒から点滴の袋がぶら下がっていた。いったいぜんたい、今、彼の静脈に何が滴下されているのだろう？　彼は目を細くして、ラベルを判読しようとした。

看護師が水の入ったグラスを持って戻ってきた。彼女はそれをヴァイスマンの唇にあてがって飲ませた。

彼は貪(むさぼ)るように一口また一口と飲んだ。「ヴァイスマン……アドルフ・ヴァイスマン」やっと彼は言った。「わたしの名前はアドルフ・ヴァイスマンだ」その声は嗄れ、言葉はあいまいだった。

看護師は同情するように彼を見つめ、かすかにため息をついた。「でも、違うのです。あなたはアルヴィン・エクスナーさんです」彼女はヴァイスマンの額を撫で、頬をさすった。

ヴァイスマンはびくりとし、顔をそむけた。「さわらないでくれ。わたしは……わたしは高位の士官だ。愚かな子どもではない」彼は深く息をつき、そのせいで話すのが過重な負担になった。

「お気の毒に。きっと、あなたは悪いものを見たり、恐ろしいことを経験なさったりしたのでしょう。ソ連から悪い話がいっぱい聞こえてきます」

彼はあらためて身を起こそうとしたが、看護師は彼の肩をつかんで枕に押し戻した。消毒剤の臭いがした。汗の臭いと混じって鼻に立ちのぼり、胃の調子がおかしくなった。向きを変え、看護師を遠ざけようとしたが力が及ばなかった。

「上司を呼んできてくれ」彼は求めた。

「彼は今、手術中です。わたしで我慢してください」

「わたしには重要な使命がある」彼は罵った。「ゲッペルス大臣御自ら、わたしを派遣されたのだ」

「とにかく規則ですから」彼女は職業的な口調で言った。彼女は明らかに、こうした出来事に慣れているようだった。

「万事、異常ないですか?」もう一人の看護師がカーテンの隙間から首を伸ばした。

「ちょっと、助けてもらえる? エクスナーさんは少し興奮しておられるのよ」太り気味の看護師は脇に退き、同僚に彼を抑えるのを任せ、その間に白衣のポケットから注射器を取りだし、引き抜いた。「彼を悪く思う人なんていないわよ」彼女は言った。

「東部戦線は地獄らしいから」彼女はふたたびヴァイスマンに近づき、透明な液体を注射した。ヴァイスマンは針を静脈から引き抜こうとしたが、看護師のほうが早かった。彼女は彼の手をつかみ、湿った指で包み込んだ。「いつもこの調子よ」彼女は同僚に言った。「哀れな男たちはこのトラウマを抱えて何年ものあいだ戦わねばならないのね」

「上司を呼んできてくれ」ヴァイスマンはふたたび求めた。温かい波が身体に満ちあふれ、眠気が襲ってきた。「あるいは、ゲシュタポ本部に電話をかけてくれ」唇がゆるみ、舌が鉛のように重くなった。「約束があるんだ。何か……怪しいことが。おそらく、それはレジ……レジ……ス……」彼は朦朧状態になった。

「心配ご無用ですよ、エクスナーさん」やっと看護師は彼を離した。「また目が覚めたとき、世界はまったく違って見えるでしょう」

# 29

イザークがふたたびオペラ劇場に足を踏み入れたとき、会場では今まさに最後の小節が鳴り止もうとしていた。嵐（あらし）のような拍手喝采が拡がり、それは長くつづいた。最後にドアがすべて開き、人々はいっせいにロビーに出てきた。その多くが感動のあまり目に涙を浮かべていた。

「ヴァーグナー」一人の女性が夢中になって言った。「バイロイトの偉大な魔術師。何という天分豊かな天才でしょう」

イザークは群のなかをあちこち見回し、特定の顔を探した。どこにいるのだろう？ フリッツ・ノスケはどこだ？ 彼もノスケも同じ目的を持っている——いずれも、彼の家族を見つけようとしている。もし彼が巧みに振る舞えば、この事実をうまく利用できるかもしれない。

やっと、ノスケが大ホールから出てくるのが見えた。

どうやら他の多くの人々とは違い、オペラ愛好家ではなさそうで、何時間にも及ぶこのオペラがようやく終わったことを喜んでいるように見えた。彼は不機嫌そうに目をこすり、欠伸(あくび)をこらえていた。

ロビーの灯に照らされていた彼の顔つきが突然変わった。身体が緊張し、口角が吊り上がった。

「親衛隊中佐殿」イザークは前に進み、手を差し伸べた。「わたしの名前はヴァイスマン。アドルフ・ヴァイスマンです」

ノスケはびっくりした様子だった。「これは驚いた」彼はイザークと握手した。「すでに本部であなたをお見かけして、いつ、個人的にお近づきになれるのかと思っていました。でもまさか、今日ここでお会いするとは意外です」

「いくつか、早急にあなたにお尋ねしたいことがありまして」イザークは即興で言った。「出来れば……」彼が言い始めたとき、ノスケのそばに、突然、一人の男が現れた。「親衛隊伍長のテオドール・オーバーハウズナーです」男は自己紹介した。

「オーバーハウズナーは以前、刑事警察にいました」ノスケは説明した。「彼と親衛隊軍曹のゲルハルト・バーデがロッテ・ラナー事件の第一発見者です」

「よい仕事をされた」イザークは称賛するようにオーバーハウズナーにうなずきかけた。「わたしに渡された書類は完璧でした」彼はふたたびノスケのほうを向いた。「お話しできますか?」

ノスケは冷やかにほほ笑んだ。「あなたは評判どおりの方だ」

「おや、そうなんですか？　評判になっているのですか？」

「噂では、あなたは労働意欲に溢れ、気まぐれで、謎めいているとのことです」

イザークは肩をすくめた。「もっと悪く呼ばれていましたよ」彼は見回した。数メートル離れたところにウルスラ・フォン・ラーンが彼に背中を向けている小柄な男と話をしていた。幸いにも、彼女はまだ彼に気づいていなかった。「どこか、邪魔の入らないところに行きませんか？」

「もちろん……」ノスケは言いかけた。

「あそこよ！」突然、ウルスラ・フォン・ラーンの声がこちらに向かって甲高く響いた。「あそこに彼が。そう、あの俗物が」彼女はイザークを指さして、怒りの眼ざしで見据えた。

彼女が話していた男は今、こちらを向き、逆に、喜びに顔を輝かせた。「アドルフ！」男は叫ぶと、両腕を拡げてイザークのほうにやってきた。「おい、もう何年になるかな？　十五年か？」

エリック・ガウガーに違いない――イザークはそれが前の日、彼が出てくるものと期待して見張っていた男だと気づいた。彼はすっかり怖じ気づいてしまった。顔を灯からそむけようとし、やや、ぎごちなくガウガーと握手した。「久しぶり」彼は言った。「ずいぶん久しぶりだ」

ガウガーは眼鏡を正し、イザークをじろじろ眺めた。「すっかり面変わりしたようでもあり……そうでないようでもあり」ガウガーは指摘した。「いずれにしても、フォン・ラーン嬢の助けがなかったら、きみだとは分からなかっただろう」

イザークは汗をかき、ノスケとオーバーハウズナーの眼差しが彼に注がれているのを感じた。「じつを言えば、ぼくもきみだとは分からなかった」

ガウガーは笑い、自分の薄くなった髪に手をやった。「そうだろう、そうだろう」彼は言った。「きみと違って、ぼくは損害をこうむったからな。きみはじつに見事に持ちこたえている」

「ありがとう。残念だが今、時間の工面がつかない。また出かけなければならないんだ」イザークはノスケに目を向けながら言った。だが、ガウガーは動じなかった。

「きみはインゲボルクを覚えているかい？　カフェ・リヒャルトのインゲボルクを？」ガウガーは誇らしげに、にやりと笑った。「ぼくはずっと、彼女はぼくには勿体ないと思っていた。ところが、彼女はぼくを選んだ。そして今……」彼はポケットから財布を取り出し、ぱたんと開けて、幼い子どもの写真をイザークの鼻先に突きつけた。「紹介しよう、エリック・ジュニアだ」

「よかったじゃないか」イザークはノスケに出口に向かうようにと、うなずきかけた。

「ほんとうに、もう行かなくちゃならん。仕事があるもので。あなたの執務室に行きましょう、ノスケ中佐」

「少なくとも、きみの仕事熱心は今も変わっていないな。ずいぶん出世したと聞いている」ガウガーは写真をしまい、もう一度、イザークをじろじろと見た。「きみは背が高くなったかい？　以前はそんなに大きくなかったじゃないか？」ガウガーは顔をしかめた。

「仕事によって成長するものなんだ」イザークは言った。「きみも、そういう仕事を探したほうがいいかもしれないな」

ガウガーは赤面した。周りにいた人たちはにやにや笑いを浮かべた。

ノスケはそっけなく笑い、オーバーハウズナーと別れた。「さあ、では行きましょう」彼はイザークに言った。

「待ってくれ」ガウガーはなおも食い下がった。「きみと、あれこれ昔話がしたい。あとどれくらいこの町にいるんだ？」

「事件が解決するまで。つまり、そう長くはない。それでも、きみに会えたのはほんとうによかった」イザークはガウガーに握手を求めた。

ガウガーはその手をつかんだが、突然、顔が晴れやかになった。「そうだ、アドルフ、今夜、二、三人の友だちとこの地の友愛会館で落ち合うことになっている。そこで、少し……」彼は足踏みし、拳を高く上げ、二度、ボクシングの身振りをした。「そのあとで、ちょっとビールを飲みに行く。どうだい？　きみは、この地の若者たちに本物のチャンピオンの実力を見せつけてやることができるわけだ」ガウガーは目くばせした。

イザークには何の話かちんぷんかんぷんだった。「ほんとうに仕事があるんだ。この町に来たのは楽しむためじゃないんだよ」

「いつもこの調子だ。だが、そのじつ、大いに羽目を外すのさ」ウルスラ・フォン・ラーンはこの会話を興味深そうに見守っていた。「じゃあ、来ると思ってもいいでしょう」

「素晴らしい。六時半に友愛会館だ。楽しみにしている」ガウガーは思いもしなかったほど激しくイザークの手を振った。「アドルフ・ヴァイスマン……」彼は呟いた。「まさか、再会できるとは思ってもみなかった」

イザークとノスケは劇場を出た。周りにいたオペラの観客たちは、晴れやかな日曜日にいずこへともなく消えていった。歩道で親衛隊中佐はイザークのほうを向いた。「あなたとご友人がこの前、会われたのはいつごろですか？」

どこからともなく一台の車が走ってきて、彼らの前で停まった。運転手が降りてきて、彼らのためにドアを開けた。

「大昔というほどではありません」イザークは答え、車に乗り込んだ。

ノスケは半ば唖然（あぜん）とし、半ば面白がっているように見えた。

二人は後部座席にすわった。狩人と獲物。二人とも沈黙していた。単調なエンジンのたてる轟音（ごうおん）以外は何も聞こえなかった。

イザークは横目でノスケをそっと観察していた。この男が一月にヴァンゼーでの会議に出席し千百万人もの人々の死を決議した連中の一人なのだ。イザークの心は名状しがたい怒りに煮えくり返っていたが、家族への心配によって、かろうじて抑えることができていた。

ノスケもまた落ちつかない様子だった。「やっと意見交換する機会が来て、喜んでいます」しまいに、ノスケが沈黙を破った。「この愚かな事件が、わたしの職業上の経歴に影を落とさないようにと願っています。わたしにとっては、この恥ずべき犯行が完全に解明され、わたし個人にたいする疑いが一切残らないようにすることが重要です」

つまり、職業上の経歴がノスケにとってはもっとも重要なことなのだ。イザークは息をはずませた。「〈デア・フェルキッシェ・ベオバハター〉によれば、とっくに、あなたは無罪だとされています。この新聞は犯人をユダヤ人だと見ています」

「新聞がわたしにいやがらせをしたのは、充分、考えられます」ノスケは肩をすくめた。「何といっても、わたしはユダヤ人問題課の課長ですから」

イザークは黙り込んだ。ほんとうは誰が誰にいやがらせをしたのか、彼には分かっていた。

車はゲシュタポ本部の前で停まり、二人は建物に入っていった。日曜日であるにもかかわらず、ここでは何かが始まっていた。悪者は決して眠らないと人が言っているのは、どうやら正しいようだ。千百万人を抹殺しようとしている者に休日という贅沢は許されなかった。

「こちらへ、どうぞ」ノスケは先に立ってドアを開け、イザークをメルテンのものとほぼ同じくらいの広さの彼の執務室に導き入れた。

イザークは室内調度品に感嘆しながら、すわった。

「コニャック？」ノスケは小さな棚からクリスタルのデカンターを取りだした。

イザークは〈褐色の鹿〉で羽目をはずしかけたことを思い出してぞっとした。「職務中は飲まないことに……」

ノスケはデカンターを眺め、ふたたび棚に戻した。

「わたしがここに来ましたのは、あなたの視点から事件をくわしく説明していただきたかったからです」イザークは後ろにもたれかかって脚を組み、できるだけ超然として見えるように努めた。

「大管区長官に任命されたカール・ホルツと会う約束がありました」ノスケは述べた。「そして、六時少し過ぎに住居に戻ってきたのです。すべて、まったく正常に見えました。押し込みの痕跡やその他、怪しげなことは何もありませんでした。わたしは居間まで行きました。そこに彼女が横たわっていたのです」

イザークはちゃんと聞いていたわけではなかった。ノスケの証言はすでに書類を読んで知っていた。彼はなるべく目立たぬように執務室のなかを見回し、軍隊の動きが記録されている地図を眺め、絵画や絨毯やその他の美しいものの細部に感嘆していた。人の死が計画されていた場所は、こういう外観をしているのだ。彼は身震いした。

「強盗殺人でないことは確かです」ノスケはそう言っているところだった。「見たところ、なくなっている物は何もありません」

「貴重品をたくさんお持ちですか？」

「古美術品を少しばかり。それに現金と時計と文書が……」ノスケは数え上げはじめた。「ほとんどのものは金庫に入っています。それには手がつけられていません」

「確かですか？」

「鍵がかかっています。破壊された痕跡はありません」ノスケはじっと考えた。「ただ、わたしはすべてを隅々まで点検したわけではなく、ざっと覗いてみただけです。文書ファイル、祖父の勲章、絶対に手をつけてはならない予備の金——それらは全てありました」

「だとすれば、強欲が動機ではないと言ってもよいでしょう」

ノスケはすわった。「わたしはロッテに、これっぽっちも害を与えていない。そんなことを、するはずがないじゃありませんか？　お互いにとても楽しんでいた。そして、正直言って……」ノスケは身をかがめ、低い声でつづけた。「かりに、彼女を殺したいと思ったとして、自分の住まいでやるなんて、馬鹿もいいところじゃありませんか」

イザークはうなずいた。「わたしもそう思います」

彼は気を取りなおし、ふたたび、本来の使命に気持ちを集中した。何とかしてノスケの信頼を勝ち得なければならない。彼にたいして、隠しだてをしないように仕向ける必要があった。

「そう思われますか？」

「はい、もともと、形式上ここに伺ったのです。あなたがこの事件に関与しておられないことは最初から明らかでした。カール・ホルツと一緒におられたという信頼するに足るアリバイもあります。しかも、あなたは聡明な方だ。自ら手を汚すようなことは、ぜったいになさらないはずです。こんなやり方で」

ノスケは心が軽くなって笑い声を上げ、後ろにもたれかかった。「犯人の予想はついておられるのですか？」

「親衛隊のシュミット伍長が今現在、それらしい者の足跡を追っています。間もなく謎は解明されるでしょう」

「それはいい。素晴らしい」

「ご自分の経歴への心配は要りません」イザークは立ち上がり、部屋をゆっくりと歩いた。「わたしはニュルンベルクのユダヤ人たちが移住させられるようだと聞きました。ですから、あなたがすでに難関を突破されたことを今日のうちにお伝えする必要があったのです。あなたは全面的に任務に専念できます。大勢の人間の立ち退きを調整するのは、きっと大変、骨が折れるでしょう」

「そのとおりです」ノスケは脚を組んだ。「非常に難しく、込み入った任務です。幸い、わたしにはオーバーハウズナーとバーデという優秀な部下がいます」

「では、間もなく計画は無事達成できそうですね？」イザークは木版彫刻を眺めている振りをしていた。

「火曜日に、ポーランドへ最後から二番目の輸送がおこなわれます。そのあとは、この町の高齢または病気のユダヤ人を残すのみです。彼らは夏にテレージエンシュタットに強制的に移住させられます。数ヵ月もすれば、ニュルンベルクからユダヤ人をなくす計画が成就することでしょう」ノスケの声には誇らしげな響きが混じっていた。

彼は期待をこめてイザークを見つめた。

「素晴らしい。ベルリンの同僚たちはいいお手本にするでしょう。わたしの聞いたところでは、ベルリンではあまり順調にはいっていないようです。持続的にユダヤ人は潜伏し、当局から逃れています」

ノスケは心得顔でうなずいた。「幸いにも、ここでは殆どそういうことはありません。われわれはすべてを監視下に置いています」彼はためらった。「今回、一つの家族だけが行方を晦ませました。でも、そう遠くへは行っていないでしょう」

「もちろんです。すでに追跡しているのですか？　ネズミたちの居場所は分かったのですか？」

ノスケはほほ笑んだが口元のみで、目は笑っていなかった。「まだです。だが、捕まえます。いつもそうしてきました。問題になっているのは六人で、幼児が二人含まれています。でも、信じてください——そう遠くへは行けるわけがないのだから。火曜日には列車が出発し、あとには誰も残らない。名誉にかけて実行します」

「国にはあなたのような人がもっと必要です」イザークは最後の力を振り絞って言った。では、ゲシュタポはイザークの家族を捕まえていないのだ。とすると、どこにいるのだろう？　今も倉庫のなかにいるのか？　何か手違いがあったのか？　彼らは行方を晦ませ、そのことにクララが一枚噛んでいるのだろうか？　それとも、すべては大きな誤解にすぎなかったのか？　イザークは手の震えをノスケに見られまいと、腕を組み、地図を眺めているふりをした。

「間もなく、前進するのは間違いありません」

「どういう意味ですか？」

「ソビエト連邦です」ノスケはイザークのそばに歩み寄り、戦線に指を走らせた。

「疑っている人は大勢います。しかし、惑わされてはなりません。アドルフ・ヒトラーは全時代を通じて最高の指揮官です。われわれを輝かしい勝利に導いてくれるでしょう。何も何者もわれわれを阻止することはできません」

# 30

　イザークはノスケの執務室を出て、廊下を足早に歩いていった。自宅にいるクララに会えるチャンスは僅かだと分かってはいたが、それでも試してみる必要があった。何もしないでいるよりは、ましだった。階段を下りていくうちに様々な考えが重なり合った。「どうか、やめてください」突然、誰かが懇願しているのが聞こえた。聞き覚えのある声のように思えた。だが、どこで聞いたのか？

　イザークは立ち止まり、玄関ホールを見下ろした。そこでは二人の警官が一人の女を入り口ドアから強引に引っ張り込もうとしていた。彼女はそれに逆らい、明らかに建物のなかに入るまいとしていた。

「そんな態度をとるな」警官の一人が罵っていた。「何もしないから。ほんとうのことを話せば、何も心配することはない」

「ひえーっ、ひえーっ」女は悲鳴を上げていた。

　イザークは血の凍る思いがした。あれは老女のヘルツルだ。

「あんたに証言してほしいだけなんだ」警官は身を震わせている老女を階段のほうに連れていこうとした。

イザークは目を伏せて向きを変え、急いでまた階段を上っていこうとしたが、手遅れだった。

ヘルツルは彼を見ていた。嘆くのをやめて目を細くし、彼を指さした。「ちょっと、あなた！　あなたを知ってます！」彼女は叫んだ。「どうか助けてください。この人たちに言ってください、わたしは何も知らないと。わたしはルビンシュタイン一家を連れていった女の方に見覚えはありません。車のナンバーも見ていません。そうするには暗すぎました。どうか、わたしを行かせてください。家に帰りたいのです」彼女はすすり泣きをはじめた。

二人目の警官は彼女を引っぱろうとしたが、ヘルツル夫人は拒み、警官の手を逃れて床に倒れ込んだ。「拷問室に連れていかないで」彼女は懇願し、イザークを見上げた。イザークはどうすればいいのか分からず硬直状態に陥っていた。不安ゆえに錯乱している哀れな老女の姿に彼の心は千々に砕けそうだった。彼はポケットに手を入れ、クララからもらった青酸カリのカプセルに触れた。この状況がなるべく早く過ぎ去るようにと願いつつ。だが、どうやら幸運には恵まれなかったようだ。

ヘルツル夫人はなおも彼を見つめていた。顔をしかめ目をきょろきょろ動かした。

彼女は激しく喘ぎ、口を開いたかと思うとまた閉じた。まるで無音で歌をうたっているかのように。

「裏切り者！」だし抜けに、彼女は声を振り絞って叫んだ。「裏切り者！」

その場にいた全員の注意がイザークに向けられた。不意に静まり返り、ピンの落ちる音さえ聞こえそうだった。そればかりか、この瞬間に親衛隊士官の一群が本部に入ってきた。礼服を着用し、満足げな様子をしているところから見て、オペラ劇場からじかにここに来たようだ。

「何が起きたんだ？」誰かが説明を求めた。一群のなかからテオドール・オーバーハウズナーが歩みでて、床にうずくまっている女と二人の警官をじろじろ眺めた。

「あそこにいるのは裏切り者よ！」ヘルツル夫人は叫びながらイザークを指さした。「人でなしの裏切り者。わたしたちみんなを警察に売り渡して、自分はこっそり、ずらかったのよ」

オーバーハウズナーは老女を見下ろし、つぎに、イザークを見上げた。二人の警官は神経を尖らせているかに見えたが、親衛隊の士官たちは面白がっているようだった。ただ一人、オーバーハウズナーだけは興味津々の様子だった。彼は交互にイザークとヘルツルに目をやり、首をかしげていた。

イザークは手を打つ必要があった。それも即刻。「どうしたんだ？」彼は大声で言い、二人の警官を指した。その声は入り口付近にこだました。「この女が気が触れているのが分からないのか？　彼女を連れて行け。助けて面倒をみてやれ。さあ、仕事をしろ」イザークは腹を引っ込め、胸を張り、できるかぎり尊大な様子で階段を下りていった。「ここは官庁であって精神病院ではない」彼は罵った。「どうか静かにしてくれ。何といっても、ここは全員が祖国のために任務を遂行している場所なんだから」

賛同の呟きが聞こえはじめた。

後ろめたそうな顔をした二人の警官はヘルツル夫人をつかんで引き上げ、そっと引きずっていった。

「わたしは気が触れてなんかいないわ」彼女は訴えた。「彼はまるで……まるでルビンシュタインみたいに見えるわ。イザーク・ルビンシュタインみたいに」

イザークは息を止め、こわばった顔で外に出ていった。オーバーハウズナーは危険を嗅ぎつけたらしい。その目を見てイザークは思った。彼はクララを見つけ、家族を探しだし、共にこのいまいましい場所から最終的に立ち去る必要がある――それも、急いで。

彼は早足で歩き、東部戦線の国防軍兵士たちのために冬服や毛布を集めているドイツ女子会を無視し、前方を厳しく見つめ、クララの住まいというただ一点に気持ちを集中した。

今回は忍び足ではなかった。おどおどしたユダヤ人を押しやり、できるかぎり威張った親衛隊士官の役に成りきるように努めた。彼は背筋を伸ばしてドアに近づき、ベルを押した。

開けてくれ、心のなかで祈った。だが、誰も開けなかった。垣根を越えて小さな前庭を通り抜け、窓からなかを覗いた。

「何かお手伝いしましょうか？」

イザークはさっと居ずまいを正した。目の前に暗褐色の作業服を着た年配の男が立っていた。管理人のブロイヤーに違いない。これまで面と向かって会ったことはないが、クララから彼のことを聞いていた。陰険で卑劣な老人だということだった。

「クララ・プフリューガーを探しているのですが」

管理人ブロイヤーはイザークの髪形を目に留め、高価な背広を仔細に観察した。指にはまった髑髏の指輪を見て、直立不動の姿勢をとった。「ここにはおりません」

「そのようですね。ひょっとして彼女の居場所を知りませんか？　急用なのです」

老人はかぶりを振った。「彼女が問題の多い女性であることは承知しています。以前はユダヤ人とほっつき歩いていたことがあり、今は独り暮らしです。金曜日の午後に見たのが最後で、それ以後は跡形もなく消え失せています。行儀のいいドイツ女性にあるまじきことです」

イザークは身分証明書を示した。「なかに入る必要があります」彼は言った。「ひょっとして鍵をお持ちではないですか？」

「もちろんです」管理人はあとをついて来るようにと身振りで示した。「いったい、彼女は何をやらかしたんですか？」

「あなたには関係のないことだと思います」

「いや、あります」ブロイヤーは言い張った。「何といっても、同じ屋根の下に住んでいるのですから」

「国家の秘密事項です」イザークは話し合いが終わったことを分からせた。

ブロイヤーは何か訳の分からぬことを呟き、自分の住まいのドアを開けた。行進曲が鳴り響いた。彼は普及型受信機の音を小さくし、戸棚の引き出しを開けて鍵束を取りだした。「たぶん、これでしょう」彼はクララの住まいまで行き、ドアを開けた。

「ありがとう。一人でだいじょうぶです」イザークはあとからついてこようとしたブロイヤーに言った。それ以上は何も言わず、彼はドアを後ろ手に閉めた。

自分が何を予期していたのかは分からなかった。おそらく、アルトゥールの住まいと同様のカオスと荒廃だったかもしれない。それだけに、すべてが土曜日の朝とまったく同じ状態にあるのが意外に思われた。ゲシュタポは来ていない。少なくとも、まだ来ていなかった。

彼は周囲を見回した。そもそも何を探すというのだ？　クララの書き物机が置かれている居間に入っていき、机の引き出しをかき回したが、見つかったのは買い物リスト、食料配給切符、レシートだった。

私物を嗅ぎまわり、悪事をはたらいているように感じた。そして、封筒をすべて覗き、紙切れを開いているうちに、ますます不快な気分になっていった。

「住所が」彼は呟いた。「わたしが必要としているのは住所または電話番号だ。ヒントか、ちょっとした手がかりだけでも」

彼はさらに寝室まで行った。誰にも見つけられてはならない物を彼女はどこに仕舞っているのだろう？　床板を点検し、壁を叩いて空洞を調べ、マットレスの下を覗いた。何もなかった。

物思いに沈みながら棚まで行き、本の背に指を走らせた。メルヘン本の『千一夜物語』で中断し、手に取って開いた。すると何かが床に落ちた。かがんで拾い上げると、一枚の写真であることが分かった。彼ら二人が写っている写真だ。二人とも見ている者に向かって控えめにほほ笑んでいる。イザークの目が潤んだ。彼とクララを撮った現存するたった一枚の写真。それを彼女は取っておいたのだ。彼はその上を撫で、ふたたび棚に戻し、本を元の場所に立てた。

最後に簞笥の前に移動したが、そのときクララの匂いが鼻に立ちのぼってきた。追憶が心に溢れた。「クララ」彼は呟き、緑色のドレスに顔を埋めた。

クララの住まいではこれ以上の進展はないことを認めるしかなかった。今、彼を助けられる人間はただ一人。その人間がいるのは、よりによってイザークが二度と足を踏み入れたくないあの場所。監獄だった。

# 31

監獄のある翼部の入り口で見張っていたのは前の日と同じ男だった。イザークを見るや彼は飛び上がり、挨拶のために手を上げ、直立不動の姿勢をとった。

「ハイル・ヒトラー」

「ハイル」イザークは呟き、背筋をぴんと伸ばした。「もう一度、囚人のクラウスと話をしなければならない」

「お望みどおりに」

手続きは前の日よりもずっと早く簡単に運んだ。看守は質問責めにすることもなく、閂をはずし、重い鉄の扉を開け、すでに前回、尋問室として使われたのと同じ殺風景な部屋にイザークを導いていった。この場所の雰囲気はほとんど耐えがたいものだった。不安と苦痛が生々しくそこにあり、イザークはそれによって窒息するのではないかと思った。

「囚人を連れてきます」看守は背を向けた。

「待ってくれ」イザークは看守を押し止めた。安全な策を取ろうとした。「新しい囚人が連行されてきたか？　たとえば潜伏していたユダヤ人とか？」

「確かに新しく入ってきた者はいますが、そのなかにユダヤ人はいませんでした」

「間違いないか？　行方を晦ませた家族がいるはずなんだ。彼らはわたしの捜査している事件のことを知っているかもしれないのだ」イザークは作り話をした。

「ユダヤ人のやつらなら覚えているはずです。とりわけ、それが一つの家族なら」

「では、クララ・プフリューガーという名前の若い女は？　もしかして彼女もここに？」

「知りません。でも、調べてみます」看守は出ていった。

イザークは壁を睨みつけ、この絶望的な状況にあっても希望を失わずにいようと努めた――それは彼には難しいことだった。愛する者たちは捕吏の手に落ちてはいなかったが、行方不明であることは、ナチスの手中に陥ったと知るよりもっと耐えがたく感じられた。「あらゆる苦しみのなかで、不確実さほど残酷なものはない」彼は父親の言葉を思い出していた。

ドアが勢いよく引き開けられ、イザークはぎょっとして物思いから覚めた。

「手こずらせるな。さもないと一発見舞うぞ」看守はアルトゥール・クラウスを乱暴に引っぱってきて、机の反対側の椅子にすわらせた。「また彼と二人だけでというご意向ですか？」

イザークはうなずいた。

看守は出ていこうとしたが、もう一度振り返った。「それはそうと、あなたがお探しの女はここにはおりません」

イザークは感謝するようにうなずいた。

アルトゥール・クラウスは野蛮な殴り合いの喧嘩に巻き込まれたかのように見えた。右の目は腫れ上がり、どうやら鼻は折れているらしい。また、鎖骨には内出血の痕がくっきり浮きでていた。だが、イザークにもっとも強いショックを与えたのは、クラウスの内面の火がこの前会ったときほど激しく燃え上がってはいないことだった。クラウスは諦め寸前の状態にあった。それは彼の姿勢から見てとることができた。

「もう一度会うとは思ってもみなかった」ドアががちゃりと閉まったあとで、クラウスは言った。

「彼女が消えた」イザークはすぐさま本題に入った。

アルトゥール・クラウスが理解するまで、一瞬の間があった。

「クララが？」彼は呟いた。「確かなのか？」

「でなければ、ここへは来ていないだろう。一時にヨハニス墓地に迎えが来て、家族といっしょに連れていくという約束になっていた。だが、誰も来なかった」

「クララがしくじったと思っているのか？」

「分からない。彼女の住まいに行ってみたが、空っぽで、きみの住まいとは対照的にぜんぜんさわられていなかった。クララがどこに潜んでいるのか、ぼくには分からない。いずれにしてもこの監獄には入れられていない。ぼくの家族も同じだ」

「くそっ」アルトゥール・クラウスは昂然と頭を上げて、唸った。「もしクララがしくじったのではないとすると……」彼は恐ろしい疑惑を口には出さずにいた。「きみはクララに議事録を渡した」彼は言ったが、それは質問ではなく断言だった。

イザークはうなずいた。

「助けてほしい。クララを探しだすのを助けてほしい。彼女とぼくの家族を」

クラウスはそっけなく笑い、手錠のはめられた両手を上にあげた。「よりによって、なぜぼくが助けなければならないんだ？」

「分からないんだ……」イザークは必死に考えた。「クララは以前、闇商人が所有していた倉庫のことを言っていた。その住所を教えてほしい。他に考えられる隠れ場所はどこにあるのか教えてくれ。連絡員のだれかの名前も」

クラウスは考え込んだ。「知らない」最後に彼は言った。

「知らない？」イザークは聞き違いしたのではないかと思った。「クララとぼくの家族とレグナレク計画と、千百万人の殺害に関わることなんだ」彼は机ごしに身を乗りだした。「きみとぼくだけの問題ではない」

「もちろんだ。だからこそ、きみがこれ以上損害をもたらすのを容認するわけにはいかないんだ」

「損害？　ぼくが？」

「きみのせいで、今や議事録は消えてしまった。きみはあっさりクララに渡すべきではなかった。警告しておいたのに」

「きみは本気で彼女がナチスに協力していると思っているのか？　いい加減にしてくれ、今はクララの身を案じているんだ」イザークは声が大きくなっていることに愕然とし、ドアのほうに目をやった。

クラウスは馬鹿にしたように息をはずませた。「きみはただの古書店主でしかない。無力なユダヤ人だ。このすべてのことが、きみには余りにも荷が重すぎる」

「そうかもしれない」イザークは胸の前で腕を組んだ。「それでも今、ここに来た。きみとぼくで最善の策を講じなければならない。知っていることはすべて話してほしい。きみが情報をくれなければ誰も助けられないんだ」

クラウスはじっと考えた。「ここから出してほしい」しまいに彼は言った。「それが実行できる唯一の方法だ。ぼくはきみの家族を見つける。それ以外のすべてのことも、ぼくが取り仕切る」

「でも、ただの古書店主で無力なユダヤ人のぼくが、いったい、どのようにすればいいんだ？」

「何か思いつけばいい。クララの言葉を信じるなら、きみはいつも何かを思いつくというじゃないか」

「ぼくがきみを連れだすものと決め込み、その一方で、ぼくを世間知らずだと思っているんだろう？」

「きみのせいで彼らは今、ぼくをロッテ・ラナー殺人事件と結びつけようとしている」クラウスは話題を変えた。「ぼくが〈フランケンの自由〉に関わっていることには何の証拠もない。ただ、きみのせいで、こういう面倒な立場に置かれているんだ」

彼は傷ついた顎を上げた。「ぼくの言うとおりにするか、それとも、何もしないか」

イザークは唇をぎゅっと引き締めた。クラウスはイザークの痛いところ、罪悪感をついてきた。「ぼくとしては異存はない。やってみてもいい」

「やってみるでは不十分だ」

「やってみるしかないだろう」イザークは立ち上がってドアを開け、看守のいるところに出ていった。「この囚人を連行しなければならない」

「連行？」看守は目を大きく見開いてイザークを見つめた。「今ですか？」

「わたしがはっきり言わなかったとでもいうのか？」

「公式の同意書をお持ちですか?」

イザークは身分証明書を看守の鼻先に突きつけた。

「十分に公式だろう?」

「この場合は違います。アルトゥール・クラウスは〈フランケンの自由〉の先導者だと言われています。こいつは小者ではありません。国中でもっとも危険な男の一人です」

「だが、わたしは彼といっしょに殺人現場を見回らなければならない。これはわたしの捜査にとって必要不可欠なことなんだ」

「メルテン准将の正式の許可がなければ、無理です」

イザークは看守の前の机を拳で叩いた。「わたしを誰だと思っている? きみは誰を相手にしていると思っているんだ?」

看守はうなずいた。「あなたは総統本部からおいでになったアドルフ・ヴァイスマン親衛隊少佐です。でも、たとえあなたでも、メルテン准将の許可なしに囚人を連れださせるわけにはまいりません」

イザークはこれ以上は進展がないと悟った。「よろしい。クラウスをふたたび房に連れ戻してくれ。だが、彼に準備させておいてくれ。わたしはすぐに戻ってくるから」彼は言った。

# 32

「もう読んだか？」ノスケは〈デア・フェルキッシェ・ベオバハター〉を掲げ、たった今、執務室に入ってきたオーバーハウズナーが第一面を見られるようにした。「いかさま師のフランクリン・ルーズベルトが発表した。アメリカがこの戦争に勝利する。これまでいずれの戦争においても勝利してきたように。これは名誉と真実と礼義に関わることだ」ノスケは冷やかに笑った。「よりによって彼がこんな理想を語っているなんて。自分自身は詐欺師で外国為替の投機家として活動し、寄食者たちに取り巻かれているのが一番心地よいという大統領が」

「美辞麗句を並べたてるお粗末なやつです」オーバーハウズナーは手で拒絶の意思表示をした。「ウィンストン・チャーチル同様に。ほんとうは二人とも口を出す権利はないんです。このほら吹きどもはユダヤ人のマリオネットに過ぎないんですから」

「それはそうと」ノスケは新聞を脇に置いた。「ルビンシュタイン一家のことで何か変わったことはないか？」

オーバーハウズナーはうなずいた。「そのためにこちらに伺ったのです。さっき、バーデと話しました。彼は何かつかんだようです。どうやら〈フランケンの自由〉がルビンシュタインの潜伏に関わっているようです。バーデは遅くとも火曜日までにはこの害虫どもを見つけだすと自信たっぷりです」

「それでよい、たいへんよろしい」ノスケは満足げにうなずき、ふたたび〈デア・フエルキッシェ・ベオバハター〉に没頭した。

オーバーハウズナーは自分の時計に目をやり、立ち上がった。「引きつづき情報をお知らせします」

オーバーハウズナーがなかなか部屋を立ち去らず、気づかわしげに佇んでいるので、ノスケは新聞から目を上げた。「ほかにも何かあるのか?」彼は訊いた。

オーバーハウズナーはためらった。「ついさっきのことですが」しまいに彼は言った。「下の玄関ホールで……」

「そんなに焦らすな」

「いいえ」オーバーハウズナーは手で拒否を示した。「そんなに重要なことでもないのです。どうぞお忘れください」

「もう吐きだしてしまえ」

オーバーハウズナーは頭をかいた。「ルビンシュタインと同じグンター通りのユダヤ人住宅に住んでいたベルタ・ヘルツルは、臆病者どもがずらかったとき、その場に居合わせたのです」

ノスケは書き物机に新聞を置いて後ろにもたれかかり、頭の後ろで腕を組んだ。

「全身耳にして聴いているぞ」

「わたしはバーデに聴取させるために、本部まで彼女を連行してきました」

「それで？　バーデは何か聞きだしたのか？　〈フランケンの自由〉が事の背後に潜んでいるのか？」

「分かりません。彼女は何も知らないと断言しています。それに、辺りが暗かったので、顔も車のナンバーも見分けられなかったそうです」

「信じるのか？」

オーバーハウズナーはうなずいた。「バーデのことはよくご存じでしょう。彼は人が遅かれ早かれ真実を話すようにいつも気を配っています」彼は顎を撫でた。「じつは、それとは別のことがあるのです」

「それは？」ノスケはしだいに、いらいらしはじめた。

「ヘルツルが連行されてきたとき、偶然、例のヴァイスマンが階段を下りてきました」

「そうだろう。彼はこの執務室にいた。そう悪いやつではない。少なくとも、わたしが思っていたほど悪くはない」

「このヘルツルが彼を睨んだ様子をあなたにお見せしたかったです。まるで彼女はどこかで彼を知っていたかのようでした。そして、突然、助けてえ、と悲鳴を上げました」

ノスケは眉をつり上げた。

「彼女はヴァイスマンを裏切り者と呼びました」

「裏切り者？　なぜそんなことを？」

「最初は、気が触れているのかと思いました。でも、彼女を連れてきた警官たちによれば、彼女はヒステリックだが責任能力はあると言っていました」

「分かるもんか。彼らは警官であって精神科医ではないんだから」ノスケは肩をすくめた。「気の狂ったユダヤの老女に関わっているより、われわれにはもっと重要な仕事があるのだ」

「彼女はわけの分からぬことを、ぶつぶつ呟いただけでなく、はっきりとした言葉で言ったこともあります。ヴァイスマンがイザーク・ルビンシュタインにそっくりだと言ったのです」

ノスケは面食らった。「まあいいじゃないか。彼はそのユダヤ人によく似ているのだろう」彼はそう締めくくった。

「あるいは、同一人物か」

ノスケが理解するまで一瞬の間があった。

「アドルフ・ヴァイスマンが潜伏中のイザーク・ルビンシュタインだというのか？」

彼は目をぱっと開き、眉をひそめ、最後には笑いだした。「今日、聞いたなかで、これほど馬鹿げた話はない」彼は息をはずませた。「いいか、オーバーハウズナー、オペラ劇場はばか話で溢れている」オーバーハウズナーの顔の表情を見て、ノスケの笑いはおさまった。「まさか、これがまんざら嘘ではないと思っているんじゃないだろうな？」

「分かりません。エリック・ガウガーが言ったことを思い出してください。ヴァイスマンがとても面変わり(おもがわり)した、そして、フォン・ラーンの助けがなければ、彼だとは見分けがつかなかったと言っていたことを。総統本部に電話することもできます」オーバーハウズナーは提案した。「そして、ヴァイスマンの写真を送ってもらうことも」

「そんなことをすれば物笑いの種になるだけだ。ヴァイスマンの役を演じているルビンシュタイン——考えるだけでも、まったく馬鹿げている」ノスケの言葉は明瞭だったが、一方で、その口調からは、このことにどうやら不安な気持ちを抱いているらしいことが伺えた。

「もちろん、おっしゃるとおりです」オーバーハウズナーは手で拒否のしぐさをした。

「ただ、お知らせしておこうと思っただけです」彼は振り向いて出ていこうとした。

「待て」ノスケは彼を引き止めた。「バーデに伝えてくれ。ヴァイスマンから目を離さないようにと。用心するに越したことはない」

# 33

イザークはあらためて本部の建物のなかを歩いていきながら、速度をほどほどに緩め、落ちつきを失わないように注意しなければならなかった。毒蛇の穴に落ちた兎のような気分であることを決して気づかれてはならなかった。

彼は二階まで上がり、ゲシュタポの部屋をそれ以外の部分から分けている通行止めを通り抜け、胸をどきどきさせながらメルテンの執務室まで廊下を歩いていった。どうすれば准将に、アルトゥール・クラウスのことを自分に任せるようにと仕向けることができるだろう?

ドアの前で気持ちを落ちつけ、深呼吸してからノックした。ウルスラ・フォン・ラーンとの出会いには気が向かなかったが、これ以外に方法はなかった。

何も起きなかった。

あらためてノックし把手を動かしてみたが、ドアは閉まっていた。「しまった」彼は罵り、額を叩いた。日曜日なので、もちろん誰もいるはずはなかった。アルトゥール・クラウスを監獄から出すために、何らかの方法を考えださなければならない。だが、どんな？

自分の執務室に戻ってじっくり考えることにした。そこに向かう途中で、歴史と世界文学のなかの、よく知られた脱走のことを思い出そうとした。だが、そのどれも彼を助けてはくれなかった。モンテ・クリスト伯、マリア・シュトゥアルト、カザノヴァ、ベンヴェヌート・チェルリーニ、マリー・ド・メディシス……。彼らは全員、強力な同盟者がいたり、少なくとも準備期間がたっぷりあった。彼にはそのどちらもなかった。物思いに沈みながら執務室に入っていった。

「やっと来られましたね」

イザークはぎくっとした。シュミットが待っていることを、すっかり忘れていたのだ。「あなたが事件解決の鍵は、怪しげな電気工だとおっしゃったのは当たっていました」若いシュミットは跳び上がった。言葉がつぎからつぎへと猛スピードで飛びだし、イザークにはほとんど聞きとれなかった。「彼の上司であるマイヤー氏と話し、つぎにヴェスティンガー参事と喋りました」シュミットは話しつづけた。「何もかも、じつに謎めいています。このフーベルト・バウアー……彼は幽霊です」

「何が？　どうだって？」イザークは書き物机のところまで行き、椅子にすわった。

「ゆっくり、最初から頼む」

「フーベルト・バウアーは死んでいました」

「ゆっくり、最初からと言っただろう」

シュミットは深く息を吸った。「わたしはまずマイヤー社まで行きました」彼は話しはじめた。「わたしからの通知書を受けとったことは確かだと分かったのですが、でも、会社では、完全なる取り違えだと思っていたのです。つまり、あそこにはフーベルト・バウアーなる電気工は働いていなかったのです」

イザークはうなずいた。その種のことはすでに想定していた。

「ですから、もう一度、ヴェスティンガーと話をし……」

「……城に入るには、どの職人もヴェスティンガーの書面による許可が必要だから」

「そういうことです。ヴェスティンガーはフーベルト・バウアーという者に許可書を出した覚えはないと断言しました」

イザークはヴェルナー・ヒルデブラントのことを思った。彼には許可書を点検する責任があった。

「これで、何もかも辻褄が合います」シュミットはつづけた。「アルトゥール・クラウスが殺人犯で、ヴェルナー・ヒルデブラントが共犯者です。許可書は存在せず、彼らはフーベルト・バウアーなる男を考えだしただけのことだったんですよ」

「バウアーは架空の人物だというのか？　きみはたった今、彼は死んでいたと言ったじゃないか。きみの話にはもうついていけそうもない」

シュミットはイザークのそばに来て、一枚の紙を書き物机の上に置いた。「わたしはニュルンベルクに住むすべてのフーベルト・バウアーのリストを手に入れました。ほかの職人たちはその電気工はあなたぐらいの年格好だったと言っています。つまり三十代の半ばから終わりぐらいです。問題とされるただ一人のフーベルト・バウアーは、これです」彼は出生日を指さした。

「一九〇六年八月十五日出生」イザークは読み上げた。

シュミットはもう一つ右の欄に指を走らせた。そこにはさらなるデータが記されていた。

「一九四一年十月三日死亡」

「彼はヴィヤスマとブリヤンスクと、二度の戦争に出兵し、戦死したのです」

イザークはあらためて若いシュミットの能率の良さに魅了されると同時に愕然とした。ゲシュタポのほかの連中も彼とおなじくらい優秀だとしたら、もうおしまいだ。

「ヒルデブラントとクラウスは自分たちにかかる嫌疑をそらしたかった。でも、ほかの誰かが犠牲を払わされることにたいして気が咎めた、そこで、騙すために死者の名を使ったのです」

イザークは、ヒルデブラントとクラウスは知り合いではなかったので、シュミットの説は成り立たないと言いたかった。だが、どうやって、それを説明すればいいのか？

「この二人があなたの尋問にたいして、正確にはどんな供述をしたのか、まだお話しくださっていませんが」シュミットは期待をこめてイザークを見つめた。

「具体的なことは何も」イザークはこのテーマを避けたかった。「ヒルデブラントは監獄で多少小耳にはさんだことを喋っただけだ。一方でクラウスは自分を偉そうに見せかけたがっていたに過ぎない。だから、二人が犯人であることにわたしは疑念を抱いている」

「ほんとうですか？」シュミットは疑わしげだった。

イザークは自分の腹に手をやった。「時にはここの声も聞くべきだ。つまり、常に数字やデータや事実だけを問題にするのでなく。それに、きみの仮説では、電気工を自称している男が五時一分過ぎに表口から出ていったことの説明がつかない。ロッテ・ラナーといっしょに。その時点で、彼らはまだいたって元気だった」

「それはヒルデブラントの作り話に過ぎません。さらなるぺてんです」だが、このときシュミットはもはやあまり自信満々ではない印象を与えた。

「それから、逃走路にあった布切れのことはどうだ？」

シュミットはそれには答えることができなかった。彼は肩をすくめた。

「単純にこう考えてはどうだろう。クラウスとヒルデブラントは殺人に関わってはいないと」イザークはそう提案した。「ヴェスティンガー氏はなんと言っていた？　許可書のことで何か打ち明けたか？」

「彼は総統の命にかけて許可書は出していないと誓いました」シュミットは自分の腹に手をやった。「それに、ここが、それは真実だと言っています。つまり、二つの可能性が残されていることになります。やはりクラウスとヒルデブラントか――許可書がフーベルト・バウアーには出されていなかったのですから。それとも……」

「……それとも、この二人ではなかった。そし、誰かが許可書を偽造した」イザークが文を締めくくった。「もう一度、ヴェスティンガーに電話して、彼の執務室に自由に出入りできるのは誰か、誰が便箋とスタンプを手に入れることができたかを訊いてくれ。それから、誰が作業計画を覗くことができたかも。いずれにせよ、犯人は、彼の正体を暴きかねない他の電気工が、どの日に城に来ないかを知っていたわけだ」

「その点はとっくに、解決済みです」

シュミットはイザークにとって真に不気味な存在になりつつあった。

「ヴェスティンガーによれば、問題になるのは掃除婦ただ一人です。イルムガルト・ザウアーという」

「きみはすでに彼女の住所を突き止めた。そういうことだな？」

シュミットはうなずいた。

「それなら、そのザウアー夫人から話を訊こう。もしかしたら、彼女が捜査を進ませる助けになるかもしれない」

イザークはシュミットが車と運転手の用意をするまで、本部の前で待っていた。彼は青白い空を見上げ、あとどれくらいしたら、イギリスの空軍がまた町を不安と恐怖に陥れるのだろうと考えた。この前、空爆がおこなわれたのは十月だった。損害はわずかだったが、連合軍がそのままにしておくはずはない――それだけは確かだった。ニュルンベルクは軍需産業の重要な所在地であり、党大会の開催地が存在し、高い象徴的な性格をもっている。ドイツ国の敵は、この町をできるだけ速やかに破壊しようと全力を尽くすに違いない。

彼がそのことの良し悪しについてはっきり認識しないうちに、シュミットを乗せた車がやってきた。

イザークは乗り込み、空爆は彼にとって今のところ些々(ささ)たる問題でしかないと心に決め、どのような策を使えば、メルテンからアルトゥール・クラウスを正式に引き渡してもらえるかを考えていた。

それについても何のアイディアも浮かばず、答えもないまま、彼は建設参事ヴェスティンガーの掃除婦が住んでいる家に入っていった。

イルムガルト・ザウアーは五十代の終わりのやつれ顔をした女性で、花模様のエプロンをかけていた。彼女はザウアーという名前に恥じない不機嫌な態度をとった。

「どういうご用かは知りませんが、ちょっと待っていていただけませんか？　今、忙しいので」彼女はしかめっつらで料理用のスプーンを掲げてみせた。「それに、もう献金は済ませました。冬季貧民救済事業にも廃品回収にも」

「そのために伺ったのではありません」シュミットは身分証明書を提示した。それを見て、彼女は鼻白んだ。

「では、何で？」

「フーベルト・バウアーのことで」

「存じません。家を間違えたんでしょう」

「ここで間違いないと思います」シュミットは大柄な全身を使って彼女の前に立ちふさがった。

「ほんとうに、フーベルト・バウアーなんて知りません。いったい誰なんですか？」

彼女は料理用スプーンを下ろした。赤い液体が床に滴り落ちた。ザウアー夫人は不安げだが、強情だった。

シュミットは腹に手をやり、イザークを意味ありげに見た。「彼は死から蘇（よみがえ）ったか」彼はザウアー夫人に説明した。「あるいは、誰かが、その名前を盗んで高位の士官の住居に押し入り、そこで犯罪をおかしたか、そのいずれかなんです」シュミットは彼女を脇に押しのけ、住居に入っていった。

「ふん!」彼女はシュミットのあとからついてきた。「許可もなくなかに入るなんて、できませんよ。お母さんから礼儀作法を教わらなかったのですか?」

「台所に行かないか?」イザークはこの状況をやわらげようとした。「何か焦げつくといけないから」

ザウアー夫人の住まいは狭く、調度品は使い古されていたが、ぴかぴかの清潔な状態に磨き上げられていた。イザークは見回した。ちっぽけな玄関の間は親しみやすく温かみがあった。床は色とりどりのパッチワークの絨毯で覆われ、壁は日の当たる丘を描いた絵やその他の田園画で飾られていた。コート掛けにはベージュ色の長いダスターコートと同じ色のフェルト帽が掛かり、机には〈主婦の雑誌〉という雑誌が積まれていた。

イザークは二、三歩あるき、開いたドア越しに寝室のなかを覗いた。ぱっと見たかぎり、この住居はきちんとしたドイツの所帯であるかに見える。しかし、イザークがもっと細かく観察すると、どこにもナチスのシンボルが見当たらない。ヒトラー総統の写真もなく、〈シュトュルマー〉誌やその類(たぐい)のものもなく、それに代わって、ベッドの上には聖人を描いた絵とロザリオ(祈禱用の数珠)が掛かっていた。ここは信心深いキリスト教徒の家で、いまもイエスはメシアであり救い主であると認められている。ヒトラーではなく。

シュミットもそれを見逃さなかった。彼は訳知り顔でうなずいた。

ザウアー夫人は台所に入っていき、イザークはあとからついていった。その小さな空間のほとんどすべてが流し台とレンジで占められていた。その間の空間があまりにも狭いため、シュミットは戸口に立っているしかなかった。

「いい匂いだ」イザークは言い、レンジに載っている二つの鍋を見やった。一つの鍋ではトマトスープ、もう一つの鍋ではチリメンキャベツ、セロリ、コールラビの煮込み料理のようなものがぐつぐつ煮えていた。

彼女は怒りをこめてイザークを見つめ、火を小さくし、スープをかき混ぜた。「何がお望みですか？」

「フーベルト・バウアーと自称している男はヴェスティンガー参事官の執務室発行の偽造許可書を所持していました」

「それで？　わたしがそれにどんな関わりがあるのですか？」

「ヴェスティンガーの話では、彼以外に執務室に入れるのはあなただけだとのことです」イザークは彼女の目を見つめた。「誰かが便箋とスタンプと作業計画書を手に入れるように、あなたを唆したのではありませんか？」イザークはできるだけ脅しにはならないように努め、窓の敷居にもたれかかって背を低くし、彼女の目と同じ高さになるようにした。「ほんとうのことを言ってもかまわないんですよ。おそらく、あなたは悪いことをしたとは思わなかったんでしょう」

ザウアー夫人は両手を腰に当てて肘をはった。「あなたは、わたしがあまり頭がよくないと思っている。そうなんでしょう？　わたしが女だから？　わたしが世間知らずで、されるがままになっていて、正しいことと正しくないことを区別できないと思っているんですか？」

「誰もそんなことは言っていません」

イザークは彼女をまじまじと見つめた。かつてジークムント・フロイトが、この世にあって、秘密を隠すことのできる者はいないと言っていた。〈唇が沈黙していても、指先がお喋りする。すべての毛穴から裏切りが漏れてくる〉イルムガルト・ザウアーの場合がまさにそうだった。憤慨してはいるが、その蔭で罪の意識が煮えたぎっているのは見誤りようがなかった。

「手短にまとめましょう」シュミットが割り込んだ。「あなたは許可書の偽造に加わりましたか？　はい、ですか？　いいえ、ですか？」彼女がすぐには答えなかったので、シュミットはドア枠の上にぶら下がっている十字架を指さした。「第八戒、あなたは隣人に不利な誤った証言をしてはならない」

じつに興味深い。イザークは思った。シュミットは聖書のことを熟知している。この若者は彼が思っていたよりも複雑な人間のようだ。

ザウアー夫人は息をはずませ、エプロンで両手を拭いた。「第五戒、殺してはならない」彼女は冷やかな声で言った。「第三戒、あなたは祝祭日をあがめなければならない。第一戒、あなたはわたし以外の神々を信じてはならない」彼女は反抗的にシュミットとイザークを交互に見つめた。「それをどう思いますか？」

「何か焦げかかっていますよ」イザークはスープ鍋を指さした。

彼女は振り向き、料理用スプーンで鍋の底を引っかいた。

「はい、ですか、いいえ、ですか？」シュミットは訊いた。

「いいえ」その声のかすかな震えに本心が現れていた。

「少し、調べさせてもらいます」シュミットは玄関の間に出ていった。

「差しつかえなければ」イザークはつけ加えた。

「まるで選択の余地があるみたいね」彼女は背を向けたまま、命がけのようにスープをかきまぜていた。

「きみは寝室を調べてくれ。わたしは居間のほうを引き受ける」イザークは小さくて居心地のよい部屋に入っていった。円筒形ストーブが部屋の真ん中を占め、その後ろにコーナーベンチと花模様のクッションを置いた椅子があり、食事用テーブルを取り囲んでいた。テーブルの上には編み物が置かれていた。テーブルの左側には棚があり、十冊あまりの本が積まれていた。イザークは魔法にかかったように、それに惹きつけられた。聖書と聖人事典があった。だが、ザウアー夫人はそれ以外にもクリスティアン・モルゲンシュテルンの詩集、レッシングやクライストの作品も何冊か持っていた。イザークはその一冊を手にとり、さわり、匂いを嗅がずにはいられなかった。『賢者ナタン』（レッシングの戯曲）の革の装丁は手ざわりがよく、本にはまだ古紙と印刷用インキのにおいがした。これに優（まさ）るものはなかった。イザークはそっとめくった。〈ニュルンベルク　一九〇五年　二月十四日　I・Kへ　永遠にきみのもの　W・Sより〉

献呈の言葉を読んで、彼は自分が覗き屋になったような気がした。

急いで本をもとに戻し、本と並べて立てられている銀色の額縁に入ったいくつかの写真に視線を移した。その最初の写真をとって、じっと眺めた。結婚式の写真だった。若いザウアー夫人は美しかった。ウルスラ・フォン・ラーンのようなたちまち注意を引くような美人ではないが、繊細な優美さがあり、その魅力はしだいに明らかになってくる。彼女のそばにはやや太り気味の優しげな男性が立っていた。二人はひたむきながらも、無愛想ではない眼差しでカメラを見ている。

イザークは思わず自分とクララの写真のことを思った。急いで気持ちを紛らそうと、つぎの写真を手にとった。そこには何歳かあとの、なおも頬がふっくらとし善良そうな口元をしたザウアー氏が写っていた。彼は今、どこにいるのだろうとイザークは考えた。その疑問は、写真の右下の隅を見たとき、自ずから解けた。喪章がついていたのだ。イルムガルト・ザウアーは未亡人だった。

彼は写真を戻し、棚の一番上の引き出しを開けた。とつぜん、興味深い文書が目にとまり、他人の物を嗅ぎまわる後ろめたさは引っ込んだ。そこには、〈ドイツ国民の名において〉というタイトルがつけられていた。〈一八八五年九月十二日アウグスブルクに生まれたニュルンベルク在住の国有鉄道員ヴァルター・ザウアーに対する刑事事件において、国防力破壊工作、ユダヤ人優遇措置および反逆の準備により、目下、未決拘留中であり……〉イザークは最悪の事態を予感した。彼は官僚主義的な決まり文句や裁判官の名前は読み飛ばしただけだった。

事実、ザウアー氏は一年半前に死刑の宣告を受けたのだ。〈公民権は永久に剝奪される。裁判手続きの費用は被告人に課される〉イザークはぐっとこらえた。彼にはいくらか分かったことがあった。イルムガルト・ザウアーには明らかにナチスを憎む理由があったということだ。彼女が許可書の偽造に快く手を貸したとしても不思議ではなかった。

このあと、どうすべきだろう？　ザウアー夫妻は善良でしっかりした人たちだったようだ。彼女をあっさり警察の手に引き渡すことはできない。一方において、もしそうしなければ、アルトゥール・クラウスとヴェルナー・ヒルデブラントは殺人の罪に問われることになる。

ぎいっという音が静寂を破り、イザークはぎくりとした。

「何か見つかりましたか？」シュミットが訊いた。

イザークは判断を後まわしにし、引き出しを閉めて振り向いた。「いや、何も」彼は言った。彼は決心を固めていた。クラウスだけでなくヒルデブラントも監獄から連れだそうと。三人で潜伏し、ザウアー夫人は自由の身のままにしておくのだ。「行こう」

「行くのですか？」シュミットはあっけにとられた。「夫人は明らかに有罪です」

「証拠がない」

その言葉を口にした瞬間、自分たちがいかに愚かであったかに彼は気づいた。ゲシュタポは証拠など必要としない。彼らは自分なりの真実を作り上げるのだ。

「まだ――ない」シュミットは小声で言った。「彼女を連れていきましょう。ほかのことはすべて時間の問題です」

イザークは少し考えた。「むしろ、彼女を監視させよう。強引なやり方で目標に達し得るとはかぎらない。ザウアー夫人に自分は安全だと思い込ませる。そうすればたぶん、彼女はへまをやらかすだろう」

シュミットはうなずいた。「素晴らしいアイディアです」

イザークは台所に戻っていった。「われわれはもう行きます」彼はいまなお煮込み鍋をかき混ぜているザウアー夫人に言った。「ザウアー夫人、聞こえましたか?」

彼女は振り向き、イザークの目を見た。

「用心してください」彼は囁いた。〈監視〉と彼の唇が形をつくった。

最初、彼女は理解できずにいたが、そのあと、黙ってうなずいた。

「即刻、監視を手配しましょう」道路に出ると、シュミットは言った。彼は自分の時計を見た。

「そうしてくれたまえ。わたしはホテルに戻り、少し考える。ジグソーパズルは少し間を置いたほうが絵が見えてくる」

「分かりました。では、明日また」

「明日また」イザークは答えたが、互いに別れを告げるのは、これが最後でありますようにと願っていた。

# 34

イザークは旧市街の西の部分にあるローゼナウ公園を通り抜けて、ホテルのほうへぶらぶら歩いていった。六時半少し前で、黄昏(たそがれ)の微光が茂みや木々にどこか威嚇的な感じを与えていた。木の枝は風に揺さぶられ、木の葉はかさかささと鳴っている。まるで幽霊が何かをそっと伝えようとしているかのように。

「ユダヤ人」彼らは意地悪く囁いた。

彼は歩みを早め、先を急いだ。アイヒェンドルフ（後期ドイツロマン派の詩人）の詩が頭に浮かんだ。

〈黄昏は翼を拡げようとし、木々は不気味に動く……〉

イザークは詩のつづきを思い起こそうとしたが、そのとき、あらためて「ユダヤ人」という言葉が耳に入った。

道路に出ると、喋っていたのは公園の幽霊ではなく、一群の男女であることが分かった。彼らはちょうどトラックから積み荷をおろしているところだった。夕べの薄明かりのなかで、空を背景に彼らのシルエットが暗く浮き上がって見えた。彼らは一つながりの人影だった。

イザークは暗い片隅に身を隠し、この慌ただしい動きを見守っていた。ここで何が起きているのだろう？

彼らはイザークには気づいていないようで、木箱や紙箱や長持ちをトラックの荷台から持ち上げて、大きい建物に運び入れていた。

「ユダヤ人がこうなるのは当然の報いよ」若い女が言っているのが聞こえた。「おれもそう思う」年配の男が同意した。「長い間、やつらは私腹を肥やし、ドイツ国民を消耗させようとしてきた。本来、おれたちのものだった物を取り返すのは当たり前のことだ」

イザークはそっと近づき、さまざまな箱のなかに何が入っているのかを、はっきりと見極めることができた。一つの木箱はユダヤ人の家庭に欠かすことのできない七枝の燭台（しょくだい）メノラで溢れていた。ほかの箱には下着、服、靴、台所道具、書籍が入っていた。

ここに何が運ばれてきたのかがやっと分かり、イザークは気分が悪くなった。これらは東部に移送されていくユダヤ人の持ち物だった。彼らはもはやトランク一個のほか何も持っていくことが許されない。ここにあるのは、彼らの荷物に入らなかった物だった。

いったい、アーリア化で充分ではなかったのか？　ユダヤ人から店も家も集合住宅も奪うだけでは足りないのか？　今や彼らの個人的なもの、内密なものまで一切合切、ナチスはせしめるというのか？　イザークは若い女が絹のストッキングをコートのポケットに潜ませるのを信じられない思いで見守っていた。彼らはどんなことでも平気でやるのだ。

もう一台、家具と毛皮のコートを積んだトラックが到着した。さらなるトラックのライトが遠くからでも見分けられた。

イザークは逃げだした。これ以上は一瞬たりとも、このせわしなく欲深いナチス協力者たちの姿を見ていられなかった。これら一つ一つの物と結びついている人々の運命……その本来の所有者は今、間違いなく死に向かう途上にある。そう思うと涙が溢れた。すばやく拭いとり、歯を食いしばって東の方角に歩いていった。眠って力を蓄えよう。明朝はメルテンに面会するのだ。アルトゥール・クラウスとヴェルナー・ヒルデブラントを監獄から出し、家族を何とかして見つけだし、共に逃げるのだ。この恐怖から。

イザークは通行人を見つめて、彼らがそのコートを、帽子を、毛皮のストールをどこで手に入れたのだろうと考えたくなくて、できるかぎり視線を地面に向けていた。

フラウエントールグラーベンへと道を曲がろうとしたとき、突然、背後で足音がした。立ち止まって辺りを見回した。疑わしいものは何もなかった。イザークは不吉な思いを振り払い、歩きつづけた。数メートル行ったところで、また足音が聞こえた。彼は名付けがたい不快感に襲われた。それは獲物に授かった原始的な、原本能のようなものだった。

自分は尾けられている。

イザークは足をゆるめ、つぎの路地に入って待っていた。

事実、程なく、コートの衿を立て帽子を目深にかぶった一人の男が角を曲がってきた。

イザークはすぐに見破った。バーデという名のノスケの部下だ。

バーデは嵌められたことを意に介していないように見えた。コートのポケットに手を突っ込み、爪楊枝を唇に挟んで、にやにや笑いながらイザークのほうに向かってきた。「ヴァイスマン親衛隊少佐、あなただろうと思っていました」彼は腕を伸ばした。「ジークハイル！」

イザークは微笑を浮かべた。「わたしの思い違いでなければ、バーデ親衛隊軍曹でしょう」

「素晴らしい」バーデのにやにや笑いは大きくなった。「お会いできてよかった。あなたは方角を間違えておられますよ」

イザークは訝しげな顔をした。

「エリック・ガウガーから聞いたのですが、今日、あなたは友愛会館でのボクシング試合に行かれるそうですね。会館はあちらの方角です。あなたは運がよかった——わたしはちょうど、そこへ行こうとしていたところです」彼は右のほうを指さした。

「あそこにタクシー乗り場があります。おいでになるでしょう?」

「残念ながらパスします」イザークは必死で言い訳を考えた。「死ぬほど腹がすいているもので」

「完璧です。どのみち、胃が空っぽの状態で戦うのが一番です」

「また今度にします。今日は長い一日でした」

「われわれ全員にとってそうでした。行きましょう」バーデは陽気な口調で言った。

「難しい捜査中には、少し憤激をぶちまけると気分が爽快になることを、わたしは経験から知っています。おまけに、みんな、大チャンピオンにたいして、もう興味津々です」

「エリックはすごく大げさなんです」イザークは拒否の身振りをした。「わたしは彼が思っているほどうまくはない」

「そんなに謙遜しないでください。ガウガーはあなたのパンチ力とフットワークのことを夢中になって話していました。通常、彼は大げさなことは言わないのですが」

「もうずっと以前の話です」イザークは反論した。「今のわたしは太りすぎている」

バーデは一歩退き、イザークをじろじろ眺め、これ見よがしにゆっくりとイザークの身体に視線をさまよわせた。「とてもよくトレーニングされているように見えますよ」

イザークは弾薬工場で辛い強制労働をさせられたことを思い出した。「今のところ元気だが、持久力については改めるべきところが多々あります」

「さあ、行きましょう。一、二ラウンドだけです。気晴らしになりますよ」

「古い傷があって、それが……」

「ご冗談を」バーデは手を振って拒否した。「たった今、あなたを観察していましたが、まるでアスリートのような動き方をされる」

イザークはさらなる言い訳を探したが、もう何も思いつかなかった。少なくとも、すぐにバーデを論破できるようなものは何も。この親衛隊士官は彼を友愛会館に引っぱっていくことを自分の使命だと宣言しているかのようだった。

そうだろうとも。突然、イザークは理解した。ヘルツル夫人との騒ぎがあったことから、ゲシュタポの連中は彼がどこかおかしいと感じたのだろう。だからバーデは彼を尾行した。彼に狙いを定めたのだ。

「行きましょうか？」

イザークはため息をついた。「わたしは構わないが」他に選択肢がなかったので、彼は運命に身を委ねてバーデのあとからついていった。何があってもリングに上がってはならない。もしそうなったら負けるに決まっている。

「ベルリンの話でもしてください」車に乗り込み、東のメーゲルドルフのほうに向かっていきながら、バーデは求めた。

「ああ、ご存じのように、わたしは仕事の虫でして、あまり外出はしないのです。フランクフルト、ベルリン、ニュルンベルク。わたしにとってはどこも、それほど違いはありません」

「では、ワルシャワはどうでしか？」

イザークは黙っていた。

「あそこで最近、事件を解決されたんじゃありませんか？」

「国家機密だ」

今回ほど、車での走行が長く感じられたことはなかった。バーデはイザークに根掘り葉掘り質問する。それゆえ、車がやっと停まったときは喜んだと言ってもよかった。

彼らは小さな城のような外観のヴィラの前で車から降りた。建物はぐるっと、切妻壁と張り出し窓で飾られ、屋根には鉤十字の旗がはためいていた。

「元々は、どのグループに所属しておられるのですか？」車寄せから入り口まで行く途中、バーデは訊いた。

イザークは聞いていなかった振りをし、ベルに触れた。

「どのグループに……」バーデはあらためて訊こうとした。

その瞬間、ドアが開いた。エリック・ガウガーは喜色満面だった。イザークは彼に会えて、ほんとうに嬉しかった。何事もバーデの尋問よりはましだった。「おお、アドルフ、やったじゃないか。きみに会えて、こんな嬉しいことはない」

「エリック、この好機を見逃すはずがないじゃないか」イザークは彼の肩を叩いた。

ガウガーはなお一層、顔を輝かせた。「なかに入ってくれ。ほかの連中はきみに会えるのを今か今かと待っている。ちなみに、きみの最大の崇拝者もここに来ている」

「崇拝者？」

イザークはそれ以上の説明を受けなかった。ガウガーは彼の先に立って廊下を急ぎ、突き当たりの大きな二重観音開きのドアの前に佇んでいた。「よく来てくれた」

彼らは巨大な広間に足を踏み入れた。きわめて高貴な印象を与え、ここメーゲルドルフよりもむしろニュルンベルク城にこそ相応しく思われた。床は暗褐色の厚板で飾られ、天井までとどく高い窓の両側には長くて重い錦織のカーテンが吊るされていた。室内は二つのどっしりとしたクリスタルのシャンデリアで照らされ、そして当然ながら鉤十字の旗も欠けてはならないものだった。同じく、ヒトラー総統の等身大の肖像画も不可欠だった。

この雰囲気にそぐわないのは臭いだった。ビール、汗、男性ホルモンの臭いがした。誰も彼らに注意を払わなかった。すべての客は部屋の中央に目を向けている。

「やれえ」誰かが叫んだ。「さあ、もう殴ってしまえ」

「何を待ってる？」もう一人が同調した。「自分の実力を見せつけるんだ」

戦線では自分の男らしさと豪勇を立証する可能性がないのかもしれないとイザークは思いながら、ガウガーのあとについて出席者のあいだをくぐり抜けていった。つまりこの英雄たちは、弾丸や破甲榴弾ではなく、せいぜいのところ両方の拳が飛んでくるだけの守られた枠のなかで、優劣を競うほうを好んでいるかに見えた。

彼はようやく、全員の目が何に向けられているのかを見て取ることができた。広間の中央に四脚の椅子と一本のザイルから成る臨時のリングが設けられていた。そのなかで二人の男が互いにぐるぐると踊るようにはね回っていた。靴も衣服も脱ぎ、両手はガーゼの包帯で巻いている。イザークが驚いたのは、二人のうちの一人がシュミットだったことだ。

若いシュミットの動きは巧みだった。敏捷で、パンチは確実かつ素早く効いた。少しのあいだ対戦相手はうまく彼をかわしていたが、つぎにシュミットが最初の有効打を命中させた。相手の鼻から血がほとばしり出てきた。見物人たちはぶうぶう不平を鳴らし、相手は両手を高く上げた。どうやら放棄したという合図のようだ。鐘が鳴らされ、控えめな拍手喝采がそれにつづいた。

シュミットは微笑を浮かべ、リングを囲んでいる人々に目をやった。そして、イザークを見つけると目を大きく見開いた。「本当に来ていらしたんですね」彼は大声で言い、ザイルを跳び越えてきた。

「いったい、こんなところで何をしているんだ?」イザークは訊いた。

「わたしは定期的にニュルンベルクのスポーツクラブでボクシングをしています。そして、ときどき、ここでも自分の力を発揮させてもらっています」

「うまくやっつけたな。文字どおり」

シュミットはもっとも厳しい先生から褒められた子どものように顔を赤らめた。

「本当にそう思われますか?」彼は顔の汗を拭い、包帯をほどきはじめた。「あなたもボクシングをなさると今日はじめて知りました。しかもチャンピオンになられたこともあると」

イザークはため息をついた。「以前のことだ。ずっと以前」彼はそこで言葉を切った。ある考えが生まれたからだ。「ここから消えよう。どこか、もっと静かで、落ちついて話のできるところへ行こう。話すことが思っていたよりたくさんあるようだ」

シュミットが反応を示さぬうちに、バーデが二人のそばに歩み寄った。「では、あなたがどれくらい力があるのか、ちょっと拝見させていただきましょう」彼は上着を脱ぎ、シャツのボタンをはずした。

何が起きたのかイザークが理解しないうちに、ガウガーが臨時のリングのなかに入った。「諸君」彼は呼ばわり、鐘を鳴らした。「手短かにお知らせしたいことがあります。つぎに、とびっきりの勝負がおこなわれるのをお知らせできますのは大変光栄なことです」

居合わせた男たちは喋るのをやめて、リングのほうに近づいてきた。

「われらが友愛クラブのチャンピオンにして親衛隊軍曹のゲルハルト・バーデが格別の賓客(ひんきゃく)と戦うことになりました」ガウガーは誇らしげに胸を反らして伝えた。「その方は、ほかでもない、かつてフランクフルトでライト・ヘビー級のチャンピオンであり、現在は国の犯罪捜査専門家で、ハインリッヒ・ヒムラーの個人的友人でもあられる方です」ガウガーはイザークを指し示した。「アドルフ・ヴァイスマン親衛隊少佐をご紹介します」

歓声が上がり、拍手喝采が起きた。

「もうしばらく、ここに居なければならないようですね」シュミットが言った。「逃げだすのはあとでもできるでしょう」

「何を待っているんですか？」バーデはザイルを越え、二、三度、宙でボクシングし、筋肉を緊張させた。一グラムも余計な脂肪がついていない鍛えられた身体をこれみよがしに見せつけた。身体を伸ばしたとき、左上腕の内側に、小さなAの字が見えた——親衛隊の悪名高き血液型刺青(いれずみ)だ。

イザークは椅子にすわり、できるだけゆっくりと靴紐をほどいた。時間稼ぎをし、計画を立てなければならない。

「彼はうまいのか？」彼はバーデを指し示した。

「彼の体重級では一番です。少なくとも、ここフランケン地方では」シュミットは彼の隣にすわり、ズボンのポケットから包帯を一巻き引っぱりだした。「彼はすばしっこくて、フットワークは完璧です。右パンチが恐れられています」

「何か弱点は？」

シュミットはうなずき、イザークの両手を指さした。彼が手を伸ばすと、シュミットはそこに包帯を置いた。「彼はたちまち傲慢(ごうまん)になり、対戦相手を見下します。戦いが彼に有利に運びだすと守備がおろそかになるんですよ。自分は安全だと思い込ませておいて、攻撃を加えるといいでしょう」

「ありがとう」イザークはシュミットに上着とシャツを渡した。その際、刺青がないことがばれないようにできるだけ気をつけた。下着のシャツは着たままにしておいた——広間にいる紳士たちとは反対に、彼はここ何年何ヵ月も、たっぷり食事をとったことがなく、あくせく働いてきた。肋骨がくっきり浮きでていることも、多くの青痣があることも、みんなに見られてはならなかった。

「用意はいいですか？」ガウガーが呼ばわった。

否と答えたかったが、そうはせず、イザークはうなずいてリング内に入り、バーデと向き合って立った。

「国の規則が適用されます。どちらの側も両腕を高く上げることによって、戦いの終了を表明することができます」

イザークは心のなかで呻いた。彼はせいぜいのところ右腕を上げることしかできず、何があろうと左腕を上げてはならなかった。それゆえ、彼がラウンド途中に試合終了させることはあり得なかった。

「さあ、では、諸君」ガウガーは叫んだ。「苦痛はすぐに消えていく。名誉は不滅だ」その言葉とともに鐘が鳴らされた。

バーデの拳はすぐさま宙に向かって飛びだした。彼は左右のコンビネーションを、イザークの顔の真ん中に食らわせた。

鼻から血がほとばしり出て、彼の白い畝織の肌着を汚した。口と喉に金属的な味が拡がった。

ふたたび立ち直ろうとするより早く、バーデは新たな攻撃に移ろうとした。今度はイザークの腎臓と肝臓を狙った。

イザークには有効打を食らわせるチャンスはなかった。彼はかわし、防御し、こらえることにのみ追われていた。

一ラウンドはどれくらい続くのだろう？　どうして誰も、あのいまいましい鐘を鳴らさないのだろう？

バーデの拳が連続集中砲火のようにイザークを殴った。胸、腹、首、上腕――免れたところは皆無だった。

イザークは持ちこたえようとしたが、いつのまにか誰かがスイッチを作動させたかのように目の前が真っ黒になった。彼はバランスを失い、床に倒れていった。

彼は固い床板に荒っぽくぶつかった。目をしばたたかせ、上を見上げると、バーデが勝ち誇ったにやにや笑いを浮かべて見下ろしていた。その隣にガウガーがいて、とても信じられないという目をしていた。観衆の男たちが嘲（あざけ）りの言葉を囁いていた。

「とんだチャンピオンだ」

「シャツの男に勝ち目がないのは、のっけから分かっていたさ」

イザークは勇気を奮って立ちあがろうとした。身体は痛みの固まり、脚はゆらゆら揺れるプリンのようだった。

「だいじょうぶか？」ガウガーが訊いた。

「すぐに」イザークは顔から血を拭った。

「やめてもいいんだぞ」

いいや、それはできなかった。イザークはシュミットの言葉を思い浮かべた。〈戦いが有利に運びだすと、彼は防御をおろそかにします〉彼は深呼吸し、両手の拳を固め、ナチスが彼の古書店を奪った日のこと、彼とクララがナチスのせいで別れなければならなかった瞬間を思い起こした。家族のこと、議事録のこと、風にひるがえっていた名札のこと、絹のストッキングのことを思った。

鐘が鳴った。

「千百万人」彼は呟いた。彼に何が起きたのかバーデがまだ気づかぬうちに、イザークは身構え、怒りのすべてを一撃に込めた。

それは相手の顎に命中した。バーデはよろめき、その顔から傲慢さが消えた。彼がどうにかして反撃に出ようとするより早く、イザークはあらためて攻撃を加えた。何度も何度も。彼は千百万回、殴りたかった。

バーデはぐったりし、くずおれ、身動きもせず横たわって動かなくなった。

広間中に不気味な静寂が拡がった。

ガウガーはリング内に跳び下り、バーデのそばにしゃがみ込んだ。「……五、六、七、八、九……」

ガウガーが十まで数えきらないうちに、観衆は拍手喝采しはじめた。

イザークは床に血を吐き、笑いだした。本当にやってのけたんだ。自分がどうなっているのかも分からずにいるうちに、ガウガーが彼の左腕をつかみ、さっと高く引き上げた。「勝者が決定した」ガウガーは叫んだ。

そのあとは、すべてが迅速に運んだ。シュミットが片手に氷の袋、もう一方の手にタオルを持ってリングのなかに駆け込んできた。ガウガーは観衆が興奮して喋りまくっているぞ、と陶酔したようにイザークに向かって力説した。

だが、イザークの目はバーデしか見ていなかった——血まみれになって目の前の床に倒れているバーデ。その視線は今、イザークの左腕に向けられていた。腋の近くの例の場所。血液型の刺青の入っていないところに。

# 35

クララは両腕を身体に巻きつけていた。菜園小屋は氷のように冷たかった。小型ストーブの火がまた消えてしまったようだ。彼女は毛布をはいで立ち上がったが、そう簡単なことではなかった。首はこわばり、肩は凝り——身体中が凍ってしまったかのように感じられた。

ストーブいっぱいに薪と丸めた新聞紙を入れ、かじかんだ指でマッチを擦ったが、五回目でやっとうまく点火できた。

ようやく炎がめらめらと燃え上がると、彼女はふたたび毛布の下に潜り込み、膝を胸まで引き寄せて寝入ろうとした。「もう、そんなに長くはない」自分によく言い聞かせた。「明後日の午後三時には完了する」文書の引き渡しまであと何時間あるかを考えようとしていたとき、ドアが激しくノックされた。彼女は驚いて飛び上がり、「まさか」と呟いた。

あってはならないことだ。ヴァンゼー議事録を枕の下から引きずりだし、あたりを見回した。ゲシュタポが来たのだとすれば、これをどこかに隠しておかなければならない。でも、どこに？　彼女は議事録を巻いて、一枚のゆるんだ床板の下に押し込んだ。

またぞろノックが。今度は執拗だった。

クララはセーターとコートを着て、自分の両手を見たが、抑えられないほど震えていた――今は寒さのせいではなかった。彼女はドアを開けたが、安堵したせいで、ほとんど泣きだしそうになった。

「ヴィリー！　頭がおかしいんじゃない？　死ぬほど驚いたわ」彼女は胸に手をやった。「こんな時間に誰かがノックしたら、ふつうはどういう意味か、分かっているでしょう」

「どうすれば良かったんだ？　あっさりドアを蹴り開けたらいいのか？」ヴィリーはクララの脇を通って小屋のなかに入ってきた。

「ここに何の用があるの？」彼女はコートをなお一層しっかりと閉じて、両腕を組んだ。「ルビンシュタイン家の逃亡はうまくいったの？　みんな無事なの？」

「そう。無事だ。彼らはスイスに向かっている途中だ。取り決めたとおり」

「六人全員？　イザークも？」

「取り決めたとおりだ」ヴィリーはくり返した。「ぼく自身が彼らをゲルンズハイムまで送り、彼らがカッター船に乗っていく様子を見ていた」

クララは喜ぶと同時に、胸が痛んだ。イザークは国を去っていったのだ。永久に。もう二度と再会することはないだろう。

「ありがとう」彼女は言い、ストーブに両手をかざし、ゆっくりと拡がってくる心地よい温もりを感じて緊張を解いた。「何の用事で来たのか、まだ明かしてくれていないわね」

「お詫びをするために来たんだ。この前の」

「もういいのよ」クララはほほ笑んだ。「わたしたちは全員、ぴりぴりしているのよ」

「さあ、これを。食べ物が足りているかどうか分からなかったんだ」ヴィリーは彼女にパンの塊を半個とジャムを一瓶渡した。「うまくいった？　文書は手に入れた？」

彼女はうなずき、貪るようにパンを千切ってジャムに浸した。

「文書はどこ？　で、きみはイギリスの密偵にいつ会うんだ？」

クララはパンの一切れを口に入れ、顎からパン屑を拭いとって、ためらうようにヴィリーを見つめた。「どうして、そんなことを知りたいの？」

ヴィリーは彼女に歩み寄り、その肩をつかんだ。「よく考えるんだ、クララ」彼は強く訴えかけるような口調で言った。「もしきみの身に何か起きたら、ラグナレク計画を救えるのはぼく一人しかいない」

「ああ、そう……」クララはもう一口、パンをかじった。「わたしの身には何も起きないわ」

「アルトゥールもその他の連中も、同じように考えていた」

「引き渡しまで、もう長くはかからないわ。四十八時間余りよ。それまでのあいだ、文書が無事であるように何とか切り抜けてみせるわ」

ヴィリーは長いあいだ彼女を見つめていた。「ぼくはそうは思わない」しまいに、彼は言った。

「そんな暗い見方をするのは止めて。それに、わたしをそんな風に睨みつけないでよ。不安になるじゃないの」

「あたりまえだ」ヴィリーは無言でポケットから拳銃を抜いて、クララに向けた。彼女は食べ物を落とした。かすかな音をたてて瓶が割れ、苺（いちご）のジャムがこぼれて床に拡がった。

「あなたが？」クララの目に涙がこみ上げた。怒りの涙。ヴィリーへの怒りは自分自身への怒りでもあった。予感しているべきだった。「どうして？」彼女は訊き、気づかれないようにそっと小屋中を見まわした。

「ナチスが勝利するからだ。数ヵ月したら世界は彼らのものになる。ぼくは不可能な夢のために自分の人生を犠牲にしたくはない」

「不可能じゃないわ。皆で協力すれば、わたしたち……」

「新聞を読み、ラジオを聴いてみろ。彼らを阻止するのは無理だ」

「それはプロパガンダに過ぎないわ。かりに真実だとしても……戦わずに悪に支配されるよりは、善のために死ぬほうがましじゃないの？」彼女はすぐそばの机に置かれていたナイフにゆっくりと手を伸ばした。

「止めたほうがいい」ヴィリーは彼女の腕をつかんだ。「文書はどこにある？」

彼女はヴィリーの足元に唾を吐いた。「ここにはないわ」

ヴィリーは身構え、クララの顔を殴った。「どこにあるのか、すぐに言うんだ」

彼女の唇はぱっくり開き、血が床に滴り落ちた。その暗い紅色がジャムの明るい紅色と混じり合った。「言うもんですか」

「そんなに面倒をかけないでくれよ。見れば分かるだろう。この小屋は二十平方メートルもない。文書を探しだすのに、どれくらい時間がかかると思ってるんだ？」

「ここに文書があると誰が言ったのよ？　わたしの住居のほうにあるかもしれない、あるいは、外の野菜畑に埋めてあるかもしれない」

「いや違う。きみはそんなことはしない。さあ、どこにあるのか言えよ」彼はあらためて身構え、無言の脅しのように片手を宙でゆらゆらさせた。

「自殺したほうがましだわ」

「心配無用だ。他のやつらがきみに代わってやるだろう」ヴィリーは彼女を殴ったが、あまりにも激しかったので彼女は壁にぶち当たり、くずれるように床に倒れた。

クララは顔をさわり、血まみれの手をじっと見た。「ルビンシュタイン一家はどうなったの？」

ヴィリーは肩をすくめた。「何も」

「彼らに何をしたの？」

「もう言っただろう。何もしていない。金曜日に一家を隠れ場に連れていき、鍵をかけ、そのあとは、きょうびユダヤ人にたいして取るべき最善の方法を選んだ。つまり、彼らから遠ざかっていることだ」

「捕らえておくだけではすまないのよ。飢えと渇きで死んでしまうかもしれないのに」

「心配は要らない。文書が手に入りしだい、ぼくは知っているかぎりのことをゲシュタポに話す。きみのこと、アルトゥールのこと、〈フランケンの自由〉のこと、そしてもちろんルビンシュタイン一家のことも。そうすれば彼らはもうスイスには行かず、東部に行くことになる。そして小鳩ちゃん、きみは処刑される。じつに残念だ」

彼はナイフに手を伸ばし、それでマットレスを切り裂き、馬の毛の詰め物を引きずりだした。

クララはその様子をじっと見ていた。彼はイザークのことは何も言わなかった。おそらく彼はイザークをも無視し、ヨハニス通りで待たせたままにしておいたのだろう。イザーク。彼女の唇は無音で形づくった。イザーク。今、すべてを救うことができるのは彼ただ一人だ。

一九四二年三月二十三日　月曜日

# 36

イザークはその夜の半分は目を閉じることができなかった。身体中の筋がボクシング試合で受けた殴打のために痛んだ。だが、それより酷いのは不安のほうだった。バーデが彼の正体を見破り、ノスケの手下の者たちが逮捕しに来るのではないかという不安だ。

しかし、誰も来なかった。何も起きなかった。きーっというブレーキ音も、ホテルの廊下を進んでくる重い足音も、ドアをノックする音も聞こえてこなかった。

バーデは意識が朦朧としていたために血液型の刺青がなかったことに気づかなかったのか、それとも、もっと証拠を集めようとしているのか、そのいずれかだろう。その場合、イザークの破滅が確実になるまで、あと何時間もなかった。

チャンスは一つしかない。できるだけ早くやってのけなければならない。少なくともアルトゥール・クラウスを監獄から出し、一緒に身を隠すのだ。ヴェルナー・ヒルデブラントも救いだすことができるかどうかは、やってみないと分からない。

アドルフ・ヴァイスマンの化けの皮が剝がれ落ちてきた。

時計がかちかち音をたてている。

イザークは苦心惨憺しながら起き上がり、顔を洗い、傷んだ鼻と腫れ上がった目にそっと触れた。さわるたびに、激しい痛みが走った。

寝室に戻る途中、彼は特別室のテーブルに置かれたアドルフ・ヴァイスマンのパスポートに目をやった。開いて写真を見た。面識はないのに見慣れたその顔を、しげしげと眺めた。

「きみはどこにいるのだ?」彼は呟いた。

「少佐殿?」突然、ドアの前でシュミットの声がし、つづいてノックの音がした。

「もうお目覚めですか?」

イザークはぱっと目を開けた。こんな朝早くに何の用だろう?

彼はシャツを引っかぶり、足を引きずりながらドアまで行った。「ああ」彼はためらいがちに言うと、ドアを開け、シュミットが一人で来たことを確認してほっとした。

シュミットは彼に塗布用アルコールの瓶とアスピリンを一箱渡した。「痛みに効きます。昨日、お持ち帰りいただくべきでした」彼はイザークの顔を指し示した。

「親切に、どうもありがとう」イザークはほほ笑んだが、唇が引きつった。「なかに入りなさい」彼は脇によけた。だが、シュミットは立ったままだった。

「メルテン准将の使いで参りました。お会いになりたいそうです」

イザークのほほ笑みが消えた。「理由は言われたか?」

シュミットはかぶりを振った。「急用だと言われただけです」

イザークの内部にパニックが拡がり、心臓の鼓動が早まり、額に汗が噴きでてきた。彼はアスピリンを二個呑み下し、ゆっくりと服を着ながら考えた。逃げるべきか? 逃げるにしてもどこへ? その場合、クラウス、ヒルデブラント、そして家族はどうなるのだ? 彼には服を着てシュミットのあとから、ホテルの前で待っている車に乗り込むことしか残されていなかった。車が本部に近づくにつれて懸念は強まっていった。

旧市街は混雑していた。車がクラクションを鳴らし、オートバイが轟音をたててそばを突進していき、すんでのところで、松葉杖にすがって道を渡ろうとしていた片脚の郵便配達人を轢きそうになった。

「どこもかしこも未亡人と身体障害者ばかり」運転手は呟き、ゲシュタポ本部の前で車を停めた。

「わたしにはまだ、急いで片づけなければならないことがある」建物のなかに入ったあと、イザークは、はっきりと言った。

シュミットはびっくりした様子だった。「でも、メルテン准将が……」

「先に行ってくれ。すぐにあとから行くから」

「でも、どこへ行かれるのですか？」

「最後の証言が必要なのだ」イザークは咄嗟に言った。「そのあとで、ロッテ・ラナーの殺人犯が発表できる。メルテン准将がわたしを呼びだされたのは、きっと、この事件に決着をつけたいからだろう。わたしは准将を失望させたくないだけなんだ」

「わたしもご一緒に……」

「すぐに行くから」イザークが断言したので、シュミットはうなずき、立ち去った。

イザークはシュミットが姿を消すまで待ってから、監獄のある建物翼部の入り口に向かって足を早めた。

彼は暴力が嫌いだったが、それを使う以外に道はないかもしれない。前夜、バーデをノックダウンしたように看守にたいしても、そうするかもしれない。そのあと、彼から鍵と武器を奪い、クラウスとヒルデブラントを連れだし、姿を消すつもりだ。

「ハイル・ヒトラー」看守は跳び上がり、背筋をぴんと伸ばした。「残念です。来られるのが遅すぎました」イザークが自分の計画を実行に移さないうちに、看守は言った。

「遅すぎた？」イザークは度肝を抜かれて訊いた。

「そうです。それとも、アルトゥール・クラウスに会うために来られたのではないのですか？」

「いや、そのために来た」

「やっぱりそうですか。それには遅すぎました。残念です」

「なぜだ？　何があったんだ？」恐ろしい光景がイザークの脳裏に浮かんだ。クラウスは死ぬほどの拷問にかけられたのか？　射殺されたのか？　撲殺されたのか？

「もうちょっとで間に合ったのですが。彼は他の者たちと一緒に、数分前に連行されていきました」監守は同情するようにイザークを見つめた。

「誰に？　どこに連れていかれたのだ？」

「何もご存じないのですか？　通知を受けておられたかと思いましたが」

「いや、もし知っていたら、ここには来ていなかっただろう。わたしの質問に答えてくれ」

「昨夜、通報者が一人現れて〈フランケンの自由〉が有罪であると証言したのです。ならず者たちは裁判所に向かっています。今日のうちにも反逆罪と国家機密漏洩罪のかどで裁判にかけられるでしょう」

「通報者？　昨夜？　どうしたら今日のうちに裁判をおこなうことができるのだ？　訴訟手続きのために弁護士は準備が必要じゃないのか？」

看守は驚いたようにイザークを見つめた。「大袈裟（おおげさ）な準備など要りますか？　事態は明らかです。全員が有罪です。その上、国民衛生上の問題でもあります。この連中は治安妨害者であり最悪の煽動者。伝染病の発生源です。有罪の判決が早く下りれば下りるほどよいのです。腫瘍ができたら、なるべく早く除去したいじゃありませんか」

イザークはそれ以上は耳を傾けまいと決心した。「ヴェルナー・ヒルデブラントはどうなった？」

「あなたのお蔭で分かったことですが、彼もレジスタンスの一味です。それゆえ、彼も今日、法廷に立ちます」

「くそっ」イザークは他にどうすることもできず、机を叩いた。「裁判のあと、被告たちはどうなるんだ？　ここへ連れ戻されるのか？」

「判決によりけりです」看守は肩をすくめた。「わたしは、その前提には立ちませんが」

イザークは向きを変え、姿を消そうかと思った。公判はフュルター通りの裁判所でおこなわれる。車なら五分で行ける。だが、どうやってクラウスとヒルデブラントを救出したらいいのだろう？　裁判所における監視は少なくともここと同じくらい厳しい。より厳しくはないにしても。あらためて、彼は歴史上もっとも有名な逃亡のことを考えた。カール二世、ヤコブ五世、ハインリッヒ四世。どの場合も彼の助けにはならなかった。

「女は」看守はイザークの後ろから呼びかけた。「この前、あなたがお尋ねになっていた女。クララ・ププリューガー……」

イザークは立ち止まった。顔から血の気が引いた。どうか彼女が通報者だったと言わないでくれ。彼は心のなかで懇願した。

「彼女がどうした？」

「彼女も昨夕、逮捕されました。やはり今日、裁判にかけられます」

イザークはそれ以上は一言も発することなく走り去った。クララ。彼女が通報者ではなかった。彼はずっと、そう信じていたのだ。

それを知ったことは慰めになったが、同時に、彼女の逮捕によって彼にはさらなる重圧が加わった。クラウス、ヒルデブラント、彼の家族、さらにはクララ。彼ら全員の命が危険にさらされている。いったいどうすればいいのだ？

それ以上は考えるわけにいかなくなった。玄関ホールでシュミットが彼のほうに向かってきたからだ。

「囚人たちはもうここにはいません」シュミットは大声で言った。「メルテン准将から、彼らが裁判にかけられると知らされたところです」

「わたしも今、それを確認した」

いことでした」

「あなたが彼らについて、さらなる情報を必要としておいでになるとは思いもよらな

イザークは息をはずませた。「捜査というのはそういうものだ」彼は叱りつけた。「真実はたいてい、急激にではなく重層的に明らかになってくる。容疑者と証人には何度も尋問しなければならない場合が多いのだ」

「どうぞこちらへ。メルテン准将と話しましょう。彼なら質問の機会を作ってくれるかもしれません」

イザークはためらった。「メルテン准将はどういう用事で、わたしを呼ばれたのか?」

シュミットはうなずいた。「あなたが思っておられたとおり、ロッテ・ラナー事件についてです」

イザークは立ち上がった。「よし」彼は言うと、シュミットのあとからメルテンの執務室に向かった。

「まあ、驚いた」ウルスラ・フォン・ラーンは不機嫌を隠そうともしなかった。彼女はイザークの痛めつけられた顔を見てふくれっ面をし、深紅の唇を突きだした。「じゃあ、ガウガーさんとボクシングされたんですね。とんでもないわ。お楽しみのためにこの町にいらしたわけじゃないのに」

「信じてください」イザークは腫れ上がった目と折れた鼻を指さした。「こんなものが、楽しみであるわけがありません」

彼女は何か意味不明のことを呟き、メルテンの執務室のドアを指し示した。「さっきからお待ちですよ」

イザークは軽くノックし、シュミットと共に部屋に入っていった。

「やっと来たか」

メルテンは腹立たしげだった。待つことに慣れていないのは明らかだった。だが、ほかにも何かがあった。ただならぬ雰囲気が漂っていた。

メルテンが書き物机の向こう側の椅子を示したので、イザークはそれにすわった。シュミットはその横に立っていた。

「お話があるそうですが」イザークは何とか不安を隠していた。

「ノスケ中佐はすでに難関を突破したとあちこちで言い触らしていた」メルテンはいきなり本題に入った。イザークはその声にある種の失望を感じとらない訳にはいかなかった。「ほんとうかね？」

メルテンはノスケが犯人であることを願っている。イザークはそう理解した。

「まあ、そうですね」イザークは言いかけたが、新たに知り得たことを利用する決心をした。「残念ながら、そうはっきりとは言えなくなってきました。新たな事実が明らかになり、これまで集めてきた証拠に別の角度から光を当てる必要が生じたのです。ノスケ中佐にとっては不利になるかと」イザークはシュミットの唖然とした表情を無視した。「ですから、急いでもう一度、何人かの囚人と話がしたいのです。証人であるかもしれませんので。ところが、驚いたことに彼らはもう監獄には居らず、裁判所にいることが分かったのです」イザークは脚を組み、後ろにもたれかかった。「わたしの介入できない領域です」

「分かった」メルテンの表情が明るくなった。「フォン・ラーンさん」彼は呼んだ。一瞬後、秘書は昂然と頭を上げて部屋に入ってきた。「何かご用でしょうか?」彼女はメルテンにほほ笑みかけたが、これ見よがしにイザークを無視した。

「ヴァイスマン氏のために許可書を発行してください。裁判所で一人の囚人に尋問できるように」

「三人の囚人です」イザークは言った。

「三人?」シュミットは訊いた。

「アルトゥール・クラウス、ヴェルナー・ヒルデブラント、そしてクララ・プフリューガー」イザークは口述した。

ウルスラ・フォン・ラーンは彼を見なかった。その視線はじっとメルテンに向けられていた。メルテンがうなずくと、彼女は控え室に姿を消した。

「クララ・プフリューガー?」シュミットは訊いた。

「説明はあとまわしだ。残念ながら時間が切迫している」

「きみが複雑な人だとフォン・ラーン嬢は言っていたが、当たっているようだな」メルテンは言外に楽しげな響きをこめて言った。

「彼女はわたしについて複雑と言ったようだが、わたしなら専門的だと言うだろう」イザークは立ち上がり、本棚まで歩いていった。「こんなに多くの稀覯本。こんなに多くの美しい本」彼は愛情をこめて革の表紙と金色に型押しされた文字に視線をさまよわせた。彼はあのトラック、木箱、長持ち、絹のストッキングのことを思った。これらの本はもともとは誰のものだったのだろう?

寄木張りの床にあたるハイヒールの音に、彼は現実に立ち返った。

「どうぞ」ウルスラ・フォン・ラーンは言うと、三枚の紙をメルテンの机の上に置いた。

メルテンは躍動的な筆致で署名し、イザークに渡した。

「まことにありがとうございます」イザークは言って、辞去した。

「新たな事実とは何のことですか?」廊下に出るや否や、シュミットは訊いた。「別の角度から当てる光とは何ですか?」

「昨夜、いくつか思いついたことがあるのだ」イザークは話しはじめたが、許可書をじっと見つめているうちに、頭のなかにある計画がはっきりとした形を取っていった。

「いつからクラウスとヒルデブラントは証人かもしれないと思われたのですか？　そして、クララ・プフリューガーとは何者ですか？」

「もしかしたら……」イザークはそこで黙った。突然、あることを思いついたのだ。

「……証人かもしれない」

彼は電気工についての描写、クララの衣装箪笥にあった緑色のドレス、そして、『賢者ナタン』のなかにあった献辞のことを思った。本当にそんなことがあり得るのか？

「いったい、どこに行かれるのですか？」

「わたしは執務室から少し取ってきたいものがある」イザークはありのままを言った。

「そしてきみは……」彼は少し考えた。「きみにはきわめて重要な任務がある」

「いったいここで何が起きているのか、もういい加減に話してくださいませんか？」

イザークはその問いを無視した。「ザウアー夫人のところへ行ってくれたまえ」彼は言った。「彼女の旧姓を訊いてくるのだ」彼はシュミットの肩をつかんだ。「わたしを信じてほしい」彼はシュミットにたいしてというより、むしろ自分自身に言った。

「もうすぐ、すべてに決着がつく」

# 37

アルトゥール・クラウスは囚人の最後の一人として、上級地方裁判所の板張りの大会議場に連行されていった。裁判所の建物のなかでもっとも大きく、自由に使えるその部屋は、どこもかしこも鉤十字の旗で飾られ、はち切れんばかりに人が入っていた。聴衆たちは押し合いへし合いしながら、びっしりと並び、立錐(りっすい)の余地もないありさまだった。

聴衆と報道陣の存在は担当裁判官にとってこの上なく好都合なことだった——見守る者が多ければ多いほどよかった。見せしめのための公開裁判ができるだけ多くの人々によって注目され、そして、その知らせが国中に拡がることが、ナチスにとっては重要だった。政府に反対する者、独自の意見を持つ者、個人的なモラルの指針にあえて従う者には厳しい処罰が待ち受けていた。

アルトゥールはできるかぎり背筋を伸ばし、堂々と進んでいったが、それは決して簡単なことではなかった。ゲシュタポの連中は彼を辱めるために全力を尽くしていた。

清潔な衣類は禁じられ、ベルトは取りはずされたため、ズボンがひっきりなしにずり落ち、彼は縛られた両手でそれをしっかり押さえていなければならなかった。

ひそひそ話と囁きが会議場を満たすなかで、アルトゥールは廷吏によって被告席に導かれていった。全員の目が彼に向けられていた。聴衆の多くが彼を憎しみに満ちた目で睨み、それ以外の者たちは彼をあざ笑ったり鼻を鳴らしたりしていた。

「不潔な男」一人の女性がひそひそ声で言ったが、それが彼の外見か、それとも、彼がレジスタンスの闘士であり、殺人犯として罪を着せられている事実をあてこすったのかは明らかではなかった。

「売国奴」一人の老人が罵った。「処刑しろ、この下司野郎を」彼はアルトゥールの前の床に唾を吐いた。

誰も介入しなかった。老人の罵りをたしなめる者はなく、せめて喋らせまいとする者さえいなかった。

アルトゥールは眉一つ動かさなかった。感情は見せまい、このセンセーション好きの群衆を満足させまいと思っていた。だが、やっと被告席まで来たとき、そのもくろみは持ちこたえられそうもないと認めるしかなかった。勇敢な同志たちの拷問の跡がはっきりと見てとれる灰色のやつれた顔を見て、彼の目に涙がにじみでてきた。

各々が重罪犯のように二人の警官に監視されていた。被告たちはみな彼と同じように汚く衰弱した印象を与えた。アルトゥールはつぎつぎに顔を見ていった。そして、彼女が見えた。クララだ。

彼女は恐怖のためにいっそう小さく弱々しくなったように見えた。身をかがめ、蒼白な顔の左の頰に赤みを帯びた青痣が黒っぽく浮きでていた。誰かに殴られたに違いない。彼は拳を丸めた。これら卑劣な連中は自分を勇敢な戦士、恐れを知らず非の打ち所のない高貴な騎士であるかのように演出しておきながら、女性をぶちのめしていたのだ。

彼の怒りはクララの後ろにいる痩せこけた姿に気づいたとき、すぐに鎮まり、驚きにとって代わった。ヴェルナー・ヒルデブラントがもはや見る影もなくそこにすわり、じっと自分の手を見つめていたのだ。彼はなぜここにいるのだろう?

「おい、すわるんだ」アルトゥールをここに連れてきた廷吏の一人が耳のそばでわめき、彼を木製のベンチへと荒っぽく引っぱっていった。

「あの男に礼儀作法を教えてやりたいわ」一人の女性が言った。

同意を示すざわめきが起きた。

そのあと不意に静まり返った。大会議場正面の豪華な装飾のほどこされたドアの一つが開き、深紅の長衣を着た二人の男性が入ってきた。制服を着た三人の親衛隊士官がそれにつづいた。二人のプロの裁判官と政権に忠実な三人の素人裁判官だ。この日、彼らが有罪か無罪か、生か死かを決定するらしい。

五人は聴衆のほうを向いてヒトラー敬礼をし、かぶり物を脱いだ。

アルトゥールは憎しみを露にして彼らを眺めていた。彼らは極度の偏見にとらわれていた。彼とその他の者たちにたいする判決はとっくに下されていた。このあとにつづく時間は、ほかでもない、愚かな大衆を楽しませるための演劇興行、大仕掛けな権力の誇示に過ぎなかった。

「どうして時間を節約しないんだ?」彼は大声で言った。「どうして決定されたことをすぐに発表しないんだ? もう定まっているだろうに」

〈死刑執行人〉としても有名な裁判長のオットー・ローター博士は平手で机を叩いた。「どうか黙っていてくれ」彼は叫んだ。「きみは腐った果物だ。ただ、恥知らずな振舞いだけはしないでくれたまえ」

「ここで恥知らずなのは、ただ一人、あなただ」アルトゥールは答えた。「あなたは、われわれに公平な裁判を受けさせようとは思っていない——そうに決まっている」

「何という失礼なことを言うのだ?」ローターの声はさらに大きくなった。「きみは、相応の公平な扱いを受けるのだ」

アルトゥールは跳び上がった。「ここでは正義ではなく、恣意と憎悪が支配している。わたしは、あなたから裁かれたくはない。それができるのは神のみだ」

た。

二人の廷吏が走ってきてアルトゥールを捕らえ、無理やりに彼をベンチに押し戻した。

ローターはさげすむように荒い鼻息をし、裁判を開始した。大げさに両手を拡げて動かし、耳を聾せんばかりの大声で一人また一人と容疑者を呼びだし、起訴理由を読み上げた。つづいて二、三の質問をしたが詳しくは答えさせず、たびたび侮辱したり非難したりして妨害した。その際、割れ鐘のような大声をはり上げたので、きっと、音節の一つ一つが問題なくバイロイト（ヴァーグナーの歌劇が上演される祝祭劇場がある）まで聞こえただろう。

聴衆からは同意のうなずきと賞賛のざわめきが得られた。ローターは受けを狙っている俳優のように主役を演じ、どんなにひどい仕打ちを受けても、彼を信頼し委ねているドイツ国民を守る心構えのできた愛情深い超父親的存在のように振る舞っていた。

「アルトゥール・クラウス」最後に彼は主たる刑事被告人である彼のほうを向いた。「きみは〈フランケンの自由〉の首謀者だと非難されている。それにたいして、どんな意見を述べるのか？」

アルトゥールは冷静にこらえ、クララと他の者たちを見て顎を伸ばした。「有罪だ」彼は言った。「わたしはレジスタンスの頭であり身体である。そばにいる人たちは何の罪もおかしていない」

「ほほう！」ローターのあまりの大声に、会議場の半分の人々が身をすくませた。

「笑わせないでくれ。きみはここで偉く見せたいようだな。実際のきみより偉く。哀れな威張り屋だ」

「わたしは……」アルトゥールは言いかけた。

ローターは話をさえぎった。「きみは職業的犯罪者、貪欲なごくつぶし、札つきの嘘つきだ」彼は目の前の机に置かれた文書の束から一枚を抜きとり、高く掲げた。「きみは知っているか、これが何か？」

アルトゥールはかぶりを振った。

「きみの前科簿だ」

アルトゥールは赤面した。「過去に一度やったことは、今この場の本題と無関係だ」

「いや、関係あるとも。なぜなら、それはきみの性格についての証明になるからだ」

ローターはその紙を旗であるかのように振り回した。「きみは機械工の仕事を習得していながら、真面目に正直に暮らしを立てるのでなく、ドアを開けたり金庫を破ったりする知識を身につけた。きみのせいで一連の強盗事件が起きた」

「二十年前のことだ」アルトゥールは叫んだ。「若気の過ちだった」

「とんでもない」ローターは怒り狂った。「自分を何だと思っているのだ。苦情屋、裏切り者。きみはバイ菌以外の何ものでもない。かつては真面目な市民からその蓄えを奪い、今は共謀者たちとともに戦争の推移について嘘をばらまいて国民に害をあたえ、国防力を破壊し、卑劣な妨害行為を準備していた。それだけではない」ローターはしだいに憤激してきた。その顔は赤くなり、唾が飛び散った。「聞くところによれば、きみはロッテ・ラナーの死と何らかの関わりがあるらしい。ドイツ国の看板であった彼女が命を落としたのは、きみが国民と総統のモラルを破壊しようとしたからに違いない。だが、きみは思い違いをしている」ローターは拳をふり上げた。「われわれの意志は一層、固く、決意はますます強くなった」

アルトゥールは弁護士に目をやった。自分が選んだのではなく裁判所から割り当てられた者だ。ほかの被告の弁護士たちとともに数メートル離れたところにすわっていた。意思の疎通はできず、望まれてもいないようだった。弁護士たちにはクライアントたちを助けようとする兆しすらなかった――それどころか、ローターが罵倒するたびに、不快げに首を振り、自分たちがどのような怪物を弁護することになるのか把握できていないかのようだった。

「すべて内容空疎な言葉にすぎない」アルトゥールは大声で言った。「無意味なきまり文句だ。わたしはすでに罪を引き受けた。しかし、どこにその証拠があるのだ？」

「証人が一人いる。きみたち全員が〈フランケンの自由〉に属していることを証明できる人物だ」

「この多くの者たちにたいして、たった一人の証言で対抗させるのか。では、ラナー嬢の死についてはどうなんだ？　あなたたちは何の証拠も持っていない。皆無だ」アルトゥールは跳び上がった。「われわれに有罪判決を言い渡したいのなら、その根拠が必要だ。一度、法典を調べてみたらいい」

「ここに法典はない。わたしには法典など必要ない。ここで話しているのは国民だ！」

　ローターは廷吏たちに合図し、それに応じて廷吏たちはアルトゥールをつかんで押さえつけた。二人のうちの一人が気づかれないように、みぞおちを殴ったので、アルトゥールは苦痛に身をよじった。

　ローターは証拠調べは終わっていると宣言し、ほかの裁判官たちとほんの一瞬、協議したあと、立ち上がって被告たちをじろじろ眺めた。「起立しなさい」

　彼らの多くは直立し、ローターの視線に反抗的に応じたが、それ以外の者たちは目を伏せているか、しょんぼりと涙を流しているかだった。

「きみたちは全員、恥知らずで臆病な裏切り者だ」ローターははっきりと言った。「男らしく総統に従い、ドイツ国民の敵と戦う代わりに、きみたちはわれわれの戦士たちを裏切った。それにたいする判決はただ一つしかない」ローターはそこで、わざとらしく間を置いた。

　会議場にいる全員が息を止めた。あまりの静寂さに、昆虫（こんちゅう）が窓ガラスにぶつかる音さえ聞こえそうだった。

「全国民は、きみたちのような有害な人間たちから解放されなければならない」ローターは最後に言い放った。「きみたちは選別除外された害毒の一種だ。それゆえ、死をもって罰されなければならない。きみたちの財産は国のものになる。これは確定判決であり、ただちに執行される」

クララの顔を涙が流れ落ちた。判決を受けたなかの一人は心臓に手をやり、がくりと倒れた。ヒルデブラントは相変わらず自分の手を凝視していた。

「寛大な処置をお願いする」アルトゥールは叫んだ。「わたしのためではなく、他の者たちのために。彼らには何の罪もない。わたしだけの罪だ」

「自分でもそうは思っていないのだろう」ローターは軽蔑の目で彼を見つめた。その間にも被告人たちは会議場から連れだされていった。

「せめて、互いに別れの挨拶をさせてください」クララは大声で言った。

「そんな必要はない。あと数時間すれば地獄で再会するだろう」

「わたしたち地獄であなたを待っているわ」彼女は涙にくもった声で叫んだ。「今日はわたしたちの番かもしれないけれど、すぐに、あなたが、わたしたちのあとを追うのよ」

「彼女を連れていけ」ローターはあまりにも声を張り上げたので、言葉はほとんど聞きとれなかった。「この恥知らずな連中を、わたしの前から消してしまえ」

二人の警官がアルトゥールの腋の下をつかんでぐいと引っぱり上げ、引きずるようにして連れていった。「反抗しろ！」アルトゥールは聴衆に向かって叫んだ。「自分の胸に聞け。そして、この不正にたいして戦うんだ」

だが、何も起きなかった。聴衆はただ黙って、彼を見送った。

# 38

「きれいな娘さんが、残念だな」警官の一人が言い、クララを裁判所の監獄がある翼部の長い板張り廊下を通り、戸外へと導いていった。

「彼女がそれ以外は望まなかったんだ」彼の同僚がひそひそ声で言い、クララを外壁の前に立たせた。そこではアルトゥール・クラウスがすでに自らの運命を覚悟していた。「ここで?」クララは震えながら見まわした。「ここで最期を迎えるの? 汚らしくて暗い裏庭で? ろくでなしのヴィリーのせいよ」

「当然の罰を受けるのだ。だが、まだ二、三時間はある。刑の執行はミュンヘンの物置小屋でおこなわれる。そこで……」警官はそれ以上は話さず、手刀で彼女の喉をさっと撫でた。

「申し訳ないことをした、クララ」アルトゥールは言った。「ここまでひどいことになるとは思わなかった」

「黙れ」警官の一人が怒鳴り、アルトゥールにレバーフックを食らわせた。

そのとき、一台の大型トラックが乗りつけた。クララとアルトゥールは警官たちによって乱暴にそのトラックの後部ベンチまで引っぱられていった。

「三人目はどこだ?」突然、聞き覚えのある声で誰かが訊いた。クララの胸は躍った。運転手は窓を下までおろし、三枚の書き物を差しだした。「わたしはゲオルク・メルテン准将から、ここにいる囚人たちを連れてくるようにとの明確な指示を受けた」

警官は書き物を受けとり、スタンプと署名をじっくり調べた。「すぐに来ます」警官は言った。「すでに、こちらに向かっています」

「イザーク」クララは囁いた。喜びと安堵の涙が頬を流れ落ちた。

「出発させろ」アルトゥールはひそひそ声で不満げに言った。

「すぐに」イザークは言った。「まだヒルデブラントを待っている」

「誰なの、それは?」クララは訊いた。

「何の罪もない男だ。ぼくがこのごたごたに巻き込んでしまった。彼をここに残しておくわけにはいかない」

「では、他の人たちはどうなるの?」

「ぼくには、きみたち三人を連れていくことしかできない」

アルトゥールは建物の入り口に目をやった。額には汗が吹きでていた。

「心配は要らない」イザークは彼を落ちつかせようとした。「便箋とスタンプと署名は本物だ。ただ、対話許可書が運搬命令書になるように少し言葉を書き換えた。剃刀の刃を使ってタイプライターの印字をうまく削りとり、その上から重ね書きすることができた。ただ、字の数だけは同じでなければならなかった」彼はほほ笑みを浮かべた。「インクと紙はぼくの専門領域だ。古書店主として、少なくともその一つには詳しい。彼らは何も気づかないだろう。いずれにしても、ぼくが車を取りにいったゲシュタポ駐車場の男は、書類が本物であることを一瞬たりと疑わなかった」

何分経っても、いまだに何も起きないのでイザークの自信は消えていった。なぜ、こんなに長くかかるのだろう？　彼はシュミットのことを思った。不必要な証人尋問や官僚的なやり方でごまかしてきたが、もしや、シュミットは彼の計略を見抜いたのではないだろうか？

ようやくドアが開いてヒルデブラントが姿を見せた。死人のように真っ青で、何度も足枷（あしかせ）の鎖に足がからまり、自力で歩いているというより、裏庭をさすらっているかのようだった。

アルトゥールは窓にすり寄り、クララは車のドアを開けた。そしてヒルデブラントは彼女の隣の空いた場所にすわった。

「二人目の男はどこですか？」警官が訊いた。

「彼にはまだ、片づけるべきことがある」イザークが言った。「中央入り口の前で待っている」

「分かりました」警官は彼に手錠と足枷の鍵を渡し、車のドアを閉めた。

イザークは会釈し、車を走らせていった。「わたしの家族が隠れている闇商人の倉庫は何処なんだ？」イザークはフュルター通りまで来たとき訊いた。彼は肩ごしに手錠の鍵をアルトゥールの膝に投げた。

「左に曲がれ」アルトゥールは手錠を外しながら指示を与えた。彼は手首をさすりながら、窓の外を見つめた。「シュタインビューラー通りまで行って、そこから、どんどん南に向かう。ぼくが案内する」

イザークはアクセルを踏み、車を突進させていった。

車のなかは静かだった。この日、何が起きたのか誰もほんとうのところは理解もせず信じてもいないようだった。すべてがあっという間の出来事だった。まず死刑の宣告を受け、今は自由に向かって突き進んでいる。

「もう一度、お日様を拝めるとは思ってもみなかったわ」クララはほほ笑んだ。

ヴェルナー・ヒルデブラントもショックによる硬直からゆっくりと覚めた。「ありがとう」彼はイザークのほうを向いて、小声で言った。「あなたが本当は誰であるにせよ、あなたに感謝します」

「とりあえず身を隠す場所はあるのか？」イザークは訊いた。

ヒルデブラントはじっと考えた。「かつての司令官のところです。わたしと同様、重傷を負われ、それ以来、ガウルンホーフェンに引きこもっておられます」

「途中の町だ」アルトゥールは言った。

「それで、この司令官はきみを匿うために、すべての危険を侵す覚悟がおありなのか？」

「そう思います。あの方はポーランドで多くのことを経験され、ウクライナでは悪事を目撃されました。野戦病院から退院されたあと、わたしは二、三度、お訪ねしましたが、謎めいたことを仄めかされました。そして一度、酔っぱらって、うっかり口を滑らせたことがあります」

「何を言ったのだ？」

「かつて、われわれには神の御恩寵による皇帝がおいでになったが、今はベルヒテスガーデン（バイエルン州の保養地。ヒトラーの山荘があった）のくそったれがいる」ヒルデブラントは言った。「思うに、彼は……」

「左に曲がって」アルトゥールは突然、さえぎった。

「東へ？　さっき、きみは……」

「分かっている。言ったとおりにしてくれ」アルトゥールは向きを変え、後部窓から外をじっと見た。

クララも彼と同じことをした。「追跡されているの？」

イザークは方向転換をした。「それで？」

「もう一度、曲がって」アルトゥールは指示し、イザークがそれに従うまで待っていた。「思いすごしだったか」しまいにアルトゥールは言って、聞こえるほど息をついた。

「やったわ」クララは囁き、両手をイザークの肩にかけた。「あなたのお蔭で、うまくいったわ」

# 39

「そのまま真っ直ぐに行ってくれ」バーデは運転手に命じた。その声に怒りの響きが混じっていた。

「でも、あの車を追えと言っておられましたが」

「わたしはあの車を目立たぬように追えと言ったはずだ」彼は罵った。「目立たぬように。どうやら、きみには馴染みのない言葉らしい。へまなやつだ。きみは、あまりにも近づきすぎて気づかれてしまった」

運転手は唇をきゅっと結んで、前方を凝視した。「おっしゃるとおりです」彼は言った。「本部までやってくれ」バーデは命令した。

彼は後ろにもたれかかり、歯のあいだに挟んだ爪楊枝を嚙みまわしていた。オーバーハウズナーの馬鹿げた説が、じつは満更でたらめでもなかったというのか？　アドルフ・ヴァイスマンはぺてんにかけたのか？　彼はルビンシュタイン一家の失踪と何か関わりがあるのだろうか？　それどころか、もしかしたらその一員である可能性があるというのか？　彼は馬鹿にしたように息をはずませ、頬の血腫をさわった。あさましいユダヤ人から叩きのめされるなんて金輪際あり得ないことだ——それとも、違うのか？　彼はガウガーがヴァイスマンを勝者だと宣言し、その腕をぐっと引っぱり上げたときのことを思い出した。最初は見間違いをしたのではないかと思った。パンチを食らって朦朧としていたので、あるはずのものが見えなかったのか——それとも、その逆か。いや、それについて考えれば考えるほどますます確信は強まっていった。ヴァイスマンには血液型の刺青がなかった。

「待ってろよ」バーデは呟いた。「何かおかしいところがあるとしても、きっと探りだしてみせる」

# 40

空一面の雲は風に追い立てられ、つぎつぎに変身を遂げていく。ビロードのように柔らかい灰色の猫から高い塔へ、つぎには荒々しい竜に変わって地平線の果てまで互いを駆り立てていった。

車のなかの雰囲気は和らぎ、三人の乗客たちはそれぞれの思いに耽り、体験したことを何となく頭のなかで整理しようとしていた。すんでのところで命拾いするなど、滅多にあることではなかった。

ただイザークだけは今も激しい不安でいっぱいだった。彼はひっきりなしにバックミラーを見つめ、アルトゥール、クララ、ヒルデブラントを見守っていた。

「わたしたち、一度会ったことがありますね？」ヒルデブラントが不意にアルトゥールのほうを向いた。「見覚えがあります」

「いや、ないと思う」アルトゥールはつっけんどんに言うと、顔をそむけた。

イザークはその不機嫌さに驚いた。アルトゥールはどうしたんだろう？　ヒルデブラントの視線を必死で避け、できるだけクララの後ろに身を隠そうとしている。アルトゥールはヒルデブラントのせいでイザークにすべてを話すことになったために、彼を嫌悪しているのか？　いや、それとは違う何かがある。ヒルデブラントの存在がアルトゥールにとってはまずいことなのだ。イザークが感じとったのは嫌悪ではなく――羞恥だった。アルトゥールはヒルデブラントにたいして責任を感じている。

彼が考えつづけているあいだに、車は町の外に出た。家々は小さくなり、庭と野原はますます広くなっていった。まもなく辺り一帯はあらゆるニュアンスの緑色に輝きだし、ところどころに灰色の斑点が織り込まれているのみとなった。

イザークは窓を少し下ろした。吹き込んできた新鮮な冷気は、土と針葉樹の樹脂と肥料のぴりっとした匂いがした。イザークの心は落ちつき、一挙にパズルが解けた。城、出入口のリスト、電気工、緑色の布切れ、クララ、議事録、イルムガルト・ザウアーの所持していた本の献辞、裁判中に聞いたクラウスの前科……。まさにシャーロック・ホームズがどの事件かの折に一度、言ったことがあった。〈もしも不可能を除外したとすれば、残されたのは真実に違いない。いかに奇妙であっても〉

「ここで停めてください」突然、ヒルデブラントが言い、彼らのいる本道から右に枝分かれして混合林を抜けていく曲がりくねった狭い道を指し示した。「かつての司令官は、この小道の突き当たりにある小さな家に住んでおられます。ここで下ろしていただくのがいちばんです」彼は周囲を見まわし、近くに誰もいないことを確かめてから車のドアを開けた。「何から何までありがとうございました」ヒルデブラントは車から降り、目を閉じて深呼吸し、自由と生命を肺のなかに吸い込んだ。

他方、後部ベンチにすわっていたアルトゥールは解放されたように深呼吸している様子だった。「何を待っているんだ?」彼は訊き、後ろからイザークの肩を軽く叩いた。「このまま走りつづけてくれ。まだ当分、安全ではないんだから」

「ちょっと待ってくれ」イザークも車から降りた。

「いったいぜんたい、どこへ行くんだ?」アルトゥールは背後から叫んだ。

イザークは静かにしているようにと合図し、ヒルデブラントのあとから林のなかに入っていった。「待ってくれ」

ヒルデブラントは立ち止まって振り向いた。「はい?」

「問題になっていることとは、もうあまり関係ないんだが、でも、知っておきたいことがある」

「何をですか?」

「もう一度、殺人のあった日のことを思い出してほしい。重要なことなんだ。細かい点までよく考えてくれ」

「逮捕されてから、考えてばかりいました」

「最後にもう一度、考えてみてほしい。わたしのためと思って。目を閉じて、リラックスするんだ」

ヒルデブラントは求めに応じた。

小鳥がさえずり、木の枝や羊歯が風にかさかさ鳴っている。梢を通して射し込んでくる光線のなかで小さな埃の粒が踊っている。

「きみはラナー嬢を到着リストに二度、記入している」イザークは言った。

ヒルデブラントはうなずいた。「一度目は十六時二十五分、二度目は十七時三十八分でした」

「彼女は何を着ていた？　二度とも同じものだったか？」

ヒルデブラントは考え込んだ。「いいえ、着替えておられました」

「わたしに当てさせてくれ――二度目は緑色のドレスを着ていた」

「はい、そのとおりです。ただ、帽子とサングラスは一度目と同じでした」

「彼女と話をしたのか？」

ヒルデブラントはかぶりを振った。「いいえ、わたしはどうもあがってしまっていました。彼女が誰なのか分かっていたので」彼はほほ笑んだ。「二度目に入られたときは、わたしに手を振って挨拶されました」

「その間の、彼女が出てきた十七時一分に、正確には何があったんだ？」

「電気工が……」

「二人は同時に出てきたんだ」

「もう、来たらどうだ」アルトゥールが車のなかから呼んだ。「ここから消えてなきゃならないのに」

「わたしのつぎの質問に驚くかもしれないが」イザークはアルトゥールには惑わされなかった。「でも、重要なことなので、真剣に答えてほしい」

　ヒルデブラントはうなずいた。

「きみは、ラナー嬢がほんとうに出ていくのを見たんだね？」

「ええ、もちろんです」

「もう一度、考えてくれ」イザークは頼んだ。強く訴えかけるような言葉だった。

「クルト・トゥホルスキー（ドイツの文筆家、ジャーナリスト）が言っていたことがある。人は自分が見たいものしか見ていない。また、多くの場合、人は他人が見せようとしているものを見ているのだ」彼はナチスの反ユダヤ主義のこと、いかに多くの人々がユダヤ人についての臆面もない嘘を、突然、真に受けるようになったかを思った。「多くのことがきわめて論理的でもっともらしい印象を与える。とくに、周囲の人々がそれを認めているらしい場合は」

　ヒルデブラントは額に皺を寄せて精神を集中した。「何てこった」不意に彼は言った。「あなたのおっしゃるとおりです。電気工のフーベルト・バウアー——彼はわたしにソ連についてしつこく尋ねてきました。キエフでの戦いとわたしの負傷について。その際、彼はわたしの真正面に立って、視界をさえぎっていました」

「つまり、きみはロッテ・ラナーが出ていくのを自分の目では見ていなかったわけだ」

ヒルデブラントは唖然とし、かぶりを振った。「確かに、見ていませんでした。バウアーは彼女の後ろから呼びかけました。〈さよなら、ラナーさん〉と手を振っていました。それから、その方角に向かって、メイキャップしてない彼女のほうがスクリーンで見るよりも美しいとか何とか言っていました。それで、わたしは全面的に賛成しました」彼はイザークを見つめた。「それがどうかしたのですか?」

「別の機会に説明しよう。おそらく戦争はまもなく終わり、この憎悪と不正も終わるだろう。そうなったら、わたしはきみを見つけだして何もかもくわしく話すことにする。今は行かなければならない。さようなら、ごきげんよう」彼はヒルデブラントをそこに立たせたまま、急いで車に向かった。

「いったい、どうなっているんだ?」アルトゥールはその間に運転席にすわっていた。イザークが助手席に着くと、アルトゥールはアクセル・ペダルをぐっと踏み込み、車を走らせていった。「急がなければ家族のところにそう早くは着けない。それなのに今度はあのヒルデブラントとのお喋りに時間を使った」

「お喋りなどしていない」イザークは声を震わせた。彼はクララのほうを振り向き、その目を見たあと、視線をアルトゥール・クラウスのほうに戻した。「ロッテ・ラナーを殺害したのは、きみたちだったんだね」

クララはうなだれた。

アルトゥールはじっと前方を見つめていた。「どうして、そんな推測をするようになったんだ?」

「ぼくはアドルフ・ヴァイスマン。国一番の捜査官だ。もう忘れたのか?」イザークの言葉には痛烈な皮肉がこめられていた。「とっくに見抜いているべきだった。ノスケの議事録、華奢(きやしゃ)な女性なら十分通れる地下の逃走路、クララの衣装箪笥にあったドレスと同じ緑色の布切れ……」

「計画的な殺人ではなかったんだ。あれは事故だった」アルトゥールは気持ちを乱されることなく運転をつづけた。「クララには何の責任もない。ラナーが死んだとき、クララはその場にいなかったんだから。あれはぼくだけの罪だ」

彼らはちょうど春の種まきがおこなわれている広々とした畑を通過していった。トウモロコシ、ジャガイモ、夏作物。外では生命が植えつけられている一方で、車のなかでは死についての話し合いがおこなわれていた。

「ベルリンのレジスタンスから、ノスケが一月に秘密の会合に出席すると聞かされた」アルトゥールはようやく話しはじめた。「われわれは会議の議事録が存在することを知った。それが十中八九、ノスケの金庫のなかに収められていることも。彼が城に転居するタイミングが、気づかれずに盗みだす絶好のチャンスだった」

「イルムガルト・ザウアー」イザークは本に記されていた献辞を思い出した。〈I・Kへ。永遠にきみのもの　W・S〉「I・K――イルムガルト・クラウス、結婚してザウアーとなった。彼女はきみの親戚だ」

アルトゥールはうなずいた。「ぼくの叔母だ。ぼくが気づかれずに城に入り込むのに必要な情報をすべて調達してくれた。計画はいたって簡単なものだった。ぼくは電気工に変装して議事録を手に入れようと思った。ノスケはそれがなくなっていることを最初はまったく気づかなかったはずだ。結局のところ、たった十五枚の紙だ。そして、ぼくは金庫を何の問題もなく、そして、何の痕跡も残さずに開けた。金庫は金貨、勲章、装身具、紙幣で溢れていた。不動産証書、アーリア化リスト、売買契約書等の書類の入ったたくさんのファイルもあった。一見、重要でないように見える書類が消えても、決して目立たないだろう――少なくとも当分のあいだは。用心のために、ぼくは戦死した友人の名前を使ったんだ。フーベルト・バウアー。叔母や〈フランケンの自由〉を指すものがあってはならないからだ」

「だが、そこへロッテ・ラナーがやってきた」イザークは言った。「ノスケと逢い引きするために。そして、きみの犯行現場を押さえた」

アルトゥールはうなずいた。「これ以上ない最悪の時に現れた。彼女が居間に入ってきたとき、ぼくはまさに、開いた金庫の前に立っていたわけだ。彼女は叫びだした。それを鎮めることはできなかった」

「だが、きみは彼女の喉を切り裂くことによって黙らせた」

「ぼくの立場に身を置いてみるといい。ミッションのすべてが突然、危険にさらされたんだ。ラグナレク計画が。分かるか、そのことが？　われわれは議事録を公表し、それによって、これまでただ黙って傍観してきたすべての人々を目覚めさせるつもりだった。同調者も日和見主義者も体制順応主義者もすべて――彼らに新しい支配者についての真実をはっきりと分からせるつもりだった。これらの平凡な民衆がついに立ち上がれば、ナチスのブタどもに勝ち目はなかったはずだ。そうすれば、恐怖支配は完全に終了していただろうし、大がかりな死や殺しは終わっていたかもしれない」アルトゥールは言葉を切り、息を吸った。「ぼくは一人の人間を犠牲にした。何百万もの人々を救うために」

イザークはかぶりを振った。「きみは一人の命を関係づけ、そうすることで軽視した。その瞬間、きみは決してナチスより優れてなどいなかった」

アルトゥールは鼻息を荒らげた。「断定するのはやめてくれ。きみときみの家族にとって、この出来事はまたとないチャンスだった。ラナーの死がなければアドルフ・ヴァイスマンはいなかった。ヴァイスマンが存在しなければ、きみたちは全員、今、ポーランドに向かっていたはずだ」

「そして、きみたち二人は処刑台に向かっていたかもしれない」

アルトゥールの操縦する車は角を曲がり、小さな集落を通っていった。「いずれにしてもラナーは死んだ。そして、ぼくには叔母と〈フランケンの自由〉を守らなければならないという困難な課題があった。だから、ノスケの住まいからクララに電話をかけた。彼女とラナーは背格好が似ていたし、髪の色も同じだった。ぼくは彼女に言った……」

「わたしの立場からしか話せないけど」クララがさえぎった。「彼はわたしにエレガントな服装をし、赤い口紅を塗り、アルブレヒト・デューラー・ハウスの前で待っているようにと言ったのよ」

「そして、彼はラナーの帽子とハンドバッグとサングラスをくすね、ヒルデブラントに、彼女が外に出てきたと思わせようとした……」イザークは考えを声に出して言った。

「その直後、わたしはアルトゥールから渡された彼女のものを身につけ、ハイヒールで城のほうに歩いていった。日影を通るようにし、守衛に向かって手を振り、急いで建物のなかに入っていった。そのあと、地下の逃走路の岩屑を切り抜けて、かつてのビール醸造所から、また表に出たのよ。これによって電気工は表向きは難関を突破したことになる」

「ヒルデブラントのリストによると、犯人として問題視されるのはノスケのみとなった」アルトゥールは説明した。「あの見下げ果てた虐殺人が殺人罪に問われる順番がまわってきたのは、当を得た正しいことだと思った。だが、当然のことながら、彼はありとあらゆる言い逃れをし、ヒルデブラントに責任をなすりつけた」

「だから、ビラを撒いたんだな」イザークは言った。「早々とビラが撒かれたことに、ぼくは驚いていた」

「〈フランケンの自由〉が一緒になってヒルデブラントを救おうとしたのよ」クララは言った。「でも、一度ゲシュタポの監獄に収容されたが最後、永久に敗者となるのよ。無実であろうとなかろうと」

三人は黙り込んだ。車は走りつづけ、集落のはずれにある目立たない平屋の前で停まった。庭では曲がった木々がこぶだらけの枝を空に向かって伸ばし、一匹のリスが来訪者に気づいて薪置き場の後ろへ、さっと動いた。

「ここだ」

「あなたの家族がまだここにいますように」クララが小声で言った。

ロッテ・ラナークもヴェルナー・ヒルデブラントも議事録も、イザークの意識の背景に押しやられた。彼の全世界が縮まり、たった一つの思い、家族への思いに焦点が絞られた。彼は車から降り、走りだそうとした。

「止まれ！」アルトゥールが彼を引き止めた。「なかで何が待ち受けているか、分からない。ぼくはすべてをヴィリーに任せきっていた」

「ヴィリー？」イザークは訊いた。「誰なんだ？」

「われわれを裏切った下劣なやつだ」アルトゥールは車のトランクルームからジャッキを取りだした。彼はそれを武器として携え、家のまわりをぐるっと回って窓ガラスを割り、そこからなかに入り込んで裏のドアの閂をはずした。

イザークは家のなかに突進していった。「レベッカ」彼は呼んだ。「お母さん、お父さん。どこにいるんだ？」

だが、彼に向かってきたのは静寂のみだった。

アルトゥールとクララはジャッキと薪で武装し、イザークにつづいた。彼らは一緒に、居間に入っていった。

「くそっ」アルトゥールは呟き、混乱状態をじっくりと見た。テーブルは引っくり返され、椅子はめちゃめちゃに壊され、床には砕けたガラスが散らばっていた。

イザークは絨毯の染みをじっと見た。彼は青ざめ、しゃがみ込んで、ぐっとこらえた。「これは血だ」

クララは彼のそばに膝をつき、その上を撫でて指先をこすり合わせた。「まだ新しいわ」

「ここで闘争があったんだ」アルトゥールは明らかにそうと分かることを口にした。

イザークは立ち上がり、二、三歩進んでかがみ込んだ。「まさか、そんな」彼は涙を押し殺した声で呟いた。「まさか、こんなことがあるはずがない」彼は髪の房を手に取った。濃い褐色の巻き毛だ。「これはレベッカのだ。彼女は防衛したんだ。無抵抗で一緒に行ったわけではない」

「ここで何が起きたにせよ、まだあまり時間は経っていないわ」クララは彼のそばに歩み寄った。

「今、いちばん大切なのは急ぐことだ」アルトゥールは言った。「きみの家族がナチスに殺されたり東への列車に乗せられたりしないうちに、見つけださなければならない」

「でも、どこを探せばいいんだ？　どこにいる可能性があるのか？」

アルトゥールは片腕でイザークの肩を抱いた。「それを見つけだす比較的簡単な方法がある」

クララはぱっと目を開き、怒りをこめてアルトゥールを見つめた。「だめよ」彼女は言った。「ぜったいにだめ。彼はもう十分に耐え抜いたんだから」

「何の話をしているんだ？」イザークは訊いた。

「きみは最後にもう一度、戻らなければならない」アルトゥールは言った。「きみは何らかの方法でノスケの執務室に行き、確実に情報を手に入れる。きみの家族がどこにいるかについて、そして……」

「そして、何だ？」

「議事録だ。もしヴィリーがゲシュタポに渡していたとしたら、間違いなくまたノスケの元に戻されている」

「やらなくてもいいのよ」クララはイザークの手をとり、彼の目をじっと見つめた。「もしあなたの正体が見破られでもしたら、何にもならないでしょう。きっと、ほかに方法があるはずよ」

「じゃあ、どんな方法？」アルトゥールは異議を唱えた。「今は行動に移すべき時だ。家族がポーランドに向かい、ノスケがどこか分からないところに議事録を持っていったら、もはや手遅れだ」

イザークは考え込んだ。「アルトゥールの言うとおりだ」しまいに彼は言った。「もう一度、ゲシュタポ本部に行ってくる。それがぼくの最期を意味しているとしても」

# 41

「彼が何をしただと？」ノスケは驚いて目を見張り、バーデとオーバーハウズナーを信じられない様子で見つめた。

「彼はアルトゥール・クラウス、ヴェルナー・ヒルデブラント、そして、クララ・プフリューガーとかいう女を法廷から連れだしたのです。彼らが死刑判決を受けたあとで。そして車にすわらせ、共に走り去っていきました」バーデが説明した。

「いったいぜんたい、どうやったら彼にそんな真似ができたのだ？」

「彼は証書を持っていたのです。本物です。ほかでもないメルテン准将が御自ら発行されたものです」

「メルテンが？　ますますとんでもないことになった」ノスケは後ろにもたれかかり、新たに得た情報を頭に詰め込もうとした。「それで、彼らはどこへ行ったんだ？」

「いずれにしても、刑が執行されるはずのミュンヘンではありません」バーデは目をぎょろつかせた。「わたしの運転手がへまをやらかしたために、彼らはこちらに気づいたのです。ですから、わたしは追跡を中断しました」

「なぜ、彼らを妨害しなかった？　彼らに立ち向かって逮捕しなかったんだ？」

「すべての選択肢を考え合わせて、ヴァイスマンにさし当たり自分は安全だと思い込ませることに決めたのです。そうすれば、ここで起きていることを見つけだす、もっとよい機会が訪れるでしょう」

「分かった」ノスケは真顔でうなずいた。

オーバーハウズナーはノスケの書き物机に置かれた移送者名簿を指し示した。「もうお聞きになりましたか？　ルビンシュタイン一家のことを？」

「ああ、見つかったそうだな。一人を残して全員。息子以外の全員だ」

「そのことは、アドルフ・ヴァイスマンがじつはイザーク・ルビンシュタインだという説に有利な材料を提供することになります」バーデは言った。

「では、本物のヴァイスマンはどうなったんだ？」ノスケは考えを声に出した。「それにしても、このルビンシュタインはここで何をしようとしているんだ？　このなぞなぞゲームから、やつは何を期待しているんだろう？」

「わたしには、おぼろげながら見当がついています」オーバーハウズナーは上着の内ポケットから一通の封筒を取りだし、ノスケの書き物机の上に置いた。「わたしはヴィリー・ラウビッヒラーと長時間にわたって話をしました。〈フランケンの自由〉を裏切った男です。彼はいくつか興味深いことを話しました。たとえば一家をかくまったクララ・プフリューガーのこと、ルビンシュタイン家のこと、レジスタンスのこと、そして、ここに……」彼は封筒を指し示した。「……それに関連したものが」

「それは何だ？」

「これはあなたが、お持ちになっているべきものだと思います」

「わたしが？」ノスケは眉をひそめ、封筒を開けて何枚かのタイプライターで書かれた紙を取りだした。「〈国家機密〉」彼は声にだして読んだ。「〈文書三十通のうちの第十六番」ノスケは青ざめた。「間違いない。これはわたしの議事録だ。だが、どうやって……？　どこから……？」

「〈フランケンの自由〉がロッテ・ラナーを殺害したのです。おそらく、彼女はこの組織のメンバーの誰かが侵入した現場を押さえたのでしょう。彼女はまずい時間にまずい場所に来ただけのことだと思われます」

「金庫は破られていなかった。そして、現金にも貴重品にも一切手をつけられていなかったので、わたしは強盗ではないと早まった結論を出してしまった。それが誤りだった」ノスケは議事録を凝視した。「なぜ〈フランケンの自由〉はよりによってこれを盗んだのだ？」

「思うに、彼らはこれを公にするつもりだったのでしょう」オーバーハウズナーは推測した。

「何のために？」バーデが訊いた。

「スキャンダルを引き起こすために」

「スキャンダル？」ノスケは心底、驚いたようだ。「〈結核菌に人類の生活を滅ぼす働きがあるからといって、あまり非難することができないように〉」ノスケは総統の言葉を引用した。「わたしもまた、それと戦わざるを得ない。ユダヤ人は民衆にとって人種的結核である。それを撲滅しようと努力することは、それを除去することを意味している〉」彼は引き出しを開け、議事録をなかに入れた。「われわれは言わば医師のようなものだ。ドイツ国を救う医師だ。それのどこが悪いというのだ？」

「あなたは時代に先んじておられるのです。多くの偉大な人たちと同じ運命を辿っておられる」オーバーハウズナーは、ほとんど愛情に満ちたと言ってもいい目でノスケを見た。「あなたは総統や会議に出席された他のすべての方々と同様、先覚者であり幻視者なのです。平凡な民衆を思いやって、しばらく我慢してください。あなた方のお決めになった措置がよいと認められるまでには時間がかかります。ユダヤ人は何百年ものあいだ、自分たちを罪のない同胞だと言葉巧みに信じ込ませようとしてきました。このぺてん師どもの真の顔を見ることのできた人は僅かしかいませんでした。まずは少しずつ人々の目も開いていくでしょう」

ノスケは顎を撫でた。「たぶん、きみの言うとおりだ」

「今に分かります」オーバーハウズナーはさらに付け加えた。「あと一、二年したら、あなたは英雄として褒めたたえられるでしょう。そうなるまで、この議事録は間違った者の手に落ちてはなりません。ルビンシュタインもクラウスもわれわれが思っていたより抜け目のない男たちです」

「幸いにも、抜け目なさすぎるほどではない」ノスケは視線を上げた。その目は憎しみに満ちていた。

「でも、この一件にはよい面もあります」バーデはにやりと笑った。

ノスケは片方の眉をつり上げた。突然、彼の口許に薄ら笑いが浮かんだ。「メルテンだ。メルテンがこの偽ヴァイスマンの自由を許した。それどころか、彼のレジスタンスの友人たちを処刑台から救いだす許可書を与えた」彼はそっけなく笑った。「うまくやれば、メルテンの地位は危うくなる。そうなれば、いよいよわたしの出番だ」

「そういうことです」オーバーハウズナーも同意した。「ですが、そうと決まれば、まずは行動することです。しっかりした証拠が要ります。それを携えて、直接、ヒムラーのところに行きましょう」

「素晴らしい計画だ。きみたちは何をやるべきか承知しているな?」

二人はうなずいて直立不動の姿勢をとり、姿を消した。

# 42

イザークが本部近くで車から降りたときは、すでに午後も遅い時間だった。日は傾き、薄暗くなっていた。身を切るように冷たい風が吹きつけ、衣服の奥まで忍び込んできた。

「計画はあるのか？」アルトゥールが訊いた。彼の感じているのは不安のみだった。

「それなりのものはある」

「気をつけてよ」クララが囁いた。その顔にははっきりと懸念の影が刻まれていた。「わたしたち、ここで待っているから」

イザークは黙ってうなずき、その場を立ち去った。胃袋はこわばって硬いかたまりとなり、喉には苦いものが詰まっているように感じられた。またも、この気の滅入る建物に足を踏み入れなければならない。これが最後だ。そう思ったのは、これで何度目だろう？

入り口ホールを通って階段に向かっていく途中、胸がどきどきし、一歩足を踏みだすごとに誰かが彼の名をわめき、銃を向け、すべてに終止符が打たれるかもしれないと覚悟していた。だが、何も起きなかった。彼はゲシュタポのある翼部に入り、廊下を通ってメルテンの執務室の前で立ち止まった。そこで服の乱れを直し、呼吸を整え、ノックもせずにドアからするりと入り込んだ。

「フォン・ラーンさん」彼は言った。「まだおいでになって、よかった」

彼女は仏頂面をして彼を見つめた。「准将はここにはおられませんよ。会合のお約束があって、明日の朝にならないと戻ってこられません」

「かまいません。あなたにお会いしたくて来たのですから」

「わたしに会うため？」彼女の表情がやわらいだ。

イザークは無理やりほほ笑みを浮かべた。「わたしの昨日の振る舞いは許しがたいものでした。わたしには、それについてあなたにご説明する義務があります」

「それはまた興味津々ですこと」彼女は無愛想に言うと、胸の前で腕を組んだ。

イザークは彼女の机の前に歩み寄り、できるだけ彼女に近づいて身をかがめた。彼女は上品な香水と高価な石鹸のかおりを漂わせていた。

「本来は、お話ししてはいけないことなのです」彼は言った。「国家機密のことですから。言うまでもなく……」

「では、なぜ？」

「あなたから不作法でがさつな男だと思われているかと想像すると、居ても立ってもいられなくなったのです」

彼女の目が輝きはじめ、サクランボのような赤い口元にかすかな満足感を漂わせた。

「あなたを信じてもいいですよね?」イザークは言った。

「もちろんですとも」彼女は聞きとれないほどの小声で言い、身を乗りだした。

イザークは自分に不満があるかのように額にかかる髪をかき上げ、ため息をついた。

「フリッツ・ノスケのことなんですが」彼は囁いた。「どうやら、ロッテ・ラナーを殺害したのは彼らしいのです」

「ノスケ」ウルスラ・フォン・ラーンは満足感を隠すことができなかった。「あの男が下劣なブタだということは、とっくに分かっていました」

「彼は権力と影響力をもった男です」彼は小声でつづけた。「良心の呵責というものを知りません。彼を追跡していることに気づかれたら、わたしは大変、危険な目に遇います。わたしと親密な間柄の人たちも同様です。わたしはあなたを守るために距離をおく必要があったのです。それが、どれほど辛いことであっても。どうぞ、お許しください」

「もちろんですとも」ウルスラはほほ笑み、立ち上がって彼の手をとった。「あとどれくらいで、彼を追い詰めることができるのですか?」

「もうすぐです。確かな証拠さえあれば。そうすれば、彼にたいして処置をとることができます」

「わたしで何かお役に立てることがありましたら——当てにしてくださって結構ですわ——昼でも、夜でも」

イザークは自分の唇が彼女の唇に触れそうになるほど頭を下げた。「そんなリスクを冒そうとは思いません。もしあなたに何かあったら、絶対に自分を許すことはできないでしょうから」

「あなたが考えていらっしゃるより、わたしは勇敢で器用ですわ」

イザークは心の内で闘っているような振りをした。「じつは、あるものが必要で……」

ウルスラは顔を輝かせた。「何でも、あなたのお役に立つことなら」

「それなら……」彼は計画を説明した。

「あなた、けっこう抜け目がないのね、ヴァイスマンさん」彼女は言って目くばせした。興奮のあまり、頰を真っ赤にしていた。

「メルテン准将が今日は戻られないのは確かですか？」

「もちろんですわ」彼女は囁いた。「市役所での婚約式とそれにつづく祝賀会に出席されますの」彼女は廊下の様子をうかがった。「わたしの机の下に隠れていらっしゃい」彼女はさっと部屋の外にでて、ノスケの執務室のドアをノックした。

「はい！」木製のドア越しにノスケのくぐもった声が響いた。

ウルスラ・フォン・ラーンはドアを開けた。「メルテン准将が急いでお会いになりたいそうです」彼女は冷やかな声で言った。

「どういう用件で？」

「おっしゃっていませんでしたか？　でも急なご用です」

ノスケは外に出てきたが、少しためらっていた。「重要なものであるならいいが。あまり時間がないのだ」

「准将もです」彼女はノスケを、控え室を通ってメルテンの執務室まで連れていった。

ノスケはあたりを見回した。「どこにおられるのだ？」

「すぐに、おいでになります」

「ウルスラ」ノスケはむっとしたように言った。「わたしと二人っきりになりたいという、きみの陽動作戦だとしても、今はロッテ……」

「ご心配なく、フリッツ」彼女は不機嫌な小声で言った。「あなたへの興味も少しはあるかもしれませんが、さっきメルテン准将からお電話があり、こちらに向かってこられるとのこと。すぐにも来られるはずです。おすわりになって」ウルスラはドアを閉め、イザークに合図した。

イザークは隠れ場から急いで這いだし、さっと廊下を越えてノスケの執務室に入っていった。

あまり時間はなかった。彼は素早くノスケの机の上を見渡し、そこに置かれていた移送者名簿に目を向けた。夥しい数の人々がそこに書きとめられており、一人一人に通し番号が付けられ、処理済みのチェックが記されていた。

彼はそれをめくっていき、やっと、イグナーツ、ルート、イザーク、レベッカ、エステル、エリアス・ルビンシュタインを見つけた。それぞれの名前の後ろにチェックが記されていた――ただ、彼の名前にはそれがなかった。

彼はいちばん下になっている紙を取り、最終番号を見た。一〇〇〇番。一〇〇〇人が死ぬと決まっているのだ。そのうちの九九九人にチェックが記されていた。

「みんな、どこにいるのだ？」彼は呟いた。

列車は火曜日に出発するとノスケは言っていた。人々は次々に集められたあと、どこかに収容されるはずだ。それは、どこだろう？

ようやくその答えがドイツ国有鉄道の書類にあった。ユダヤ人たちはラングヴァッサーの集団収容所に連れていかれたのだ。以前、ナチス党の中央大会が開催された敷地の南に位置している。輸送番号Ｄａ３６の特別列車が火曜日の正午ごろ、一キロメートル余りしか離れていないメルツフェルト駅から出発することになっていた。

イザークは時計を見た。まだ十八時間ある。あとは議事録を見つけるのみだ。ここにあればいいのだが。彼は秘かに祈った。ウルスラ・フォン・ラーンもノスケをそう長くは引き止めておけないだろう。急がねばならない。

「いったい、准将は今どこにおられるのだ?」ノスケは控室に入っていった。ウルスラはちょうど、通知書をタイプしているところだった。

「こちらに向かっておられると言ったじゃありませんか」

「来られてから呼びにくれば済むことじゃないか。どうして、ここで待たねばならないのだ?」

「准将がそれをお望みでしたから」彼女は肩をすくめた。「なぜなのかは存じません。わたしは訊き返しもしませんでした。男の人たちって、ときどき、妙なことを望まれますから」

「これは純然たる嫌がらせだ。メルテンはここ何ヵ月間か、わたしを厄介払いする理由を探している」ノスケは不満げにしーしーと歯を擦り合わせた。「わたしがラナーの一件とまったく無関係だと分かった今、彼は仕事面でわたしがしくじるのを願っている」

ウルスラは肩をすくめた。「わたしの知ったことではありません。わたしはただの、ちっぽけで愚かな秘書にすぎませんから」彼女はノスケに向かって嫌悪もあらわににやりと笑った。

ノスケは息を荒らげ、鼻に皺を寄せた。「ちっぽけで愚かで執念深い秘書だ」

ウルスラは彼をぎらぎらした怒りの眼差しで見据えた。

「怒りはきみにぴったりだ」ノスケは言うと、メルテンの執務室に戻っていった。

「前々からそうだった」

やっと見つけた。これがそれだ。議事録だ。アルトゥールの言うとおり――これはノスケの元に戻っていたのだ。

イザークはそれを折り畳んで内ポケットに突っ込んだ。つづいて、ノスケの署名を記憶に刻み込み、便箋とスタンプを探した。どことなく公的に見え、彼の家族を集団収容所から連れ出すのに役立つかもしれないものばかりだ。

ようやく必要なものをすべて集め終え、ノスケの机上が、目にしたときと同じ状態になるように手際よく整えた。誰かがいたことを、ぜったいにノスケに気づかれてはならない。

ノスケはあらためて控室にやってきた。「ちくしょう、メルテンはどこにいるんだ?」彼は見せつけるように自分の時計を指し示した。「今ラングヴァッサーにいる千人のユダヤ人は、独りでに移送されるわけじゃないんだ」

「オーバーハウズナー、バーデ、その他あなたの部下たちがもう準備を整えているでしょう」ウルスラはつんとして答えた。「いつだって、そうじゃありませんか」

ノスケは机で身体を支えながら、彼女のほうに身をかがめた。「メルテンに伝えてくれ。わたしは自分の執務室にいると。これ以上待つのはもう、うんざりだ」彼は向きを変え、廊下に出ていこうとした。

「待って」ウルスラは大声で言ったが、ノスケは惑わされなかった。

彼女は跳び上がって彼のあとを追った。「待って」彼女はくり返した。

「どういうことだ？」ノスケは怒鳴りつけた。

「それは……」

ノスケは執務室のドアをぱっと開けた。

ウルスラは彼の脇から室内を覗いた。空っぽだった。「ああ、いいんです。准将にそうお伝えしておきます」

「議事録を取ってきたか？」アルトゥールは車を発進させ、イザークが車のドアをまだ締め切らないうちに疾駆させていった。

イザークはうなずき、議事録をアルトゥールに渡した。「家族の居場所も分かった。彼らは他のユダヤ人たちと一緒にラングヴァッサーにいる。ナチスはあそこに集団収容所を建てたんだ。あと十六時間したらイツビカ行きの列車が出発する」

車はフラウエントールグラーベンのほうに曲がった。「家族をどうやって連れだせばいいのか、きみには案があるのだな?」

イザークはうなずいた。「書類を偽造するのに一、二時間はかかる。明日の早朝、彼らを連れだす」

一九四二年三月二十四日　火曜日

# 43

　激しいすすり泣きの声が、アドルフ・ヴァイスマンの意識を取り巻く濃い霧を通してしみ込んできた。「彼ではありません」夫人は言った。「これはわたしたちのアルヴィンではありません」

「ほんとうに間違いないですか、エクスナー夫人？　もう何年くらいのあいだ、お会いになっていなかったのですか？」

　絶望感に襲われた夫人の声には怒りが混じっていた。「自分の息子を見間違えるはずはありません。あなたもそう言ってちょうだい、カール」

　悲しげな男の声が言葉少なに、妻に同意した。

　ヴァイスマンはぱっと目を開けた。「わたしは……」口は乾き、声は弱かった。彼は呆然（ぼうぜん）として彼を見つめている看護師を訴えるような目で見た。「言っただろう。わたしの名はアドルフ・ヴァイスマンだと」彼は用心深く身を起こした。頭がひどく痛んだ。「今、何時だ？」彼はベッドの脇に立って、泣いている夫人の手を握っている腰の曲がった男のほうを向いた。

「八時です」男はやや途方にくれて言った。

ヴァイスマンは目をこすった。「今日は何日だ？」

「火曜日です。三月二十一日の火曜日」

「何てこった。きみのせいで、わたしが何を逃したか分かるか？」彼は看護師を怒りに燃えた目で見つめ、静脈から針を抜きとり、掛け布団の下に目をやった。薄いパジャマしか着ていない。「わたしの持ち物はどこだ？」

「落ちついてください」看護師は年老いた夫婦を脇に押しやり、ヴァイスマンをぎゅっとつかもうとした。

「どいてくれ」彼は強引だった。「近寄らないでくれ」彼は脚を揺すってベッドから出ると、立ち上がって二、三歩、覚束ない足どりで進んだが、目まいを覚えた。

「簡単に退去するわけにはいきませんよ」看護師は背後から叫んだ。「あなたには安静が必要です」

「そんなものは必要ない」彼は呟き、よろめきながら歩いた。

タイル張りの床が裸足(はだし)に冷たく感じられ、パジャマの下から氷のように冷たい風が吹き込んできた。

「いったい、どこに行くつもりですか？」看護師が急いで追ってきた。

まだ足元は不安定だったが、彼は全身で立ちはだかった。「ちゃんとした服と電話が必要だ」軍隊式のぶっきらぼうな口調で言い、目がすわっている。「何を待ってるんだ？」

看護師は唾を呑み込んだ。「お望みどおりに」しばらくしてから彼女は言い、急いでその場を去った。

十五分あまり後、アドルフ・ヴァイスマンは主任医師の執務室に一人いて、ゲシュタポ本部に電話をかけていた。「メルテン准将につないでくれ」彼は求めた。

「少しお待ちください」電話にがりがりと雑音が入った。

ヴァイスマンは待っているあいだに自分自身を見下ろした。どうやら彼はパジャマ姿で運ばれてきたらしい。野戦病院のやつらは彼の衣服をどうしたのだろう？　ともかく、あのしつこい看護師はどこかの物置部屋から古い背広を見つけだしてきた。今、彼が着ているのがそれだ。安物の三つ揃いは防虫剤と汗の臭いがし、一サイズ大きく、肘の部分がすり切れている。彼は本来そうであるべき、しゃきっとした士官ではなく、年とった路上生活者のように見える。できるだけ早く新しいものに着替えなければならない。

「まだ、おいでになりますか？」ふたたび電話交換嬢が訊いた。「メルテン准将は、あいにく、執務室においでになりません」彼女は説明した。

「それなら、今、本部にいる高官につなぐんだ」彼は叱りつけた。

「ではメルテン准将の代行のノスケ中佐でしょうか」

「何をぐずぐずしている?」

あらためて、かすかに雑音がした。「ノスケ」しまいに、朗々たる男の声がした。

「こんにちは。わたしの名前はヴァイスマン、アドルフ・ヴァイスマンです。総統本部からニュルンベルクに派遣されて……」

「アドルフ・ヴァイスマン? 本物の……」長い沈黙があとにつづいた。「どこにいるのですか? この三日間、いったい、どこに隠れていたのです?」

「列車内で殴り倒され、病院で意識を取りもどしたのです。いいですか」ヴァイスマンはドアのほうに目をやった。誰も盗み聞きしていないのを確かめてから、彼は話をつづけた。「何か裏があります。レジスタンスが何かどえらいことを計画しているのではないかと思っています」

「おっしゃるとおりです。〈フランケンの自由〉があなたの名を騙(かた)る者を送り込んできたのです。あなたは例の文書をご覧になりたいと……」

ヴァイスマンは引き出しが開けられ、紙ががさがさ音をたてるのを聞いた。

「くそっ」ノスケは罵った。

「何があったんですか？」

「あの浅ましいブタ野郎どもが」

「用意しておいてください。できるだけ早くそちらに伺います。よろしいですね？」

だが、ノスケはすでに電話を切っていた。

# 44

ノスケは引き出しのなかを凝視し、もう一度、なかを引っかき回し、机の上の書類を調べた。「くそっ」彼は大声でわめいた。「くそっ、くそっ、くそっ」彼は深く息を吸った。「オーバーハウズナー！」

少し経って、オーバーハウズナーが首を覗かせた。「わたしをお呼びですか？」

「消えた」

「誰が？　誰が消えたんですか？」

「誰がじゃない。何がだ！　ヴァンゼー議事録だ。なくなっている」

オーバーハウズナーはノスケのそばに歩み寄った。「どうしたら、そんなことができたんでしょう？」

「例のヴァイス……ルビンシュタインの仕業に違いない」ノスケは自制心を失い、頭に手をやった。「昨夕、ウルスラ・フォン・ラーンとのあいだで奇妙な出来事があった。どうやら彼女もこのことに巻き込まれているらしい」

「フォン・ラーン嬢が？」

「あるいは、そうかもしれん。われわれはイザーク・ルビンシュタインを見つけださねばならん。そして、議事録も」

オーバーハウズナーはうなずいた。「どこを探せばいいか、たぶん分かります」

# 45

「いったい、アルトゥールはどこにいるんだ?」イザークは時計を見た。「家族にはもう、あまり時間がない」

アルトゥールはその夜イザークとクララを、逮捕されたある同志の家に宿泊させたのだ。「安全第一だからな」彼は言い、「また、すぐに戻ってくる」という言葉を残して立ち去っていった。「分からないわ」クララは窓辺に立ち、淡いバラ色に浸された朝焼けの空に目をやった。髪は乱れ、顔は眠りのために膨れていた。「でも、来るでしょう。心配無用よ。彼はあなたを放ったらかしにはしないわ」

イザークはもう一度、移送猶予決定書に身をかがめ、薄目で見直した。クララの存在によって、文書の細部まで集中するのが難しくなり、絶えず注意がそがれた。アルトゥールの住まいで彼女とキスしたことを考えずにはいられなかった。彼女のほうも、同じような状態にあることが見てとれた。何年経っても何が起きても、彼女にたいする思いは変わっていなかった。かつてゲーテが書いたとおりだ。〈すべてを与えよう

と、すべてを拒否されようと、いつまでも変わらないのが真の愛である〉

クララは紅茶を淹れて、机に向かう彼のそばにすわった。カップを両手で囲み、彼を見つめた。

イザークのほうも見つめ返した。

しばらくのあいだ言葉は交わさなかった。交わす必要もなかった。

「ほんとうにごめんなさい。何もかも」出し抜けに、クララが沈黙を破った。「イザーク、わたしは決して……」

「いいんだよ」彼は言った。「ぼくも同じだ」彼女はぎょっとした。外で足音が響き、その直後、誰かがドアを開けたのだ。アルトゥールがやっと帰ってきた。

「邪魔だったかな?」

「いいや、もちろん、そんなことはない」イザークは低い声で呟いた。彼は一枚の白紙を前に置いて、ノスケの署名を試し書きしていた。オストゥバフ・フリッツ・ノスケ。大きくて、張りだしていて、やや右に傾いた書体で何度も何度も。

「どこに行っていたの?」クララは訊いた。

答える代わりに、アルトゥールは麻袋を机の上に置き、そこから洗いたての服、一本の長いナイフ、二梃の拳銃を取りだした。「さあ……」彼は一梃をイザークに渡した。

イザークは手を振って断った。「ないほうがいい。これまでも、なしで、うまくやってきた」

「きみはこれまでに重装備の集団収容所に押し入ったことはない。取っておけ。用心するに越したことはない」

イザークはためらいがちに武器を握った。金属は冷たく重く、どっしりとした存在感を放っていた。

「使い方は簡単だ」アルトゥールは説明した。「すでに弾丸はこめてある。あとはただ、安全装置をはずし、狙いを定め、引き金を引けばいい」

イザークはうなずき、拳銃を慎重に上着のポケットに差し込んだ。

「決定書はどの辺まで出来ているんだ？」

「もうすぐ出来上がる」イザークは万年筆を手にとって集中した。そして、勢いよく署名し、インクが乾くまで待った。

アルトゥールは肩ごしに見て、称賛するようにうなずいた。「上出来だ。これがあれば、うまくいくだろう」彼は持ってきた背広を着て、二梃目の拳銃と闘争用のナイフを突っ込んだ。「用意はいいか？」

「いいわ」クララは立ち上がった。

「きみは、ここに残ってくれ」アルトゥールは言った。

彼女は口を開き、何か言おうとした。

「抗弁はなしだ」アルトゥールが先手を打った。彼はクララの肩をつかみ、その目をじっと見た。「ベルリンの同志に電話でここの住所を教えた。彼らはすでに、こちらに向かっている。きみは彼らを迎えてほしい。もっと重要なのは、われわれに何か起きたとき、きみが議事録をイギリスの密偵に渡さなければならないということ。ラグナレク計画は今も最優先だ」彼の言うとおりだとクララは認めた。彼女はうなずき、アルトゥールを、つづいてイザークを抱擁した。「ここで、あなたたちを待っているわ。気をつけるのよ」

二人の男は外に出て車に乗り込んだ。彼らの泊まっていた家は町外れの小さな集落の端っこにあった。見渡すかぎり人っ子一人見えなかったが、それでも彼らは目を伏せ、出来るかぎり目立つ振る舞いをしないように努めた。「なぜ、ぼくを助けてくれるんだ?」イザークは訊いた。「どうして自ら危険を引き受けるんだ?」

「きみのためじゃない」アルトゥールは車を発進させた。「クララのためだ。もし、ぼくがきみときみの家族を放ったらかしにしたら、永久に彼女に憎まれる」彼は上着から煙草の包みを取りだして一本、口にくわえ、包みをイザークの鼻先に突きつけた。

イザークは礼を言ってことわった。彼は窓を細めに開けて、ひんやりした朝の空気が顔に吹きつけるのに任せていた。

町の南東に位置するラングヴァッサーはかつては幾つものこんもりした森に覆われていたが、第一次大戦中に壊滅的な火災の犠牲になった。土地はその間に開墾され、戦時捕虜収容所の所在地になっていた。どうやら、そこから遠くないところでユダヤ人を運んでいく準備がおこなわれているらしい。

車は野や畑に縁どられた長くて真っ直ぐな道路を進んでいった。草に露がきらめき、冷たい土から最初の春の使者が頭をもたげていた。美と恐怖はしばしば、ごく近くに共存しているのだ。

突然、目の前に遮断機が現れた。アルトゥールは速度を落とし、しまいに遮断機の前で車を停めた。機関銃で武装した二人の歩哨が車に歩み寄ってきた。アルトゥールは窓を下げ、彼らにヴァイスマンの身分証と偽造された移送猶予決定書を差しだした。歩哨は文書をくわしく調べ、イザークの顔と身分証の写真を見比べた。「どういう目的でユダヤ人たちを留めておくのだ？」しまいに歩哨は訊いた。

「国家機密だ」イザークが言った。

永遠かと思われる何秒かが過ぎ、歩哨はアルトゥールに書類を返し、脇にどいて、同僚に向かってうなずいた。同僚は遮断機を上げ、アルトゥールとイザークを乗せた車は世間から遮断された道を何キロメートルも先まで走っていった。国民が見てはならないものがあるわけだ。

「これをなし遂げたあとはどうするんだ?」イザークはこの間ずっと彼らのあいだに存在していた張り詰めた静寂を破った。

「ベルリンから来た同志がきみと家族を首都に連れて帰り、安全な場所に避難させる」アルトゥールは断言した。「そのあとは様子を見る」

イザークは何か言おうとしたが、言葉は喉につかえたままだった。車は高い鉄条網の前まで来ていた。その奥には五つの木造の巨大なバラックが立っていた。幅広い門の前で、人々が長い行列をつくり、武装した親衛隊員によって監視されていた。

「くそっ、大勢だな」アルトゥールは呟いた。

「フランケン地方全体から千人のユダヤ人が移送される」イザークは言った。

「九百九十九人だ」アルトゥールは訂正した。

「いずれにしても——家族が早く見つかるといいが」

彼らは駐車させたあと車から下り、待機している人々のそばを、ことさらに毅然(きぜん)として歩いていった。あらゆる年齢の男性、女性、子どもたちがいた。多くの人々は上品な身なりをしていたが、それ以外の人々は貧しさと病いに苦しんでいることが、はっきりと見てとれた。多くが昂然と頭を上げて運命に耐えている一方で、身をかがめ目に涙を浮かべて、ひそかに苦しんでいる者もいた。髪に彩り豊かなリボンを結わえた女の子がイザークに向かって、はにかむように微笑した。

彼はそれに応えることができなかった。あまりにも動転していたからだ。これらの人々は子羊だった。死ぬ運命にあった。議事録で読む数字、データではなく、今自分は現実にこれから犠牲となる人々の顔をまともに見ようとしているのだ。アルトゥールもその類のことを感じているようだった。下唇が震え、首の血管が浮きでていた。

ようやく列の終わりまで来て、何がユダヤ人たちを待っているかが分かった。官僚主義だ。長い机に向かって財務官吏がすわっており、移送される人々が持参してきた財産申告書を検査していた。

「一九四一年十一月二十五日の民法第十一条によれば、あなたは居住地を外国に移すことによってドイツ国籍を失うことになる」官吏の一人が彼の前に立っている男性に教えていた。官吏はその文を一本調子に、みじんも感情を見せずに暗唱した。おそらくこれまでに百回は唱えてきたのだろう。「あなたの財産はあなたが国境を越えることによって、ドイツ国のものとなる」

「でも……でも……」男性はつっかえながら言った。「そんな無茶な。わたしは自分の意思で出ていくわけではないのですよ」

「だが、あなたは出ていく」官吏は一切、感情を動かすことなく言った。

「だからと言って、わたしが長いあいだかけて築いてきたものを全てあっさり……」

「つぎの人」官吏は呼び、歩哨に合図した。それに応じた歩哨は取り乱したユダヤ人を強引に脇に引きずっていった。「一九四一年十一月二十五日の民法第十一条によれば……」官吏はあとにつづく人に納得させた。

「とても理解できない」

「ぼくに言わないでくれ」イザークは応じた。

アルトゥールとイザークは書類を提示し、身体検査と荷物検査のおこなわれる次の部署まで邪魔されずに進んでいった。人々から石鹸、装身具、すべての貴金属品、すべての書類がここで没収された。

「これは形見の品なんです」小柄な老婦人が銀のブローチを指さしながら訴えた。涙がその皺だらけの顔を流れ落ちた。

「あなたが行くところでは装身具は不要だ」官吏の一人が言った。「さあ、もう行くんだ」官吏は彼女を追いたてた。「あなたはここで仕事の妨げになっている」

アルトゥールとイザークは困惑の目をしていた。

背後で轟音がとどろき、つづいて、人の声が騒々しく入り乱れて聞こえてきた。もう一台のトラックが、さらに多くの人々を運んできた——さらなるユダヤ人たちだ。彼らからはまず国籍と財産が、つぎに私的な物品、尊厳、そして、旅の終わりには生命が奪われることになるだろう。

「これが最後の運搬だ」親衛隊の男が怒鳴った。「準備が整いしだい出発できる」

イザークはこの状況にもはや耐えられなかった。自分は彼らの一員だ。ユダヤ人だ。裏切り者になったように感じた。何の発言もせず、手をこまねいて、この人々をその運命のなすがままに任せ、死に送り込んでいる。胸がどきどきした。世界がぐるぐる回転しはじめた。しだいに速度を上げていく。移送されていく人々の顔が彼の周りを駆けめぐり、彼の目の網膜に焼きつき、記憶に食い込んでいく。それは永久にそこに留まり、彼を咎め、なぜなのだと問いつづけるだろう。

「われわれはルビンシュタイン一家を探している」そばでアルトゥールが歩哨に向かって話しかけている。「イグナーツ、ルート、レベッカ、エリアス、エステル」

歩哨は肩をすくめた。「聞いてまわるしかないでしょう」

アルトゥールとイザークは遮断機のなかに入り、バラックのあいだを通り抜けていった。人々はグループに分かれて話し合っていた。悲劇的な状況にもかかわらず、雰囲気は冷静で、人々は取り乱さず互いを支え合っていた。誰かが泣きだすと、すぐに、周りの誰かが駆け寄ってきて、よく言って聞かせ、慰めた。

「ルビンシュタイン一家は？　ルビンシュタイン一家を見かけませんでしたか？」イザークは一人また一人と話しかけた。

「出発」そのとき突然、親衛隊員が叫んだ。「十人ずつ列を作って、こちらの指示を待て」

バラックからいっせいに人々が出てきて、命じられたとおりに並んで待っていた。雰囲気は不安に満ちていた。イザークは人々のあいだを通り抜けていきながら、身の毛がよだつ思いだった。「ルビンシュタインという家族を知りませんか？」彼は手当たりしだいに尋ねた。「高齢の夫婦と二人の子どもを連れた母親と」人々はかぶりを振ったり、肩をすくめたり、黙っているだけだったりした。最後に誰かが救いの言葉を発した。

「ええ、その人たちはさっき、後ろのほうにいましたよ。最後から二番目のバラックに……」

イザークは足を早めた。

「ゆっくりと」アルトゥールは不機嫌そうに言った。「ここは性急な行動とは無縁の場所だ。しっかりしろ。それとも、計画が吹っ飛んでもいいのか？」

イザークはアルトゥールの言うとおりだと思ったが、脚が勝手に動きだし、その傾いたバラックに向かって独りでに駆けていった。

そこは冷たくて陰気だった。窓は狭く、汚れていた。部屋の真ん中に置かれた小型のストーブは作動していないように見えた。暗さに目が慣れるまで少しかかった。そのあと、粗い作りの段ベッドが長い列をなしているのが見えた。ベッドには汚れたシーツが敷かれていた。どこにも人影はなかった。

「誰かいますか？」彼は呼んだ。そして、ずっと奥の片隅で何かが動くのを認めた。シルエットが浮かび上がった。巻き毛の髪だ。「レベッカ」

「走ってきてよ」彼女は叫んだ。

何が起きたのかイザークが理解しないうちに鋼がきらめくのが見えた。拳銃の銃身が妹のこめかみに突きつけられていた。

「そこにいるのは誰だ？　アドルフ・ヴァイスマン？　それともイザーク・ルビンシュタインと言ったほうがいいかな？」

薄暗がりから、バーデがにやにや笑いを浮かべながら出てきた。制服を着た二人の親衛隊員がイザークの両親を伴って、バーデの後ろから現れた。エステルとエリアスは片隅でしくしく泣いていた。

遠くから、歩哨たちが新たな命令を伝える怒鳴り声が聞こえてきた。

「彼女を行かせてやってくれ」イザークは懇願した。

「行くだと！　ああ、もちろんだ。全員が行くのだ、どっちみち。今日か数日後か。ここでかイツビカでか。最大の問題はおまえだ。おまえをどうすべきか？　この場で殺すか、あるいは、家族といっしょにポーランドに送るか？　それとも、おまえをノスケ中佐のもとに連れていくか？　または、一ゲームするか？」バーデは二人の親衛隊員のほうを向き、「どう思う?」

「ゲームしましょう」一人が言った。

「よし、では。一、二、三、四……」バーデは銃身をイザークのほうに向けた。

「……五」バーデは言うと、手を動かして、レベッカを狙った。「六……」今度は銃身を子どもたちのほうに向けた。「七」見るからに楽しげに彼は異常なゲームをつづけた。「老婆がカブを料理する……」バーデのにやにや笑いは大きくなった。

「わたしを撃ってくれ」父親が叫んだ。

バーデはそれには惑わされず、銃身を母親に向けた。「老婆がベーコンを料理する……」

「止めてくれ!」イザークは両手を上げ、膝をついた。「どういうつもりか知らないが、わたしを狙え。さもなくば、止めるんだ」

バーデはふたたびレベッカを狙った。「そして、おまえはいなくなる」

イザークは身をすくませた。だが、銃声は聞こえなかった。代わりに、喉をぜいぜい鳴らす音がかすかに聞こえた。バーデの頬に血が飛び散っており、親衛隊員の一人がどうと倒れた。

「いったい、どういうことだ?」

まったく予想外の不意打ちを受けたバーデは跳ね上がり、二人目の親衛隊員が喉を抑えているのを眺めているしかなかった。隊員の指のあいだから黒ずんだ血がほとばしり出て、その首と胸に拡がっていった。

アルトゥールが片手に血塗られたナイフ、もう一方の手に拳銃を握って、彼の背後に立っていた。

イザークは跳び上がり、ショック状態にあるレベッカをバーデの手から引き離し、彼女を床に放り投げた。

バーデの腕がさっと上がった。銃声が鳴り響いた。一瞬、アルトゥールとバーデは憎しみに満ちた目で見つめ合った。そのあと、バーデはばったり倒れた。

「ここから消えよう」アルトゥールはナイフの血をバーデの上着で拭い、急いで出口まで行って外をうかがった。

イザークの両親はうろたえ切っている子どもたちをつかんで、いっしょに急いで外に出ていった。その間に人々は動きはじめ、駅を目指してゆっくりと前進していった。

「くそっ」アルトゥールは呪った。「歩哨たちに銃声を聞かれた」彼はこちらに向かって駆けてくる二人の武装した男を指し示した。「急げ」彼は大声で言うと、家族を収容場の出口へとせき立てた。

「止まれ！」歩哨の一人が怒鳴った。「今すぐ立ち止まれ」

彼らが従わないでいると、銃声が轟いた。

駅に向かって進んでいた人々は地面に伏せたり、バラックの後ろまで駆けていって、そこに身を隠したりした。

「今すぐ止まれ！」声はすぐ近くから聞こえた。近すぎた。

「もう無理だ」アルトゥールはイザークの腕をつかんだ。「クララのことを頼む」彼は激しい口調で言った。

アルトゥールは車の鍵をイザークの手に押しつけた。濡れた瞳が輝きはじめた。

「何を企んでいる。ぼくには理解できない……」

「彼女がいつも、きみの内に見ていた男であってくれ。彼女がいつも望んでいたような男」アルトゥールは銃を上げ、うしろに向きを変えた。

「やめろ。さあ、こっちへ来るんだ」イザークはアルトゥールを強く引っぱろうとしたが、彼はイザークを突きとばした。

「走れ！」アルトゥールは怒鳴り、自分は親衛隊員めがけて走っていった。「ちくしょう、走っていけ。それとも、すべてが無駄になってもいいというのか？」

「イザーク」レベッカが呼んだ。「どこへ行けばいいの？」

「きみのことは決して忘れない、アルトゥール」イザークは背後から叫んだ。

そのあと、イザークは家族を連れて、できるだけ足早に、さっき荷物検査がおこなわれていたところまで行った。

「向こうで何があったんだ？」制服を着た男が立ちふさがった。「誰が撃ったんだ？」

「反乱が起きた」イザークは言った。「でも、すでにすべて鎮圧された」

「それでも、あんたたちを通すわけにはいかない」

イザークは移送猶予決定書を示し、アドルフ・ヴァイスマンの身分証を相手の鼻先に突きつけた。「わたしの邪魔をするとは、どういう思いつきだ。知らないのか、わたしが誰なのか？」イザークは大声で言った。

男は唖然として脇にどいた。

イザークは家族を車まで押していき、彼らを車内に引き入れた。彼がエンジンをかけたとき、あらたに銃声が響きわたった。

〈すべてが無駄になってもいいというのか？〉アルトゥールの言葉が耳のなかでこだました。彼は目をうるませながらアクセルを踏み込んだ。車は走り去っていった。

# 46

「ああ、よかった。やっと戻ってきたのね」クララは車が家の前まで走ってきたとき、ドアをぱっと開けた。彼女はルビンシュタイン一家を居間に導き入れ、熱い紅茶でもてなし、毛布を与えた。彼女は訝しげにイザークを見つめた。「アルトゥールはどこ？」

イザークは悲しげにかぶりを振った。

クララは目に涙を浮かべ、イザークの腕に倒れ込んだ。二人は黙って、声をたてずに泣いていた。「彼は戦いもせずに行ってしまったわけじゃないんでしょう？」彼女はいくぶんか落ちつきを取り戻したあとで訊いた。

イザークは何が起きたのかを語った。「われわれはアルトゥールのお蔭で助かったんだ。彼がいなかったら、今ごろみんな死んでいたか、それとも列車のなかだった。結果は同じだっただろうけれど」

今になってイザークは男が二人いることに気づいた。男たちは厳しい表情を浮かべて窓辺に佇み、何度も外をじっと見つめていた。イザークは小柄な禿げ頭の男のほうには見覚えがあった——数日前、クララが駅で話をしていた男だ。あのときからもう何年も経ったかのように思えた。

「すぐに出発するのがいちばんだろう」禿げ頭の男が言った。「彼らが大がかりな捜索活動を開始しないうちに姿を消さなければならない」彼はルビンシュタイン一家に、ついてくるようにと合図した。

「クララはどうする？」イザークは訊いた。

「わたしは議事録の引き渡しが済んだら、追っかけていくわ」

「きみたちは、われわれの車を使い、われわれは、きみたちの車を使う」二人目の無骨な痘痕面(あばたづら)の男がクララのそばに来た。「ぼくは彼女をヘンカー橋まで送り、すべてが滞りなくおこなわれるよう注意を払う。そのあと彼女といっしょに、きみたちのあとを追う」イザークはみんなと一緒に外に出て、家族がベルリン・ナンバーの車に乗り込むのを見守っていた。

「きみはどうするんだ？　何を待っている？」禿げ頭の男が運転席から訊いた。

　イザークは助手席側のドアを開けかけて止めた。彼に向かってほほ笑みかけた少女の顔が目の前に浮かび上がってきた。皺だらけの老女、絶望した老人、上品な婦人、風にひるがえっていた荷札、そして絹のストッキングのこと、アルトゥールの払ったなかった。

犠牲のことを思った。心が重くなった。どれほど車に乗り込みたくても、彼にはできなかった。

「残念だけど」彼は後部座席のほうに身をかがめ、母親の頰にキスをした。父親、レベッカ、子どもたちにも同じことをした。「何にも増してみんなを愛している。いつかまた会う日まで、いつもそのことを思っていてほしい」

「いつかまた？　何を言っているのか分からないわ」横に立っていたクララは眉をひそめた。

「何のこと？」レベッカが訊いた。

「みんなと一緒にベルリンに行けたら、どんなによかったかと思う。しかし……」イザークはそこで言葉を切った。その頰を涙が流れ落ちた。「ぼくにはできない。ぼくが何もせずにいたら、彼らはぼくたちを獣同然に世界の果てまで追ってくるだろう」彼はごくんと唾を飲み込んだ。「それに、ぼくは自分自身をまともに見られないだろう。今日、あの集団収容所には何百人もの人々がいた――しかも、彼らだけではない。国中のユダヤ人が集められ、権利も尊厳も奪われて殺害されるんだ。すべてを起きるに任せて、自分だけ最後までびくびくしながら隠れ場で待ちつづけるなんて、ぼくにはできない」

「そんな必要はないのよ」クララは彼の手を取った。「ベルリンで、レジスタンスに加わることができるわ」

「ぼくには、ここで、もっとできることがある」

「どんな大がかりなことを引き起こすつもり?」レベッカが訊いた。「わたしの聞いたかぎりでは、〈フランケンの自由〉は解散するそうよ。そうなったら、兄さんはただの古書店主にすぎないわ」

「そうじゃない。もうそうじゃないんだ」イザークは身分証を取りだした。「ぼくは親衛隊少佐のアドルフ・ヴァイスマン。国一番の捜査官だ。しかも、ハインリッヒ・ヒムラーの親しい友人でもある。もし、ぼくがその役をうまく演じることができたら、現存するすべてのレジスタンス・グループを合わせたより、もっと多くのことをなし遂げられるだろう」

「どうする気だ?」禿げ頭の男が訊いた。

「ぼくは戻る。狼たちのもとに戻る」

「だめよ」クララは彼の腕に爪を立てた。「そうはさせないわ。ぜったいに」彼女はすすり泣きをはじめた。「それは自殺行為よ」彼女は押しだすように言葉を発した。

「あなたを失いたくないの。二度までも」

「ぼくを失うことはないよ」彼はクララを抱き寄せ、髪の分け目にキスをした。彼は自分の心臓に手をやった。「ぼくがどこにいようと、ここでもベルリンでも、この世でもあの世でも、きみはいつもぼくのそばにいる」

「だめ」クララはすすり泣いた。「だめよ」

「きみ自身が言ったんだよ。良い人間が闘わなければ悪い人間が勝利をおさめると。ぼくはできることを、やらなければならない。でなければアルトゥールも収容所にいた人たちも生涯ぼくを苦しめるに違いない」

「計画はあるのか？」禿げ頭の男が訊いた。

イザークはうなずいた。彼らを乗せた車が走り去るのを見守ったあと、彼は涙を拭って出発した。

# 47

アドルフ・ヴァイスマンは医師の一人にプレーラーまで車で送らせ、そこで降りてルードヴィッヒ通りまでの残りの道を歩いていった。ひんやりとした新鮮な空気と運動が功を奏し、一歩あゆむごとに以前の力がしだいに戻ってくるのを感じていた。彼を叩きのめしたブタどもを見つけ、釈明を求めるつもりだった。

彼はある家の入り口に並んで立っている一群の子どもたちに目をやった。

「〈神様が授けてくださった総統、わたしの総統〉」彼らは詩を唱える練習をしていた。

「〈いつまでも、わたしの人生をお守りください〉」

ヴァイスマンは満足げにうなずき、歩きつづけた。少なくとも子どもたちは心配しなくてもいい。だが、ゲシュタポのニュルンベルク支部の者たちについては、信頼しきっているわけではなかった。ここ何日かの出来事、すべての局面で彼らが見せた無能ぶりについては責任を取るべきだろう。大勢の者が解雇されるかもしれない。

彼は警察の建物に入っていった。「ヴァイスマン」彼は自己紹介した。

守衛は彼のすり切れた背広に視線を走らせ、額の内出血をじろじろ見て鼻に皺を寄せた。「身分を証明できますか?」

ヴァイスマンは列車にいたあの連中を、看護師を、そして、お粗末な背広をいまいましく思った。「残念ながら、できない」彼は腹立たしげに言った。「全書類が盗まれたのだ。しかし、親衛隊のノスケ中佐が事情をご存じだ」

「少々、お待ちください」守衛は受話器を取り、「その旨、伝えます」と彼に告げた。そして、受話器を置いた。「二階です。親衛隊中佐があなたをお待ちです」

「あなたと近づきになれて、ほんとうに良かった」フリッツ・ノスケは彼を執務室に導いていった。「つまり、あなたが本物のアドルフ・ヴァイスマンなんだ」

「そういうことです」ヴァイスマンは椅子にすわり、周囲を見まわし、脚を組んだ。

「詐欺師はどうなっているんですか? 居場所は判明したのですか?」

「推測はついてます。わたしのもっとも優秀な部下たちが彼を追っている。ところで……」彼はオーバーハウズナーのほうを向いた。「いったいバーデはどこにいるのだ?」

「残念ながら、わたしにも分かりません」

「きみはラングヴァッサーまで行って、万事とどこおりなくおこなわれているか確かめてくるんだ」

「お望みどおりに」オーバーハウズナーは足早に出ていった。

ノスケは書き物机をはさんでヴァイスマンと向き合ってすわった。「確かに、あなたとこのルビンシュタインとはどことなく似ている」

「どんな男か、わたしはもう好奇心でいっぱいです」ヴァイスマンは言った。「彼が捕まるのが待ちきれない思いです。わたしにやっつけられたら、そいつは死なせてくれと懇願するでしょう。だいじょうぶ、信じてください」

# 48

イザークはゲシュタポ本部のなかを歩いていきながら、神経を冷静に保つように努めていた。今は全てか無か、生か死かの問題だった。彼は衿とネクタイを整え、上着を撫で、ユダヤ人抹殺のことを考え、そして、ノスケの執務室のドアをノックした。

「はい？」

イザークはドアを開け、二つの顔をじっと見た。うち一つは知らない顔だった。彼はやつれて額に内出血のある未知の男をそのまま無視することに決めた。「ノスケ親衛隊中佐」彼は厳しい口調で言った。「わたしは……」

ノスケはぱっと目を開き、イザークを信じられないという目で見た。「これが彼だ」ノスケは未知の男に向かって言った。「これが、あなたの名を騙った男だ」

今や、不意打ちを食らったのはイザークのほうだった……〈あなたの名を騙った……〉この路上生活者かと見える男こそは本物のアドルフ・ヴァイスマンに違いない。彼はあらゆることを予想していたが、こうなるとは思いも寄らず、呆然として戸口に佇んでいた。

三人は無言のまま、互いに見つめ合っていた。

最初に自制心を取りもどしたのはヴァイスマンだった。彼はノスケの机上に置かれていた拳銃を取ってイザークに向けた。イザークは反射的に、素早く上着のポケットの拳銃をつかんだ。その朝、アルトゥールから渡されたものだ。

行きづまりの状態だ。

ちょうどそばを通りかかった一人の秘書は、驚きのあまり持っていた書類を落とした。「助けて!」彼女は叫びながら走っていった。「助けて!」

タイプを打つ単調な響きも、すべての会話も停止し、ドアというドアが開いた。控え室の秘書たちもゲシュタポの職員たちも、それぞれの部屋から出てきた。

「少佐殿!」シュミットが執務室から出てきた。彼はイザークの手にある武器に気づき、恐怖に満ちた目をした。「何が起きたのですか?」

「問題が起きた」イザークは言った。この緊急時にそれ以上の言葉は思いつかなかった。

シュミットは自分の拳銃を引き抜いて部屋のなかを覗き、イザークが狙っている者を見た。「あれは誰ですか?」

「あの男はわたしだと名乗っている」

ヴァイスマンは荒い息づかいをした。「まさにその逆だ」

シュミットはやや困惑しながら、イザークと男を交互に見やった。

「その男はイザーク・ルビンシュタインというユダヤ人だ」ノスケが言った。

「笑わせるなよ」イザークはシュミットのほうを向いた。「シュミット伍長、きみはここ何日も、わたしと多くの時間を共に過ごしてきた。きみはわたしをよく知っている」

「もちろん、そのとおりです」シュミットは腕を上げ、ヴァイスマンを狙った。

「お若いの、頭がおかしくなったんじゃないのか?」ヴァイスマンの顔が紅潮した。

「すぐに拳銃を下ろしたまえ」

「下ろすな。あそこにいる男は謀叛人(むほんにん)の一人だ。ロッテ・ラナー殺人に関わりがある」イザークは即興で言った。

「彼の言葉を一切、信じるな」ヴァイスマンの声が大きくなった。「そこにいる男は詐欺師だ」

「彼はユダヤ人だ」ノスケも口を出した。「いまいましいネズミだ」

疑わしげなひそひそ声が廊下から洩れてきた。

「これほど馬鹿げた話はない」イザークは言った。「ユダヤ人だと? わたしがそう見えるか?」彼はあらためてシュミットのほうを向いた。「われわれが協力しておこなった捜査のこと、きみに与えた教訓のことを考えるんだ。それから、ボクシング試合のこと、エリック・ガウガーのことを思い出せ……それに、この男を見るがいい。きちんとしたドイツ士官に見えるか?」

「いったい、このわめき声は何なの? 静かにしてくださいよ。メルテン准将から重要な電話が……」ウルスラ・フォン・ラーンは口を開けたまま、その場の男たちを凝視した。「ヴァイスマンさん?」

「ちょうどぴったりのときに来られた」イザークは言った。「わたしが誰か、言ってやってください」

「何て馬鹿なことをお聞きになるの?」彼女は眉をひそめ、首をかしげた。「あなたはもちろん、アドルフ・ヴァイスマンよ」

「そうじゃないんだよ、彼は」ノスケが怒鳴った。

シュミットはウルスラ・フォン・ラーンを呆然と見つめていた。「誰を信じたらいいんですか?」

「ぜったいにノスケじゃないわ」彼女は歯と歯を擦り合わせながら言った。「彼は嘘つきでぺてん師で、そして、人殺しよ」

「みんな狂ってしまったのか?」ヴァイスマンは嚙みつくように言った。その声は怒りに震えていた。「いったいぜんたい、ここは精神病院か何かか?」彼は拳銃の撃鉄を起こした。銃身は依然としてイザークに向けられていた。

銃声が鳴り響いた。

ウルスラ・フォン・ラーンは鋭い叫び声をあげて身をすくませ、両手を頭上に伸ばした。

イザークは胸に手をやった。

「いったい、何ごとだ?」メルテンが廊下を駆けてきた。

答えはなかった。全員の目がノスケの執務室に向けられていた。

「彼は死んだの?」ウルスラ・フォン・ラーンは訊いた。彼女は震えながらイザークにもたれかかった。

「おそらくそうでしょう」イザークは彼女を引き寄せ、その顔を自分の胸に押しつけた。「見てはいけません」彼はウルスラの耳元で囁いた。

シュミットは拳銃を下ろした。

イザークは空いたほうの手をシュミット伍長の肩に置いた。「ありがとう、わが友よ。きみはわたしの命を救ってくれた」

ノスケは目の前の床に倒れているヴァイスマンを凝視していた。死体のまわりに血の海が拡がっていた。「きみは気でも狂ったのか?」彼は叫びながら、拳銃のほうに身をかがめた。

「静かにしろ」メルテンが部屋に突進してきて、ノスケの手から拳銃をもぎ取った。

「ここで何が起きたのか、今すぐ知りたい」

「ノスケ中佐がロッテ・ラナーを殺害したのです」イザークは当初の計画に立ち返った。「わたしが？　何を思いついて……」ノスケが言った。

「落ちつくんだ！」メルテンがさえぎり、イザークにつづけて話すように促した。

「計画された殺人ではなく、情熱と愛と嫉妬による犯罪でした——まったくの偶然だったのです。お判りですか？　ノスケにとって自分への嫌疑を晴らすための唯一の可能性は、すべてをヴェルナー・ヒルデブラントになすりつけることでした」

「では、これは誰なんだ？」メルテンはヴァイスマンを指さした。

「ノスケはわたしから追われていることに気づくと、パニックから、込み入った陰謀説をでっち上げました。そして、わたしとわたしの権限を疑問視するために、この男を雇ったのです」

「馬鹿馬鹿しい」ノスケは叫んだ。「きみはイザーク・ルビンシュタインだ。アルトゥール・クラウス、ヴェルナー・ヒルデブラント、そして、クララ・プフリューガーを監獄から連れだしたじゃないか。それをどう説明するんだ？」

「ヒルデブラントは無実です。そして、他の二名はあなたを告発する主たる証人です」

ノスケの下顎ががくっと下がった。

「これはまた興味深い話だ」メルテンが言った。

「二人は非難されているような〈フランケンの自由〉のメンバーではありません。ただのありふれた強盗で、ノスケ中佐の金庫を狙っていたのです」

「クラウスは法廷で〈フランケンの自由〉の首謀者だと自白したそうじゃないか」とノスケ。

「婚約者を処刑台に上らせまいとした、自己犠牲の英雄的行為です」

「つづけてくれ」メルテンは促した。

「アルトゥール・クラウスは偽の許可書を作り、それをもって城内に入った。そして、金庫を開けた」イザークは話しつづけた。「だが、職人たちが城を出ていく際に、何度も抜き打ち検査的に調べられたので、クラウスはこの方法では思い切って何かを持ち去ることはできないと思った」

「そこでクララ・プフリューガーが一役買った」シュミットが考えを声にだした。

「そういうことだ。クラウスが城を去った後、小柄なプフリューガー嬢が古くて狭い地下の逃走路から出てきた。この方法で彼女は金と装身具を持ち去ろうと思った。だが、金庫の中身をさらうことはできなかった。彼女はノスケ中佐の住まいに忍び込もうとして、ノスケがラナー嬢を殺すのを見てしまった。死ぬほど驚いたプフリューガー嬢は引き返し、ふたたび、姿を消した」イザークはシュミットのほうを向いた。

「逃走路に緑色の布切れが引っかかっていたのはそのせいだ。だから、ザウアー夫人に準備させた。彼女の旧姓は何と、イルムガルト・クラウスだった。そうだな？」

　シュミットはうなずいた。

「きみの証人は今、どこにいるのだ？」メルテンは訊いた。

　イザークは息を弾ませた。「彼らを連れてきたかったのですが、その間に予期せぬことが突発しました。つまり、アルトゥール・クラウスにはユダヤ人の親戚がいたのです」イザークは嘘を重ねた。

「そんな者は一人もいない」ノスケが叫んだ。

「あなたの仕事がいい加減だったということが、それであらためて分かったわ」ウルスラは呟いた。

「アルトゥール・クラウスとプフリューガー嬢は、ノスケ親衛隊中佐とその権力に大きい不安を抱いていた。だが、わたしは彼らと取引することができた」イザークは語りつづけた。「わたしは彼らに約束した。ポーランドに移送される前に、もう一度、愛する家族に会ってもよいと。その代わりとして彼らは証言しようとした。ところが、彼が……」イザークはノスケを指さした。「……わたしに残虐な人間を差し向け、付きまとわせた。彼の部下であるゲルハルト・バーデがわたしと証人たちを排除しようとしたのだ。その際、バーデとクラウスは命を落とし、クララ・プフリューガーは逃げおおせた。おそらく彼女は無事に身を隠すことができただろう」

「で、ヒルデブラントは？」シュミットが訊いた。「どうやって彼はアルトゥール・クラウスと事件との関わりを知ったのですか？」

「ごく簡単なことだ。彼は監獄で小耳にはさんだのだ。たいていの場合、もっとも簡単な答えが正解だ。この説は〈オッカムの剃刀〉と呼ばれている」（ある事柄を説明するのに、仮説は必要以上に定立してはならないという、十四世紀イギリスの哲学者の格言）

室内には静寂が立ちこめていた。

「彼を逮捕しろ」メルテンはその間に廊下に立って命令を待っていた武装した警備員たちに指示を与えた。

「そうだ。そのとおりだ」ノスケが言った。「このネズミを捕らえろ」

男たちはイザークのほうに歩み寄り、彼を捕まえた。

「彼じゃない」メルテンは大声で言い、ノスケを指さした。「彼だ」

イザークは自分がどれほど安堵したかを、なおも彼の胸にしがみついているウルスラ・フォン・ラーンに気づかれませんようにと願った。彼はあらためてクルト・チュホルスキーの、人は自分の見たいと思うものを見るのだという言葉を思い出した。そして、シュミットのほうを向いた。

「あとで〈褐色の鹿〉へ行って何か食べよう。そのとき、オッカムとその仮説について、きみにすべて話そう」

「嘘ばかりだ」ノスケは警備員たちに連れていかれながら、叫んだ。「お粗末な嘘だ。わたしはロッテを殺していない」

「何という恥さらしな」ウルスラは身を離し、スカートの皺を伸ばしながら呟いた。

メルテンはイザークに向かってうなずいた。「感動した。評判に違わない立派な仕事だ。次の任務までもう少し時間があるようなら――好きなだけ、ここに留まっているといい。きみはわたしの客人だ」メルテンは満足しきった様子で、執務室を去っていった。

「そうよ。もうしばらくニュルンベルクに留まっていらっしゃい」ウルスラは小声で言うと、上司のあとを追っていった。

「わたしも同意見です」シュミットは言った。

「何てありがたい申し出だろう」イザークは死んだヴァイスマンをじっと見た。「このあとどうすればいいか、わたしには分かっている」

一九四二年四月四日　土曜日

# 49

小さなAの文字を刺青させた左の上腕はひどく痒(かゆ)く、かかずにいるのは難しかった。

これまでのところ、すべてはうまく運んでいた。クララは議事録をイギリスの密偵に手渡し、ベルリンの同志たちは裏切り者のヴィリー・ラウビッヒラーを片づけた。メルテンは全面的に彼の味方となった。ノスケは獄中におり、オーバーハウズナーはノスケとその権威を疑問視するようになった――彼はアドルフ・ヴァイスマンとは悶(もん)着(ちゃく)を起こさないほうがいいことを学んだ。

彼は時計を見た。急がなければならない。あと十五分でウルスラ・フォン・ラーンと会う約束になっていた。彼女は父親のオットー・フォン・ラーンに引き合わせると言って聞かなかった。父親は大企業の経営者で、ヘルマン・ゲーリンクの親しい友人だという。彼は上着を着て、ポマードで髪を整え、窓から外を見た。遠く離れたどこかにクララと彼の家族と、ほかのユダヤ人たちがいる。彼らが安全な場所に移り、ナチスがその責任を問われるまで、彼は平穏に過ごせそうもなかった。

ドアをノックする音がした。「ヴァイスマンさん」ホテルのボーイが呼んだ。「車が来ました。ご用意はできましたか?」

彼は最後にもう一度、鏡に目をやり、ほほ笑んだ。「ああ、できたよ」

# 著者あとがき

　このイザーク・ルビンシュタインの物語は著者が自由に創作したものだ。登場人物たちも同様である。しかし、一連の出来事が起きた背景はそうではない。わたしは『狼たちの城』を場所的にも時代的にもできるだけ真実に近づけるように努めた。

　反ユダヤ主義には古代まで遡る長い伝統がある。歴史の流れのなかで、ユダヤ人排斥と彼らへの無謀な不法行為がくり返しおこなわれてきた。第一次世界大戦後、あらためて彼らへの憎しみは増大し、しだいにエスカレートしていった（締め出し、権利剝奪および財産没収、移住の強要、肉体的迫害）。そして、最終的には約六百万もの人々を殺害するに至った。

　ニュルンベルクのユダヤ人たちの置かれた状況はとくにひどかった。フランケンの大管区長官ユリウス・シュトライヒャーは熱烈な反ユダヤ主義者として有名だった。彼は煽動新聞である「Der Stürmer」でデマと帰罪を広め、全住民をそそのかし、ユダヤ人同胞にたいする告発をおこなわせた。

ニュルンベルクのユダヤ教共同体事務長であるベルンハルト・コルプは、その原稿のなかで書いている。〈「ニュルンベルクのユダヤ人、ユダヤ教共同体の成立から一九四五年四月二十日アメリカ軍の進駐まで二〇〇〇年の歴史」(http://www.rijo.homepage.t-online.de/pdf/DE_NU_JU_kolb_text.pdf)〈ニュルンベルクには一九二九年には二万二百人、一九三九年にはなおも八千人のユダヤ人がいた。ドイツ全土でユダヤ人にたいする最悪の不法行為がまだ起きていなかった一九三五年以降、多くのユダヤ人がニュルンベルクからミュンヘン、シュトットゥガルトその他の場所に移住した。なぜなら、シュトライヒャーの支配下にあるニュルンベルクとフランケン地方はこの世の地獄だと見なされたからだ〉

一九三八年以降、状況はますます悪化していった。外国に逃亡できなかった人々は、強制労働に必要とされ、多くの反ユダヤ的法律と条令によって嫌がらせを受け、いわゆるユダヤ人住宅への住み替えを強要された。人々はそこでごく狭い空間において、耐えがたい条件のもとで生きていかなければならなかった。

ニュルンベルクのユダヤ人移送は一九四一年十一月二十九日のリガへの輸送をもって開始された。一九四二年三月には第二波がつづいた。これについては本書においてもテーマとして扱われている。〈Ｄａ３６〉の名称をもつ特別列車はイッピカ(リュプリンの近く)の強制収容に向かった。『狼たちの城』に書かれているように、抑留地に向かうフランケン全土から集められた千人のユダヤ人は、まず、ナチス党中央大会のおこなわれた敷地に接したバラックの集団収容所に集められ、そこから、メルツフェルト駅に連行された。彼らのなかで生き残った者は一人もいなかった。

移送されたユダヤ人の名簿は以下で見いだされる（https://www.statistik-des-holocaust.de/）。

ナチスの秘密国家警察（ゲシュタポ）は伝統的警察機構が発展的に解消されて生まれた官僚機構であり、無法の領域でのゲシュタポの任務はいわゆる国家の敵を捜しだし、追跡し、制圧することだった。対象は政敵（たとえば共産主義者、社会民主主義者）のほか、社会的少数派（たとえば、エホバの証人、ロマ、同性愛者……そして、とりわけユダヤ人）だった。ゲシュタポの用いた手法には拷問や恐喝などが挙げられる。彼らの効率の良さは、スパイや密告者の広いネットワークがあったことに起因していた。ニュルンベルクでゲシュタポの置かれていた場所は、ルードヴィッヒ通り三十六番地にある、かつてのドイツ軍兵舎だった。そこは爆撃によって甚大な損傷を受け、一九四五年に取り壊された。新たに建設された建物には現在、ニュルンベルク警察本部が入っている。

本書に書かれている他の場所も事件も、事実に根ざしたものである。

ナチスがルドルフ・エステラーの指揮のもとにニュルンベルク城を改築したことも

事実である——堂々たる記念碑的建物に改築し、高位の国賓を住まわせようとした——わたしは芸術的自由から、住人は恒久的に居住させることにした。専門誌「Der Baumeister（建築家）三十三年度刊、一九五三年六月、第六号」には、つぎのように書かれている。〈今日、ニュルンベルク城を訪問すると、われわれを迎えるのはもはや空虚さを感じさせる偽りの芝居がかった魔術ではない。われわれは再び、至るところで、いにしえの荘厳な皇帝の城を身をもって知ることになる。その簡素な造形に基づく力強い偉大さおよび渋い美しさは、再発見された昔の手堅いドイツ手工業の一作品として、われわれを圧倒し、魅了する。この本来の偉大さが命を吹き返したことは、明らかに、ここで仕事に携わった男たちの功績である〉

〈デア・ドイッチェ・ホーフ〉はヒトラー総統が贔屓にしていたホテルである。フラウエントールグラーベンに位置し、何年ものあいだに、ナチス党の高位の幹部およびそれ以外の重要人物が数多く投宿した。戦争末期に、空爆によって激しく損傷し、焼失した。一九四六年には再建が始まった。

ヨハニスあるいはローゼン墓地、オペラ劇場、病院列車も実際に存在していた。フルト通りの裁判所もそうである。裁判所では、審理は民族法廷でおこなわれた。裁判所はもともと国家反逆罪を告訴するために設立されたが、まもなく、破壊工作や兵役拒否のような不法行為をも扱うようになった。総統についての冗談さえもが罰された。

『狼たちの城』に描かれているような公開裁判は、二人の職業裁判官と三人の素人裁判官（ほとんど例外なくナチ党の者）によっておこなわれ、たいていは死刑宣告で終わった。宣告はただちに効力を発揮し、控訴する余地はなかった。弁護士を自由に選ぶことはできなかった。検察側に反した弁護をおこなった者は自ら、裁判官から照準をあてて狙われる危険があった。

多くの勇敢な男女がナチスのテロ政権に抵抗し、レジスタンスグループを結成した。なかでも、白バラや赤い楽団はとくに有名である。〈フランケンの自由〉は、わたしの想像から産まれたものである。

本書では二つの文書が重要な役割を演じている。すべてはルビンシュタイン家が受け取った立ち退き命令から始まった（残酷な行為にベールをかぶせるために、ナチスは好んで婉曲（えんきょく）な表現を用いた。それゆえ強制収容所への抑留を、立ち退き、移送、または住み替えと呼んだ）。第二の文書はヴァンゼー議事録だ。一九四二年一月二十日に、ラインハルト・ハイドリッヒは十三人の次官および党と親衛隊の高位の幹部を〈協議とそれにつづく朝食〉のために大ヴァン湖畔三十六 - 三十八番地のベルリン・ヴィラに招いた。この会合の目的は、〈ユダヤ人問題の最終的解決〉の解説と、関与するすべての役所の協調だった。両方の文書について、わたしは原文をできるかぎり正確に再現しようと試みた。また、より理解しやすくするために、ごく僅かではあるが変更を加えたところもある。

わたしはこの本を、時代の証言の報告と記述なしには書くことはできなかった。さらに、LeMO Lebendiges Museum Online（www.dhm.de/lemo/）および新聞フロント（www.zeitzeugenportal.de）は大きな助けになった。感謝！

# 訳者あとがき

今から八十年前の一九四二年三月、ナチス政権下のドイツで、人気絶頂の美人女優が無残にも殺害されるという事件が起きた——さまざまな状況が複雑にからみ合うこのミステリの第一ページは、二人のゲシュタポ（国家秘密警察）の警官が事情を知らないまま、呼びだされて現場にやってくるという緊迫感に満ちたシーンから始まっている。

事件が起きたのは南ドイツ、バイエルン州の中部に位置するニュルンベルク。バイエルンにおいてはミュンヘンに次ぐ重要な商工業都市である。第二次大戦後、戦争犯罪人にたいする国際軍事裁判が開かれた場所として有名になってしまったが、ここはドイツ・ルネッサンス最大の画家であるアルブレヒト・デューラーの生地であり、リヒャルト・ヴァーグナーの楽劇『ニュルンベルクのマイスタージンガー』の舞台となった町でもある。そのほかにも、世界一美しいと言われているクリスマス・マーケット（クリストキンドレスマルクト）や、蜂蜜と香辛料をたっぷり使った名物の焼き菓子レープクーヘンもよく知られている。

ナチスは年一回の党大会をこのニュルンベルクで開催していた。じつは、中世において、ここは神聖ローマ帝国の帝国都市だった。十四世紀に、〈金印勅書〉と呼ばれる帝国基本法が制定されてからは、国王選挙がおこなわれたのち最初に開かれる帝国会議は、この地で開催されたという史実がある。そのことからも、ナチスにとって、ニュルンベルクは深い象徴的な意味をもつ町だった。

そんな町で、よりによってナチスのゲシュタポ高官の住まいで、人気女優の死体が発見されたことから、騒ぎが大きくなった。ゲシュタポは、ユダヤ人ばかりでなく、少数民族、同性愛者、レジスタンスのメンバーなどを片っ端から捕らえて拷問を加える恐ろしい組織だ。一旦、ゲシュタポに捕らえられ、投獄された者は二度と日の目を見ることができない、地獄のほうがまだしも慈悲深いとまで言われていた。

女優はそのゲシュタポの高官であるノスケと恋愛関係にあった。ノスケはゲシュタポ・ニュルンベルクのナンバー2の地位にあると同時に、ナチス親衛隊中佐でもある野心満々の男である。そして、あわよくばゲシュタポ・ニュルンベルクのナンバー1の地位、すなわち長官の地位につきたいと熱望していた。

女優は逢い引きするために、城のなかに新たに作られた彼の住居までやってきたのだ。ニュルンベルクの城——それは、十二世紀のはじめに築城が開始され、十四世紀に完成したと言われており、今も旧市街北端の高台にあって、町を見下ろすように聳(そび)えている。神聖ローマ帝国には首都がなかったため、皇帝は領地内を移動しながら統治していたのだが、ニュルンベルク城にも、ハインリッヒ三世、フリードリッヒ一世などの名だたる皇帝たちや王たちが滞在していた。ナチスはそんな由緒ある城を、ヒトラー好みに改築させたのだが、その際、国賓たちが宿泊するための部屋も設けさせたというのは事実らしい。その一方で、城にナチスの高官たちのための住居を作らせたというのは、作者の自由な創作によるものだ。が、このミステリにおいて、そこは、まさに犯罪の現場であり、作者は城の構造を巧みに利用することによって、謎を深めることに成功している。

一方、同じ日、同じニュルンベルクの片隅で、イザークというユダヤ人青年が苦悩していた。三十代半ばの彼は、じつは古今の書籍を愛してやまない古書店主だが、ナチスによって店を奪われ、両親、未亡人になったばかりの妹とその二人の幼子とともに、家から追いだされ、ユダヤ人住宅での不自由な生活を強いられていた。

この六人家族の身に、ポーランドへの移送の日が迫っていた。彼らばかりでなく、ニュルンベルクとその周辺のユダヤ人たち全員が、鉄道でポーランドのイツビカというところに移送されることが決まっていた。全員が移送の通知書を受け取っていたが、それにたいして異議を申し立てることは許されなかった。

ポーランドで何が待ち受けているのか、彼らはまだ知らなかった。今では世界中が知っている。アウシュヴィッツのこと、強制収容所のこと、ガス室のことを。しかし、彼らには、強制労働に従事させられるらしいという以上のことは知らされていなかった。それでも多くの者が、単なる強制労働よりもっと残酷な運命が彼らを待ち受けているのではないかと想像し、不安におののいていた。

彼は藁をもつかむ思いで、三年前に別れた恋人クララを訪ねていく。彼女はドイツ人で、現在、レジスタンス・グループに関わりをもっているらしいと小耳に挟んだからだ。

当初、イザークの願いを撥ねつけたクララだったが、翌日になって、一転、家族を逃がすことを承諾してくれた。全員ではなく家族五人だけを知り合いの倉庫に匿ってくれるという。だが、イザークだけはあとに残された。クララは彼をドイツ人らしく見えるように変装させ、別ルートで逃げていくよう指示を与えて、駅まで送っていく。彼はウィーン経由で、最終的にはパレスティナまで逃げていけることになっていた。

クララが駅から立ち去ったあと、イザークは彼女から渡された身分証明書を開いて愕然とした。ベルリンから派遣されたゲシュタポ本部の特別捜査官にして親衛隊少佐のアドルフ・ヴァイスマンという男の身分証明書ではないか！　狼狽している彼の前に、親衛隊伍長を名乗る男が現れ、迎えに来たと言ってうやうやしく挨拶し、彼をゲシュタポのオフィスまで連れていく。

古書店主にして文学青年であるユダヤ人が、よりによって、敵であるナチスのゲシュタポ特別捜査官に変身させられてしまった。アドルフ・ヴァイスマンの任務はもちろん、問題の女優殺害事件を捜査し解明することだった。そのために、わざわざ、ベルリンから送り込まれてきたのだ。

今さらあとに退けないイザークは、与えられた役を演じきるしかなかった。彼は茫然自失の状態から抜けだし、冷静に考えをめぐらせる。


物語は一九四二年三月十九日から三月二十四日まで、すなわち、城内で女優が殺害された日から、ユダヤ人がポーランドに移送されていく日までの、わずか六日間の出来事を描いている。この短い極限状態の下で、イザークはどんな行動をとるのだろう？　どんな知恵と機略を働かせて、この不可能とも思える状況を切り抜けるのだろう？　文学青年である彼の特質が何かの役に立つのだろうか？　はたして、すべてをうまく、やってのけるのだろうか？　一方で、ゲシュタポはどんな動きを見せるのだろう？　彼らはイザークの正体に気づかないのだろうか？　本物のヴァイスマンの身に何が起きているのだろう？　クララは無事なのか？　イザークとクララの関係はどうなっていくのか？　レジスタンス・グループはどんな役割を演じるのか？　さまざまな謎がもつれ合い、日々、新たな局面を迎え、しだいに真実が明らかになっていく。最後に意外な犯人に辿りついたあと、さらに衝撃的なラストシーンが待っており、まさに、手に汗握る展開である。

しかも、すべてが終わったと見せかけておきながら、それから十一日後を描いた思いがけない一章が、さりげなく付け加えられている。唖然とするか、なるほどと納得するかは、読み手の自由であるが、どうやら作者は、これで話を終わらせるつもりはなく、続編につなげるらしい意図が、そこから読み取れる。

この密室物ミステリにしてスパイ小説、冒険小説でもある本書は、八十年前の時代相を映しだしているという点では、歴史ミステリの範疇(はんちゅう)に入れてもいいかもしれない。作者は、あとがきでも述べているように、このミステリを書くにあたって、綿密な時代考証をおこなっている。単にユダヤ人にたいする〈立ち退き通知書〉や、ユダヤ人抹殺を決めた〈ヴァンゼー議事録〉をできるだけ正確に再現したというだけでなく、この時代の空気そのものを見事に描きだしている。ユダヤ人たちがどのような生活を強いられ、どのような気持ちで暮らしていたのか、ポーランドへの移送がどのような形でおこなわれていたのか、当時の町の様子、ヒトラー政権や新聞の影響を強く受けた一般市民たちの群集心理、レジスタンスの動き、さらには、オペラ劇場でナチス高官たちがリヒャルト・ヴァーグナーの『ジークフリート』を観賞するシーンをも描き、ナチスが国威発揚のために、いかにヴァーグナーの音楽を利用していたかをも、生き生きと伝えている。

一方において、ゲシュタポ高官たちが、その傲慢な態度や言葉とは裏腹に、ナチス軍が東部戦線において苦戦していることに不安感を抱いている様子も書かれている。物語の背景は一九四二年の三月であるが、その後、ナチス軍は五月にはソ連のスターリングラードに侵攻し、翌年の二月には全滅してしまっているのだ。

最後に、この力作の著者、アレックス・ベールをご紹介しよう。

アレックス・ベールは一九七七年、オーストリアの最西部にあたるフォアアルルベルク州の州都であるブレゲンツで生まれた。商業専門学校を卒業後、市民大学で経営学を学び、その後、二年間、広告会社で働いたが、二〇〇二年、一念発起してウィーン大学で考古学を学んだ。その後、一年間、ニューヨークで過ごし、二〇〇七年からウィーンに住み、ミステリ作家として活躍している。

二〇〇八年から二〇一四年までは、本名であるダニエラ・ラルヒャーの名で、オットー・モレル警部が捜査する〈Die Zahl〉ほか四作のミステリを発表したが、二〇一七年から、アレックス・ベールという筆名で、第一次世界大戦終了直後のウィーンを舞台に、名刑事エメリッヒが活躍する五部から成る歴史ミステリを著し、高い評価を受けた。このうち、第一部〈Der zweite Reiter〉及び第三部〈Der dunkle Bote〉は、ウィーンを舞台とする優れたミステリに与えられるレオ・ペルッツ賞を受賞し、さらに、第二部〈Die rote Frau〉は二〇一九年のフリードリヒ・グラウザー賞にノミネートされた。第三部につづいて、二〇二〇年には第四部〈Das schwarze Band〉を、今年になって第五部〈Der letzte Tod〉もすでに刊行されている。

それと平行して、二〇一九年に、ナチ政権下のドイツを舞台にした本作を著し、好評を博している。なお、二〇一九年オーストリア・ミステリー大賞はアレックス・ベールに与えられている。ちなみに、本作に続き、イザーク・ルビンシュタインを主人公とする続編もすでに発表されている。果たして、どのような未来がイザークを待ち受け、彼はどのような活躍をするのだろう？　興味は尽きない。

◉訳者紹介　**小津 薫**（おづ　かおる）
同志社女子大学英米文学科卒、ミュンヘン大学美術史学科中退、英米・独文学翻訳家。主な訳書に、フィツェック『アイ・コレクター』、ドヴェンカー『謝罪代行社』（以上、早川書房）、ドルン『殺戮の女神』、アヴァンツィーニ『インスブルック葬送曲』、ドヴェンカー『沈黙の少女』（以上、扶桑社）など。

**狼たちの城**

発行日　2021年6月10日　初版第1刷発行

著　者　アレックス・ベール
訳　者　小津 薫

発行者　久保田榮一
発行所　株式会社 扶桑社
〒105-8070
東京都港区芝浦1-1-1　浜松町ビルディング
電話　03-6368-8870(編集)
03-6368-8891(郵便室)
www.fusosha.co.jp

印刷・製本　図書印刷株式会社

定価はカバーに表示してあります。

Printed in Japan
ISBN 978-4-594-08803-3　C0197